SCHNEEGESTÖBER

Hubbis fünfzehnter Fall

D1718615

Pia Mester

Impressum

© 2022 Pia Mester
www.hubbi-ermittelt.de

ISBN Softcover: 978-3-347-78546-5
Druck und Distribution im Auftrag des Autors:
tredition GmbH, An der Strusbek 10, 22926 Ahrensburg,
Germany

Covergestaltung: Laura Newman –
design.lauranewman.de
Lektorat und Korrektorat: Maria Engels David Michel
Engels, www.lektorat-rohlmann-engels.com

Alle in diesem Buch geschilderten Handlungen und Personen sind von mir frei erfunden. Ähnlichkeiten mit lebenden oder verstorbenen Personen wären zufällig und nicht beabsichtigt. Nichts desto trotz spielt die Geschichte in einer realen Gegend. Es kann also sein, dass du hier ein paar Orte wiedererkennst.

Bisher in der Hubbi-Reihe erschienen:
Kassensturz - Hubbis erster Fall
Fingerspitzengefühl - Hubbis zweiter Fall
Vergissmeinnicht - Hubbis dritter Fall
Zapfenstreich - Hubbis vierter Fall
Fronleichnam - Hubbis fünfter Fall
Haifischbecken - Hubbis sechster Fall
Waidmannsheil - Hubbi siebter Fall
Glutnest - Hubbis achter Fall
Après-Ski - Hubbis neunter Fall
Nervensäge - Hubbis zehnter Fall
Waldsterben - Hubbis elfter Fall
Schiffbruch - Hubbis zwölfter Fall
Drahtseilakt - Hubbis dreizehnter Fall
Tortenspitze - Hubbis vierzehnter Fall
Schneegestöber - Hubbis fünfzehnter Fall

Die Hubbi-Krimis sind in sich abgeschlossene
Geschichten. Der größte Lesespaß entsteht aber, wenn
man sie in der richtigen Reihenfolge liest.

Kapitel 1

»Schrott, nur Schrott«, murrte Hubbi. Frustriert öffnete sie den Zapfhahn und sah zu, wie die goldene Flüssigkeit in das Glas lief. Sobald es fast voll war, stellte sie das Glas ab und griff nach einem, das bereits gefüllt war, um es mit einer routinierten Handbewegung mit einer Schaumkrone zu verzieren. Anschließend reichte sie es an Berthold weiter, der ihr gegenüber an der Theke saß.

»Was meinst du genau mit Schrott?«, fragte der nach.

Gerda sah Hubbi neugierig an, während sie wie immer ohne Unterbrechung gesalzene Erdnüsse mampfte. Heute trug sie einen Strickpullover mit einem Rentiermotiv. Einer von vielen Weihnachtspullovern, die Hubbi in den letzten Wochen an ihr hatte bewundern dürfen. Zum Glück lag der vierte Advent bereits hinter ihnen. Nach Heiligabend war der Spuk für gewöhnlich vorbei.

Hubbi seufzte und zapfte weiter. »Vorgestern haben wir uns ein Haus in Neuenrade angesehen. In der Anzeige stand etwas von ausbaufähig, eine Immobilie mit Potenzial.« Dabei rollte Hubbi mit den Augen. »Die Fotos waren auf jeden Fall bearbeitet, das klaffende

Loch im Dach und der Schimmel im Flur waren darauf nicht zu sehen.«

»Kann man doch beides reparieren«, meinte Berthold halbherzig. »Hauptsache, der Grundriss und die Lage stimmen.« Durch sein schütteres Haar glänzte seine Kopfhaut, seine Nase leuchtete rot wie die von Rudolf, dem Rentier.

»Grundriss?« Hubbi schnaufte. »Die Räume waren ein einziger langer Schlauch. Wenn man zum Klo will, muss man drei Zimmer durchqueren. Oder außen herumgehen und durchs Fenster steigen!«

Gerda prustete los, wodurch sie Hubbis Rauhaardackel Meter weckte, der den Abend wie immer auf seiner Decke neben der Heizung verschlief. Er hob kurz den Kopf, döste aber weiter, als er erkannte, dass nichts passiert war.

Berthold strafte Gerda mit einem bösen Blick. Aber sie hatte ja recht, es war einfach zu komisch, was Hubbi bei ihrer Suche nach einem Haus für sich und ihren frisch angetrauten Ehemann Tristan bereits erlebt hatte.

»Ich verschulde mich doch nicht für den Rest meines Lebens, um in einer schimmligen Bruchbude zu leben, in die es obendrein reinregnet!«

»Was ist denn mit dem Haus, das ihr vorige Woche besichtigt habt?«

»Gab es dort auch Schimmel?«, fragte Gerda.

»Das nicht, aber es war zu teuer. Und wir hätten noch mal genauso viel in die Renovierung stecken müssen.« Hubbi hielt ein weiteres Glas unter den Zapfhahn, denn heute hatte sie ausnahmsweise noch weitere Gäste. Einen schmächtigen Mann mit Halbglatze und einem rotbraunen Pullover mit Achtziger-Jahre-Muster, der sich seit einer Stunde an einer Cola festhielt. Am Ecktisch saß ein untersetzter Kerl mit Baseballkappe und rötlichem Vollbart, der unentwegt auf sein Handy starrte. Beide hatte Hubbi noch nie hier gesehen. Natürlich passierte es immer mal wieder, dass Durchreisende in der Nuckelpinne Pause machten – wenn auch nicht so häufig, dass es sich für sie gelohnt hätte. Normalerweise freute sich Hubbi über neue Gäste, ausgerechnet heute erwartete sie jedoch einen Stammtisch zur Weihnachtsfeier.

Hubbi brachte dem Typen mit der Kappe ein frisches Bier. »Könnten Sie sich vielleicht an den anderen Tisch setzen?«, fragte sie freundlich. »Die Eckbank ist heute reserviert.«

Der Mann schnaufte, dann nickte er. »Wenn er nicht anruft, mach ich mich sowieso gleich vom Acker. Hab keine Lust, meinen ganzen Abend hier zu verbringen.« Er hob entschuldigend die Hände. »Nichts für ungut, Ihre Kneipe ist echt urig. Meine Frau meckert nur eh schon oft genug rum, weil ich nicht zu Hause bin.« Er stand auf und nahm sein Glas mit.

Hubbi lächelte dankbar. Sie hätte mit mehr Widerstand gerechnet. Der Mann gesellte sich mit einem knappen Lächeln zu dem anderen Gast an den zweiten und einzigen anderen Tisch in ihrem Schankraum.

Hubbi kehrte hinter die Theke zurück und zapfte weiter. Jede Minute würde der Stammtisch eintrudeln und den Abend wie gewöhnlich mit zwei schnell heruntergekippten Runden Bier starten. Sie wollte vorbereitet sein.

»Wo bleibt eigentlich Karl-Heinz?« Berthold sah über seine Schulter zur Eingangstür.

Hubbi zuckte die Achseln. »Keine Ahnung. Heute Nachmittag hab ich ihn noch im Garten gesehen. Er meinte, er wollte seine Terrasse sturmsicher machen. Einen von den Gartenstühlen, die ihm vergangenen Winter durch die Gegend geflogen sind, hat er bis heute nicht wiedergefunden.«

»Ich lasse bei Sturm immer alle Rollläden runter«, murmelte Gerda.

Hubbi sah zu ihr und fand, dass sie verängstigt wirkte. Sie selber hatte auch Respekt vor Unwettern – und das nicht erst, seit sie eines auf einem manövrierunfähigen Ausflugsdampfer überlebt hatte. Deshalb hoffte sie auch, dass der Stammtisch heute nicht so lange wie sonst bleiben würde. Für Mitternacht meldete das Wetteramt nämlich den Beginn des Sturms. Wenn es so weit war, wollte sie gemütlich und sicher in ihrem Bett neben Tristan liegen.

»Was genau stört euch denn eigentlich an eurer Wohnung?«, kam Berthold wieder auf das Immobilienthema zurück.

»Eigentlich nichts, sie ist halt nur so klein.«

»Ach, so ist das. Euch fehlt ein Kinderzimmer.« Er zwinkerte ihr verschwörerisch zu und trank einen tiefen Schluck von seinem Bier.

Hubbi verdrehte die Augen. »Glaub bloß nicht, dass ich schwanger bin. So ist es nämlich nicht.«

Nachwuchs war bei ihr und Tristan noch kein Thema gewesen. Tatsächlich hatten sie noch nicht einmal konkret darüber gesprochen. Sie wusste, dass er irgendwann mal Kinder wollte, genau wie sie. Aber nur weil sie jetzt verheiratet waren, mussten sie nicht sofort Kinder in die Welt setzen, fand sie. Insgeheim ängstigte sie diese Vorstellung außerdem und sie wollte warten, bis sich das änderte.

»Warum willst du denn dann überhaupt umziehen?«, fragte Gerda.

Hubbi pustete sich eine rotbraune Locke aus der Stirn. »Ich hätte einfach gerne etwas Eigenes, versteht ihr?«

»Hm«, machte Berthold. »Das kann ich nachvollziehen, so ein Gefühl hatte ich damals auch. Man möchte einen Ort, der einem selbst gehört. An dem man Wurzeln schlagen und den man sich so gestalten kann, wie man will.«

Hubbi nickte. »Genau!«

Berthold spielte mit seinem Glas. »In meiner Nachbarschaft wird vielleicht bald ein Haus frei.«

Hubbi kniff die Augen zusammen. »Woher weißt du das?«

»Hab Gerüchte gehört. Die Besitzerin, Josefine Lesner, ist alleinstehend und hat keine Kinder.« Er wich ihrem Blick aus. »Na ja, und sie hat wohl Krebs. Im Endstadium.«

Hubbi schnappte nach Luft. Da lag eine Frau im Sterben und schon wurde über das Haus getuschelt.

»Ist ein hübsches Häuschen, wurde vor fünf Jahren erst komplett saniert, mit Heizung und Fenstern. Unten Wohnzimmer, Küche und Esszimmer, oben drei Schlafzimmer und ein Bad. Und das Grundstück erst!

Josefine hat sich immer sehr um ihren Garten gekümmert.«

»Hm«, machte Hubbi unsicher und schluckte. Das klang nicht so schlecht. Außerdem wusste sie, wo Berthold wohnte: Die Gegend war voller hübscher Einfamilienhäuser.

»Ich weiß, das ist taktlos«, sagte Berthold seufzend. »Ich hoffe natürlich, dass sie sich noch berappelt. Aber die ersten Interessenten strecken schon die Fühler aus. Wenn dich das Haus interessiert, musst du schnell sein. Bevor die Erben einen Makler einschalten, meine ich.«

Hubbi nickte. Zum Glück schwang in diesem Moment die Tür auf und sie konnten das Thema nicht weiter vertiefen. Der Stammtisch, bestehend auf fünf Männern in den Fünfzigern, kam laut lachend und redend hinein. Sie trugen allesamt Nikolausmützen, grüßten in die Runde und setzten sich an den Tisch mit der Eckbank. Hubbi schnappte sich das bereits vorbereitete Tablett mit den Pilsgläsern und brachte ihnen die Getränke. Als sie zurückkam, saß Karl-Heinz ebenfalls auf seinem Platz an der Theke.

»Ich hab dich nicht reinkommen sehen«, sagte Hubbi und zapfte ihm ein Pils.

»Wollte dich nicht stören«, meinte Karl-Heinz. Er wirkte müde.

»Hast du deine Gartenmöbel alle ordentlich festgezurrt?«, wollte Berthold wissen.

Karl-Heinz nickte und nahm einen Schluck Bier. »Hoffen wir, dass es dieses Mal ausreicht. Ich mach mir ein bisschen Sorgen ums Dach, aber da hab ich zum Glück noch Ersatzziegel. Die geschnitzten

Weihnachtsmänner neben der Haustür stehen zwar etwas wackelig, waren mir aber zu schwer zum Wegräumen.« Er schaute Hubbi an. »Ich hab Tristan schon gesagt, dass er sich auch um eure Terrasse kümmern soll.«

»Was sein Onkel anordnet, erledigt Tristan sofort«, sagte Hubbi nur halb im Scherz. Durch die Verwandtschaftsverhältnisse nahm es Karl-Heinz mit der Diskretion gegenüber seinen Mietern manchmal nicht so genau. Was er mitbekam, erzählte er immer gleich weiter. Und ab und zu hatte er auch schon unangekündigt bei ihnen im Garten gestanden. Einmal sogar, als Hubbi im Bikini ein Sonnenbad genommen hatte. Sie fühlte sich deswegen machtlos. Es war sein Haus, ihre Wohnung gehörte ihm, sie waren im Prinzip nur zu Gast, auch wenn ihr Mietvertrag etwas anderes sagte. Diese zweifelhafte Privatsphäre war noch ein Grund, warum sie sich nach einem Eigenheim sehnte.

Sie seufzte innerlich. Vor ein paar Wochen hatten sie ihr Traumhaus fast gehabt. Überraschend war ein älterer, alleinstehender Mann gestorben. Sein gepflegtes Einfamilienhaus stand dem von Hubbis bester Freundin Lotte und ihrem Mann Jonas gegenüber. Das Haus war perfekt gewesen und Hubbi hatte sich sofort verliebt. Sogar der Preis hatte gestimmt und Tristan war nur eine Haaresbreite von einem Ja entfernt gewesen. Im Grunde hatten sie das Haus so gut wie sicher, bis irgend so ein Fremder sie überboten hatte. Noch heute kochte die Wut in ihr hoch, wenn sie nur daran dachte.

»Was guckst du denn so trübsinnig?«, fragte Karl-Heinz. Bevor Hubbi antworten konnte, hörte sie jemanden rufen. Es war der Mann mit der Kappe.

»Ich möchte zahlen, bitte!«

Sie nickte und kam um den Tresen herum. Der andere Gast fixierte die ganze Zeit die Tür, als würde er auf jemanden warten. Als Hubbi zu ihnen trat, schaute er sie erschrocken an, ehe er schnell den Blick senkte.

»Macht 7,90 Euro«, sagte Hubbi.

Der Mann mit der Kappe knallte ihr einen Zehner auf den Tisch. »Passt so«, brummte er. »Können Sie mir noch ein Taxi rufen?«

»Na klar«, sagte Hubbi und steckte den Geldschein ein.

Der Mann stand auf und zog eine Schachtel Zigaretten aus seiner Jackentasche. »Ich warte draußen. Schönen Abend noch.«

»Ebenso«, entgegnete Hubbi, sammelte sein leeres Glas ein und ging hinter den Tresen. Sie rief beim Taxiunternehmen an und drehte sich danach zu ihren Stammgästen. Dabei schielte sie zum Stammtisch. Es dauerte noch höchstens fünf Minuten, bevor sie dort für Nachschub sorgen müsste. Schnell machte sie sich ans Zapfen.

»Wer war der Kerl?«, fragte Karl-Heinz. »Kam mir irgendwie bekannt vor.«

»Ach ja? Der war zum ersten Mal hier«, antwortete Hubbi.

Karl-Heinz schielte über seine Schulter. »Und der komische Vogel dort?«

Hubbi seufzte. »Ist mir egal, wer er ist, solange er seine Cola bezahlt.«

»Du hast ja 'ne Laune«, meinte Karl-Heinz mit

erhobenen Augenbrauen und wandte sich Berthold zu, um ihn in ein Gespräch zu verwickeln.

Hubbi bestückte ein weiteres Tablett mit frischen Getränken und balancierte es zu dem Stammtisch. »Du kannst ja Gedanken lesen«, witzelte einer der Männer.

»Kannst gleich die nächste Runde bringen«, meinte ein anderer. »Wird heute nicht spät, wegen des Sturms müssen wir schneller trinken.«

Er lachte grölend und die anderen fielen mit ein. Hubbi war es nur recht.

Bereits eine Stunde später erhoben sich die Männer vom Stammtisch. Sie schwankten deutlich nach ihrem rekordverdächtigen Trinktempo.

»Dass die mal um elf Uhr Feierabend machen«, murmelte Berthold erstaunt.

Hubbi kassierte ab und sah den Männern hinterher, wie sie die Kneipe verließen. Als sie die Tür öffneten, hörte sie draußen den Sturm tosen. Schneeflocken stoben in den Schankraum.

Sie wandte sich an den unbekannten Gast. »Ich möchte jetzt gerne schließen, damit wir alle sicher nach Hause kommen«, sagte sie.

»Sie werfen mich raus?«

Sie zwang sich zu einem Lächeln. Was dachte der Kerl eigentlich? Dass das hier die Bahnhofsmission war, wo er sich aufwärmen konnte, ohne etwas zu trinken? Doch sie blieb freundlich. »Wenn Sie nicht in der Kneipe eingeschlossen werden wollen, müssen Sie jetzt wohl gehen.«

Der Mann sah sich aufmerksam um. Sein Blick blieb an der Eckbank hängen. Er hatte doch nicht wirklich vor, hier zu übernachten?

»Wo wohnen Sie denn?«, fragte sie schnell nach.

Der Mann schaute wieder zu ihr. »Generell oder heute?«

»Heute.«

»Ähm, das weiß ich noch nicht. Gibt es hier im Ort ein Hotel?«

Karl-Heinz lachte laut auf. »Hör mal, wir haben noch nicht mal 'ne Ampel!«

»Es gibt einen Gasthof«, antworte Hubbi ruhig. »Ich kann Ihnen gerne die Adresse geben.« Sie schrieb die Daten auf ihren Kellnerblock, riss den Zettel ab und reichte ihn weiter. »Milena Duve und ihr Mann Hannes sind sehr nett. Bestimmt nehmen sie um die Uhrzeit noch jemanden auf«, sagte sie.

Der Mann nahm den Zettel zögernd an. »Milena Duve«, wiederholte er. »Danke.« Er stand auf. Dann griff er in seine Jacke und zog sein Portemonnaie heraus. Hubbi erhaschte einen Blick auf ein Familienfoto mit zwei Kindern und einer schüchtern dreinblickenden Frau. »Was schulde ich Ihnen?«

»Eine Cola, macht 1,40 Euro.«

»Für 200 Milliliter?«

Hubbi starrte ihn nur wortlos an.

Er senkte den Kopf und zählte eine Handvoll Münzen ab, die er Hubbi reichte. »Stimmt so«, brummte er und stiefelte zur Tür.

»Schönen Abend noch und frohe Weihnachten!«, rief Hubbi ihm hinterher.

Der Mann verschwand.

»Auf solche Gäste kann man verzichten, was,

Hubbi?«, fragte Berthold.

Kopfschüttelnd sah sie auf ihre Hand. »Allerdings. Er hat mir tatsächlich fünf Cent Trinkgeld gegeben.«

Berthold trank sein Bier leer und rutschte von seinem Barhocker. »Komm, wir helfen dir schnell beim Aufräumen, danach kann Karl-Heinz dich nach Hause begleiten.«

Kapitel 2

Der Wind wehte bereits kräftig, als Hubbi und Karl-Heinz den kurzen Weg von der Nuckelpinne nach Hause gingen. Er trieb ihnen Schneeflocken ins Gesicht, die auf der Haut brannten. Hubbi zog sich die Kapuze ihrer Winterjacke bis tief über die Augen und beschleunigte ihren Schritt.

»Manche Leute sind einfach nur dumm«, murmelte Karl-Heinz, als sie an einer Reihe Mülltonnen vorbeikamen, die bereits für die Müllabfuhr am nächsten Tag an den Straßenrand geschoben worden waren. »Die fegt der Sturm garantiert um und morgen früh liegt der ganze Müll auf der Straße.« Karl-Heinz schüttelte missbilligend den Kopf.

Eine Windböe drückte Hubbi in den Rücken, sodass sie vorwärts stolperte. Sie ging noch etwas schneller. Je eher sie nach Hause kam, desto besser.

Kurz darauf erreichten sie ihr Haus. »Danke für die Begleitung«, sagte Hubbi, während sie ihre Eingangstür aufschloss, an der ein weihnachtlicher Tannenkranz aus dem Baumarkt hing. Vorsichtshalber nahm sie ihn ab und legte ihn in den Flur, damit er in der Nacht nicht davonflog.

Karl-Heinz zwinkerte ihr zu. »Ich kann doch nicht riskieren, dass meiner Lieblingskneipenwirtin etwas passiert. Gute Nacht.« Damit verschwand er um das Haus, wo der Eingang zur Hauptwohnung lag.

Hubbi lächelte in sich hinein und betrat die Wohnung. Ihre Stammgäste waren wirklich Gold wert, so anstrengend sie auch manchmal sein konnten.

Sie schloss die Tür hinter sich, zog Schuhe und Jacke aus und stellte ihre Handtasche auf die vollgestellte Kommode, die seit ihrem Einzug als Sammelort für allen möglichen heimatlosen Krimskrams diente. Meter huschte an ihr vorbei in den offenen Wohnbereich und legte sich auf den Teppich neben dem Ledersofa.

Hubbi folgte ihm und ließ den Blick über ihr Heim schweifen, in dem Tristan vorher alleine gewohnt hatte. Sie war direkt aus ihrem Kinderzimmer zu ihm gezogen. Für eine Person war die Wohnung perfekt, aber zwei Menschen und ein Hund konnten sich darin ganz schön auf die Nerven gehen. Insgeheim befürchtete Hubbi, dass ihre beengten Wohnverhältnisse irgendwann zu Streit führen würden. Auch deshalb hielt sie die Augen seit geraumer Zeit nach einem eigenen Haus offen.

Sie trat an die Küchenzeile mit den weiß-glänzenden Fronten und hochmodernen Geräten. Tristan liebte besonders seinen Kaffeevollautomaten, ein Monster aus Chrom, mit dem sich Hubbi inzwischen angefreundet hatte. Ihr liebstes Küchengerät war der Kühlschrank, den sie jetzt öffnete, um nach einem Mitternachtssnack zu suchen. Als sie nichts fand, was sie ansprach, schloss sie ihn wieder. So spät noch zu essen, war sowieso nicht gut für ihre Figur.

Ihr Blick fiel auf Tristans blitzblanken Arbeitsplatz neben der Terrassentür. Auf seinem Schreibtisch standen zwei riesige Bildschirme. Ihr Ehemann war IT-Berater und arbeitete die meiste Zeit von zu Hause aus. Wenn er sich mit seinem Schreibtischstuhl drehte, konnte er in den kleinen Garten sehen, den Hubbi im Sommer fast mehr liebte als die ausladende Ledercouch mit den bunten Kissen – Letztere waren ein Zugeständnis von Tristan. Vor ihrem Einzug hatte die Wohnung in ihren Augen doch ziemlich kühl gewirkt.

Der Rest des Raums wurde von besagter Ledercouch, dem dazu passenden Couchtisch und einem Flachbildfernseher beherrscht. In einigen Tagen würde es dort ziemlich eng werden, da sie einen Christbaum aufstellen wollten. Bei dem Gedanken an das gemeinsame Schmücken wurde ihr ganz warm im Bauch.

Die einzigen anderen Räume der Wohnung waren das Badezimmer und das Schlafzimmer, aus dem Hubbi Tristans regelmäßige Atemzüge hörte.

Hubbi ließ sich auf die Couch fallen. Sofort sprang Meter auf ihren Schoß und ließ sich hinter den Ohren kraulen. Wieder musste sie an Bertholds fragenden Blick denken. Dachte sie tatsächlich schon ans Kinderkriegen? Wollte sie überhaupt welche haben? Erwartet wurde es von ihr, daran bestand kein Zweifel. Ihre Mutter Hannelore ließ ständig kleine Anmerkungen fallen und ihre Patentante Edeltraud hatte sie kürzlich erst ganz offen gefragt, wann sie denn vorhatte, schwanger zu werden. »Du wirst ja nicht jünger«, hatte sie noch nachgeschoben.

Hubbi seufzte und ließ den Kopf gegen die Lehne sinken. Es stimmte ja, dass sie sich mit 31 nicht mehr ewig Zeit lassen konnte. Aber war sie dieser Verantwortung schon gewachsen? Und was war mit Tristan?

Kinder waren außerdem teuer. Tristan verdiente zwar gut, aber als Selbstständiger konnte sich das Blatt auch ganz schnell wenden. Und sie selber kam mit den Einnahmen aus der Kneipe ja nur geradeso über die Runden.

Sie dachte an das Haus, von dem Berthold erzählt hatte. Es war makaber, sich jetzt schon dafür zu interessieren, während die Besitzerin um ihr Leben kämpfte. Andererseits musste man pragmatisch sein, oder nicht? Wer nicht früh genug kam, hatte das Nachsehen.

»Willst du heute Nacht etwa auf der Couch schlafen?«

Hubbi schreckte hoch. Tristan stand in der Schlafzimmertür – nackt bis auf seine karierte Boxershorts. Bei seinem Anblick blieb ihr jedes Mal die Luft weg. Er blinzelte sie aus verschlafenen Augen an. »Du bist ganz schön früh wieder hier.«

»Ich wollte nicht nach Hause fliegen«, scherzte sie.

Tristan lächelte und kam zu ihr geschlurft. Er setzte sich neben sie und zog sie an sich. Hubbi lehnte den Kopf an seine Schulter. Er roch nach Schlaf. Meter knurrte verärgert, als er bemerkte, dass die Streicheleinheiten aufgehört hatten, und sprang auf den Boden.

Draußen tobte der Sturm nun heftiger. Hubbi hörte etwas klappern. »Das wird eine wilde Nacht«, sagte sie, während sie darüber nachdachte, ob sie Tristan jetzt von dem Haus erzählen sollte.

»Da könntest du recht haben«, meinte Tristan und knabberte an ihrem Ohrläppchen.

Hubbi nahm allen Mut zusammen und hob den Kopf, um ihn anzusehen. »Da ist noch was.«

Tristan schaute auf. »Das klingt aber ernst.«

»In Bertholds Nachbarschaft steht demnächst vielleicht ein Haus zum Verkauf.«

Tristans Miene verdüsterte sich. Hubbi wusste, dass ihn das Thema genauso nervte wie sie selber. Aber das war kein Grund, so eine Chance verstreichen zu lassen.

»Was meinst du mit *demnächst vielleicht*? Wovon hängt das denn ab?«

»Die Besitzerin hat Krebs und …«

»Hubbi!« Er zuckte zurück.

»Jetzt hör mir doch erst mal zu! Ich hoffe ja auch, dass sie wieder gesund wird, aber es sieht wohl schlecht für sie aus.«

Tristan trat an die Terrassentür, verschränkte die Arme vor der Brust und schaute hinaus. Hubbi konnte sehen, wie der Apfelbaum im Nachbargarten im Wind schwankte.

Hubbi stand ebenfalls auf, blieb aber vor dem Sofa stehen. »Berthold meinte, es hätten sich schon andere Leute nach dem Haus erkundigt. Wenn wir uns nicht beeilen, haben wir wieder das Nachsehen.«

Tristan gab keine Antwort. Er starrte weiter nach draußen und atmete dabei heftig. Hubbi ging einen

Schritt auf ihn zu und streckte die Hand nach ihm aus. »Wir können es uns doch mal ansehen.« Sie berührte seine Schulter und er fuhr herum.

»Nein!« Er funkelte sie wütend an. »Auf keinen Fall werden wir uns diesen Aasgeiern anschließen!«

»Aber …«, versuchte Hubbi es erneut, doch Tristan stürmte an ihr vorbei ins Schlafzimmer.

Sie schaute ihm ratlos hinterher. Was war da passiert? Warum reagierte er so schroff? Ihr war das Thema ja auch unangenehm, aber … Da fiel es ihr wie Schuppen von den Augen. »Oh nein«, murmelte sie und schlug sich die Hand vor den Mund. Krebs! Tristans Mutter war an Brustkrebs gestorben. Wie hatte sie das bloß vergessen können?

Unschlüssig stand sie mitten im Raum. Die Tür zum Schlafzimmer war nur angelehnt. Sie war hundemüde, doch ihm zu folgen und sich ins Bett zu legen, traute sie sich nicht. Dafür schämte sie sich zu sehr für ihr Verhalten.

Stattdessen setzte sie sich auf die Couch und wartete auf eine Eingebung. Bevor die kam, fielen ihr jedoch die Augen zu.

Sie schrak hoch. »Mama!«

Der Schrei hatte nach Hannelore geklungen. Verschlafen setzte sie sich auf. Dann hörte sie wieder einen Schrei, der kam eindeutig von einem Mann. Hubbi lauschte angestrengt in die dunkle Wohnung, doch das Einzige, was sie hörte, war das Tosen des Sturms draußen. Wahrscheinlich hatte sie sich alles nur eingebildet. Blinzelnd griff sie nach ihrem Handy, das kurz nach halb drei anzeigte, bevor es wieder dunkel wurde. Also war sie doch nicht nur kurz eingenickt.

Sie hob Meter, der auf ihrem Schoß eingeschlafen war, vorsichtig hoch und legte ihn in sein Körbchen. Danach schlich sie ins Badezimmer, putzte sich die Zähne und huschte ins Schlafzimmer. Tristan drehte sich im Schlaf zu ihr herum, als sie unter die Decke kroch. Bald darauf schlief sie ein.

Kapitel 3

Die Stille weckte Hubbi. Sie setzte sich auf und schaute sich um. Tristan schlief noch. Genau in derselben Position, wie sie ihn in der Nacht vorgefunden hatte: auf der Seite, von ihr abgewandt. Sie seufzte. Hoffentlich war er nicht mehr böse auf sie, wenn er aufwachte. Sie ärgerte sich, dass sie das Thema überhaupt angeschnitten hatte, ohne darüber nachzudenken, wie er das auffassen würde.

Ihr Hahnenwecker sagte ihr, dass es erst kurz vor acht war. Hubbi schloss genervt die Augen. Sie wusste, sie würde nicht mehr einschlafen können. Also schlug sie die Decke zur Seite und stand auf. Sie tappte aus dem Schlafzimmer und schloss die Tür leise hinter sich. Meter in seinem Körbchen hob den Kopf. Als er Hubbi erkannte, wedelte er freudig mit dem Schwanz und lief zu ihr.

»Na, gut geschlafen?«, flüsterte Hubbi und streichelte ihm über den Rücken.

Meter bellte als Antwort.

»Pst«, machte Hubbi. »Tristan schläft noch.«

Sie ging in den Küchenbereich und öffnete den Kühlschrank. Dann warf sie Meter die letzte Scheibe

Fleischwurst zu, die er mit einem Happs verschlang.

Am Kaffeeautomaten bereitete sie sich einen Latte Macchiato zu. Sie trug ihn zur Terrassentür und schaute hinaus. Eine dicke Schneeschicht verwischte die Konturen des Gartens, dennoch erkannte sie, dass ein Blumenkübel umgekippt war. Ansonsten hatte offenbar alles den Sturm überstanden.

Hubbi stellte die Kaffeetasse auf Tristans Schreibtisch ab und öffnete die Tür. Sofort flitzte Meter an ihr vorbei ins Freie und wälzte sich fröhlich im Neuschnee. Auf Hubbis nackten Beinen bildete sich eine Gänsehaut. Seit sie hier wohnte, trug sie nachts meistens nur ein T-Shirt, neben Tristan war ihr für gewöhnlich warm genug.

Kurz überlegte sie, ob sie sich etwas anziehen sollte, trat dann aber barfuß auf die Terrasse, um schnell den Blumentopf wieder aufzustellen. Der Schnee unter ihren Füßen prickelte. Sie atmete ein paar Mal die klare Luft ein, während sie die Stille genoss. Dann sah sie sich nach ihrem Hund um.

»Meter?«

Er war nirgends zu sehen. Hatte er sich etwa wieder in Karl-Heinz' Garten geschlichen? Seit Neuestem machte es Meter unglaublich Spaß, in dessen Blumenbeeten zu wühlen. Nun sah sie auch die Pfotenspuren, die dort hinführten.

»Meter! Komm her!«, zischte Hubbi nun etwas lauter. Sie wollte nicht gleich die ganze Straße aufwecken, vor allem nicht Karl-Heinz.

Mit nackten Füßen lief Hubbi den Hang zu dem Bereich des Grundstücks hinauf, den Karl-Heinz als Garten nutzte. Die festgebundenen Möbel auf der

Terrasse hatten den Sturm gut überstanden, lediglich ein Ast von einem Kirschbaum war abgebrochen und lag auf dem Rasen. Von ihrem Dackel war weit und breit nichts zu sehen, obwohl er seinen Spuren zufolge hier gewesen sein musste.

Leise fluchend lief Hubbi wieder hinunter, wobei sie ausrutschte und das letzte Stück auf ihrem Hinterteil zurücklegte. Dieser verdammte Hund! Vielleicht hätten sie ihn als Welpen doch besser mal zur Hundeschule bringen sollen.

Sie rappelte sich auf und klopfte sich den Schnee von der Unterhose. Breitbeinig stakste sie zu ihrer eigenen Terrasse und sah sich um. Er musste sich durch die Hecke gequetscht haben und auf die Straße gelaufen sein. Hubbi atmete durch. Das war nicht sonderlich schlimm, da in ihrer Sackgasse nur selten Autos fuhren und um die frühe Uhrzeit sowieso nicht.

Hubbi überlegte kurz, sich nun doch eine Hose und Schuhe anzuziehen, aber bis sie damit fertig war, wäre der Dackel womöglich über alle Berge. Und ihre Füße waren mittlerweile sowieso taub. Also öffnete sie das Gartentor und streckte den Kopf hinaus. »Meter?«

Sie hörte ein leises Jaulen von rechts und trat auf die Straße. Sofort entdeckte sie ihren Hund und auch den Grund, warum er auf ihr Rufen nicht reagiert hatte.

»Ach du Scheiße!«, entfuhr es ihr. Dass sie die Nachbarn nun wohl doch geweckt hatte, war ihr egal. Zu schrecklich war der Anblick des halb mit Schnee bedeckten Körpers, der vor ihrer Haustür lag.

Als sich Hubbis Schockstarre etwas gelöst hatte, ging sie vorsichtig näher heran. Die Person war klein. *Ein*

Kind?, dachte Hubbi erschrocken. Meter leckte der Person über das Ohr. Er schaute fragend zu ihr auf, als sie sich neben ihn kniete und mit zittrigen Fingern am Hals nach einem Puls tastete. Nichts.

»Hallo! Hören Sie mich?« Vorsichtig drehte sie den leblosen Körper auf den Rücken. »Scheiße!«, stieß sie aus. Bei der Person handelte es sich nicht um ein Kind, sondern um einen Mann. Sein Gesicht war leichenblass und voller Blut. Den Grund dafür hatte sie schnell ausgemacht: eine klaffende Wunde direkt über der Stirn. Der Schädel war eingedrückt.

Sie schluckte schwer. Was war bloß geschehen?

Hubbi schaute sich um und entdeckte einen Dachziegel, halb unter dem Schnee verborgen. Vorsichtig wischte sie den Schnee weg. An einer Ecke des Ziegels klebte Blut. Sie schaute nach oben zum Dach: Der Ziegel musste vom Sturm heruntergeweht worden sein und hatte den Mann an der Stirn getroffen. *Er war wohl zur falschen Zeit am falschen Ort,* schoss es ihr durch den Kopf.

»Was ist das denn für ein Geschrei? Und das um diese Uhrzeit?«

Hubbi sah hinter sich. Karl-Heinz kam die Treppe von seiner Haustür herunter und blieb mitten auf der Straße stehen. »Himmel, Arsch und Zwirn, was ist passiert? Und warum bist du bei den Temperaturen halbnackt?«

»Ich glaube, ein Dachziegel hat ihn getroffen«, meinte Hubbi und zeigte auf den Mann vor ihr. »Er ist tot.«

Wer war das? Und was hatte er mitten in der Nacht bei einem Sturm vor ihrem Haus zu suchen gehabt? Ihr kam der Schrei in den Sinn, der sie geweckt hatte. Hatte sie sich das doch nicht eingebildet? Hatte er geschrien? Hätte … Hätte sie vielleicht etwas tun können, wenn sie nur nachgesehen hätte?

»Ich rufe trotzdem einen Krankenwagen«, beschloss Karl-Heinz. »Nicht, dass uns nachher jemand mit unterlassener Hilfeleistung oder so einem Mist kommt.« Damit ging er wieder ins Haus.

»Und hol die Polizei!«, rief Hubbi ihm hinterher. Sie richtete sich auf. Meter ließ von dem leblosen Mann ab und schaute sie fragend an.

»Hubbi, was ist passiert?« Tristan stand auf einmal in der Haustür und starrte geschockt an ihr herab. »Ich dachte, du wärst im Badezimmer, dann habe ich das Geschrei gehört. Geht es dir gut?«

Verwirrt folgte Hubbi seinem Blick. Offenbar hatte sie im Blut des Mannes gekniet. »Schon gut, das ist nicht von mir«, wehrte sie ab und zeigte auf den leblosen Körper.

»Oh mein Gott, was ist mit ihm?« Tristan kniete sich neben den Mann und betastete seinen Hals, ließ die Hand sinken und schüttelte den Kopf.

»Ein Sturmtoter«, sagte Hubbi und zeigte Tristan den blutigen Dachziegel und danach auf das Dach. »Karl-Heinz ruft schon Hilfe.«

Tristan schaute an Hubbi hoch. »Ich bleibe bei ihm, während du dir was anziehst.«

»Oh, ja, danke.« Hubbi hatte nicht daran gedacht, dass sie den Rettungskräften vielleicht nicht in Slip und T-Shirt entgegentreten sollte. Drinnen wusch sie sich schnell das Blut von den Knien und schlüpfte in

Jogginghose, Pullover, Jacke und Schuhe. Kurz darauf hörte sie auch schon das Martinshorn und sie lief wieder hinaus.

Eine Notärztin kam angelaufen und kniete sich über den Mann, zwei Sanitäter assistierten ihr. Tristan und Karl-Heinz standen an der Hauswand und beobachteten, wie die Helfer den Mann betasteten, abhörten und die Ärztin schließlich den Kopf schüttelte. Sie stand auf. »Wer hat den Toten gefunden?«

Hubbi hob die Hand. »Er lag auf dem Bauch, vollkommen von einer dünnen Schneeschicht bedeckt. Als ich ihn umgedreht habe, habe ich festgestellt, dass er tot ist.«

Die Ärztin maß Hubbi mit einem langen Blick. »Wie konnten Sie sich da so sicher sein?«

»Ich habe geguckt, ob er noch atmet, und seinen Puls gefühlt. Er war schon eiskalt. Na ja, und dann die Wunde am Kopf. Ich meine, wenn einem Gehirnmasse aus der Stirn sickert, ist man meistens nicht mehr am Leben, oder?«

Die Frau verschränkte die Arme vor der Brust und hob eine Augenbraue.

»Hubbi kennt sich mit Toten aus, darauf können Sie einen lassen«, stand ihr Karl-Heinz wenig hilfreich bei.

»Soso?«, sagte die Ärztin und betrachtete Karl-Heinz. Dann seufzte sie und ließ die Arme sinken. »In diesem Fall konnte es wahrscheinlich keinen Zweifel geben. Er ist wirklich schon eine Weile tot.«

»Wie lange, glauben Sie?«, hakte Hubbi nach.

Die Ärztin betrachtete den Toten. Die Sanitäter hatten ihn mit einer silbernen Rettungsdecke abgedeckt und räumten gerade ihre Sachen ein. »Circa sieben Stunden, schätze ich.« Sie schaute nach oben. »Ich vermute, eine herabfallende Dachpfanne hat ihn am Kopf erwischt. Er war sofort tot.«

Tristan zückte sein Smartphone und schaute etwas nach. »Ungefähr um 3 Uhr hat es aufgehört zu schneien. Wenn nur wenig Schnee auf ihm lag, muss es kurz vorher passiert sein.«

Hubbi runzelte die Stirn. Die Zeit passte zu dem Geschrei, das sie um halb drei geweckt hatte. Aber wenn er sofort tot gewesen war, wieso hatte er vorher noch geschrien? Und hatte sie nicht auch eine andere Stimme gehört? Oder war das nur Einbildung gewesen?

»Krieg ich jetzt Ärger?«, fragte Karl-Heinz. »Weil der Ziegel von meinem Dach gefallen ist, meine ich?«

Die Ärztin zuckte mit den Schultern. »Das müssen Sie mit der Polizei klären.« Sie schaute sich um. »Wo bleiben die überhaupt?«

In diesem Moment bog ein Fahrradfahrer um die Ecke. Hubbi erkannte Kevin sofort. Er trug eine Jeans und eine schwarze Daunenjacke, dazu eine Mütze mit dem schwarz-gelben Batman-Logo und dazu passende Handschuhe. Als er näher kam, sah sie seine roten Augen und die laufende Nase. Er stieg vom Rad, lehnte es an die Hauswand und nieste erst mal so heftig, dass sich Meter ängstlich hinter Hubbis Beinen versteckte.

»Tschuldigung«, murmelte er und schnäuzte sich in ein Stofftaschentuch aus seiner Hosentasche. Hubbi verzog angeekelte das Gesicht, als sie sah, wie er nach einer unbenutzten Ecke suchte.

»Die Kollegen liegen alle flach.« Er grinste. »Bin als

Einziger noch fit.«

»Aha, fit ist ja wohl die Übertreibung des Monats«, murmelte Karl-Heinz.

»Wer sind Sie?«, fragte die Notärztin scharf.

Kevin stopfte das Taschentuch zurück in seine Hose und streckte ihr die Hand entgegen, aber sie schaute ihn nur verstört an.

»Kevin Cramer, Polizei. Die Leitstelle hat mich gebeten, mir diesen Unfall hier mal anzusehen.«

»Aha«, entgegnete die Ärztin nach einer erneuten Musterung. »Tja. Der Mann wurde vermutlich von einem Dachziegel getroffen. Schädelbasisbruch, vermute ich, aber das muss Ihr Rechtsmediziner klären.«

»Der kommt nicht, den hat's auch erwischt«, sagte Kevin. Er trat näher an den Toten heran, bückte sich und zog die Decke so weit zurück, dass er das Gesicht sehen konnte. »Uah!«, machte er und ließ die Decke fallen. Die beiden Sanitäter verzogen spöttisch das Gesicht.

»Ihre erste Leiche?«, fragte die Ärztin.

Kevin schüttelte den Kopf. Sein Gesicht wurde weiß.

Die Ärztin schnaufte verächtlich. »Ich schreibe Ihnen einen Bericht. Der Bestatter ist auch schon verständigt. Wenn Sie noch Fragen haben, rufen Sie mich an.«

»Bleiben Sie nicht, bis der kommt?«, fragte Kevin.

»Glauben Sie etwa, wir haben nichts Besseres zu tun?« Damit stieg sie in den Rettungswagen und sie brausten davon.

Sie sahen dem Rettungswagen hinterher, bis er um die Ecke verschwunden war.

»Und jetzt?«, fragte Karl-Heinz.

Kevin drehte sich zu ihnen um und hob ratlos die Schultern.

»Vielleicht sollten wir mal schauen, wer der Tote überhaupt ist«, schlug Hubbi vor. Die Frage beschäftigte sie schon die ganze Zeit.

»Ähm, ja, gute Idee«, sagte Kevin, rührte sich aber nicht vom Fleck.

»Worauf wartest du denn, Junge?«, kam es von Karl-Heinz.

»Pass auf, was du sagst, sonst kriegst du Ärger wegen Beamtenbeleidigung«, maulte Kevin. Er zückte sein Handy und wählte eine Nummer. Tristan ging derweil ins Haus.

»Ja, hier Kevin Cramer, ich hab hier einen ungeklärten Todesfall. Wer ist denn heute von der Kriminalpolizei im Dienst? Alle? Und die Spurensicherung? Kein Einziger?« Er nieste wieder und wischte sich die Nase am Ärmel ab. »Ja, könnte auch ein Unfall sein, aber das soll die Kripo klären. Hm … Ja … Haha, sehr witzig.« Er drückte wütend auf das Handy und schob es zurück in seine Tasche. Wieder schaute er unschlüssig auf den Toten am Boden.

»Ich könnte in seinen Taschen nachsehen«, schlug Hubbi vor.

»Ja, okay«, antwortete Kevin nach einigem Zögern. »Aber verwisch keine Spuren.«

Hubbi kniete sich neben den Mann, wobei sie dieses Mal darauf achtete, dass sie nicht mit dem blutigen Schnee in Berührung kam. Nun kam Tristan wieder und reichte ihr wortlos ein paar Gummihandschuhe, die sie sonst zum Kloputzen benutzten.

»Oh, gute Idee«, sagte Hubbi und schielte zu Kevin, der zufrieden nickte. Sie griff in die Taschen der grünen Winterjacke und ertastete eine Packung Taschentücher. Danach zog sie den Reißverschluss der Jacke auf und durchsuchte die Innentasche.

»Leer«, meinte sie und zog die Hand zurück. »Bleiben nur noch die Hosentaschen.« In der rechten fand sie einen Schlüsselbund.

»Gib mal her«, sagte Kevin herrisch. »Das ist Beweismaterial.« Er nahm die Schlüssel und steckte sie in dieselbe Hosentasche, in der zuvor auch das vollgerotzte Stofftaschentuch verschwunden war. »Was ist mit den Gesäßtaschen?«

»Soll ich dir helfen, ihn umzudrehen?«, fragte Tristan Hubbi.

Sie schaute zu ihm hoch, er wirkte wenig angetan. Das hier war nicht Tristans erste Leiche. Sie konnte sich noch zu gut an den toten Kapitän erinnern, den sie ebenfalls gemeinsam durchsucht hatten. Trotzdem konnte sie es ihrem Mann nicht verdenken, wenn er nicht allzu scharf darauf war, eine Leiche zu betatschen.

»Ja, das wäre nett«, sagte sie.

Tristan trat an den Toten heran, bückte sich und griff nach seiner linken Schulter. Hubbi griff unter die Hüfte und gemeinsam drehten sie den Mann auf den Bauch. In der rechten Gesäßtasche entdeckten sie tatsächlich etwas. »Sein Portemonnaie«, sagte Hubbi und hielt die lederne Börse in die Höhe. Sie war steif gefroren.

»Ah, sehr gut.« Kevin nahm ihr die Börse weg.

Hubbi wollte protestieren, doch sie verkniff es sich.

Stattdessen betrachtete sie den Toten: Er war für einen Mann ungewöhnlich klein.

Kevin öffnete das Portemonnaie und zog eine Karte heraus. »Sein Personalausweis«, sagte er und las ihn.

»Jetzt rück schon mit dem Namen raus«, maulte Karl-Heinz.

Kevin warf ihm einen bösen Blick zu. »Dario Becker. 26 Jahre alt. Wohnte in Affeln.« Er zog die Augenbrauen hoch. »Oh, ein Aufkleber. Muss erst kürzlich hergezogen sein.«

In Hubbis Kopf machte es Klick. »Das ist der Kerl, der das Haus gegenüber von Lotte gekauft hat!« Sie konnte sich noch an die Führung mit der Maklerin erinnern. Der Mann hatte sich im Hintergrund gehalten und zunächst keine Fragen gestellt. Erst hatte sie gedacht, er wäre ein Kind, weil er so klein und schmächtig war, doch dann hatte er die Maklerin angesprochen und gefragt, warum es in dem Haus keinen Dachboden gäbe. Seine tiefe Stimme ließ keinen Zweifel daran, dass er ein Erwachsener sein musste. Dennoch hatte es sie überrascht, dass er tatsächlich den Zuschlag für das Haus erhalten hatte. Offenbar hatte er die Maklerin oder den Erben des verstorbenen Hausbesitzers mit seinem Angebot überzeugt.

»Ein Buiterling also«, meinte Karl-Heinz und schnaufte. »Nachts bei einem Schneesturm spazieren gehen, so was machen auch nur Zugezogene.«

Kevin steckte den Personalausweis zurück in das Portemonnaie und klappte es zu. »Weißt du, ob er Familie hatte?«

Sie sah ihn ratlos an. »Wir haben bei der Besichtigung

kein Kaffeekränzchen abgehalten.«

»Na toll«, murmelte Kevin.

Da fuhr der schwarze Leichenwagen vor. Richard Lohmeier stieg aus und kam zu ihnen. Der Bestatter war ein breitschultriger Mann mit Dreitagebart.

»Na, was haben wir denn hier?«, fragte er. Hinter ihm stieg ein junger, zitternder Mann in einem viel zu großen, schwarzen Jackett aus. Hubbi vermutete, dass es sich bei ihm um den Auszubildenden handelte.

»Ein Sturmopfer«, antwortete Kevin.»Von einem heruntergefallenen Dachziegel erschlagen.«

Hubbis Blick wanderte zu dem blutigen Dachziegel, der immer noch dort lag, wo sie ihn gefunden hatte. Etwas an dem Anblick irritierte sie, aber sie bekam es nicht zu fassen.

»Ach so«, meinte Lohmeier, während er die Bahre aus dem Kofferraum rollte.»Nicht der Erste heute. War vorhin schon bei einem, den hat ein Baum im Auto erwischt. Die Feuerwehr musste ihn rausschneiden. Kein schöner Anblick, das kann ich euch sagen.« Er schob die Bahre neben den Toten und wies seinen Azubi mit einem Nicken an, die Füße zu packen. »Auf drei«, sagte Lohmeier und packte den Toten in den Achselhöhlen. »Eins, zwei, drei.« Gemeinsam hoben sie Dario Becker in den schwarzen Plastiksack auf der Bahre.»Das ist ja ein Leichtgewicht«, meinte Lohmeier. »Den hätte ich auch alleine hochgewuppt bekommen.« Er stellte sicher, dass Arme und Beine sicher im Sack lagen. Anschließend zog er den Reißverschluss zu.

»Wisst ihr, wie der Mann heißt?«, fragte er in die Runde.

»Dario Becker«, antwortete Kevin.

»Verwandte?«

»Wissen wir noch nicht.«

Lohmeier schnaufte. »Na schön, ich schiebe ihn erst mal in die Kühlung.« Er wandte sich an Kevin. »Du meldest dich, wenn du jemanden gefunden hast, ja?«

Kevin nickte.

»Gut. Ich muss weiter. Schönen Tag noch«, sagte Lohmeier und fuhr mit dem toten Dario Becker im Kofferraum davon.

Kapitel 4

Nachdem der Bestatter gefahren war, hatte es auch Kevin eilig, wegzukommen. Er radelte, ohne sich zu verabschieden, los.

»Und wer kümmert sich jetzt um diese Schweinerei?«, fragte Karl-Heinz mit Blick auf die Blutpfütze vor seinem Haus.

»Wir machen das zusammen«, sagte Hubbi. »Aber vorher würde ich gerne duschen.« Sie zitterte jetzt. Bei all der Aufregung hatte sie nicht bemerkt, wie durchgefroren sie war.

»Und ich brauche einen Kaffee«, sagte Tristan.

»Na ja, der Schlamassel läuft uns wohl nicht weg«, gab Karl-Heinz nach und ging ebenfalls ins Haus.

Hubbi stand lange unter dem heißen Wasserstrahl und dachte über Dario Becker nach. Wieso war er mitten in der Nacht unterwegs gewesen? Hatte er bei dem Sturm nach einer Art Kick gesucht? Wenn er tatsächlich so doof gewesen war, was hatte er ausgerechnet in Hubbis Straße zu suchen gehabt? Ihr Haus lag am Ende einer Sackgasse. Hier gab es nichts zu sehen. Die Häuser und Vorgärten waren noch nicht einmal besonders schön, eher gut erhaltene

Bürgerlichkeit aus den Achtzigerjahren, momentan verschönert durch leuchtenden Weihnachtsschmuck aus dem Discounter. Dario hatte sich hier wohl kaum Anregungen für die Gestaltung seines Vorgartens gesucht, vor allem nicht mitten in der Nacht. Doch was hatte ihn dann hierher geführt? Kannte er womöglich einen der Nachbarn?

Trotz des warmen Wassers lief ihr ein eiskalter Schauer über den Rücken. Hatte er womöglich zu ihr gewollt? Aus welchem Grund? Bis auf dieses eine Mal bei der Besichtigung hatten sie sich nie gesehen. Und auch dort hatten sie kein einziges Wort miteinander gewechselt. Sie schüttelte den Gedanken ab. Das ergab nun wirklich keinen Sinn.

»Hubbi, Frühstück!«, hörte sie Tristan rufen.

Sie drehte das Wasser ab und stieg aus der Dusche. Nachdem sie sich abgetrocknet hatte, zog sie frische Jeans, dicke Socken und einen Strickpullover an, dann föhnte sie sich die Haare und band sie zu einem lockeren Pferdeschwanz zusammen.

»Bin ja schon da«, murmelte sie, als sie aus dem Badezimmer kam. Tristan hatte den Tisch gedeckt. Es gab aufgebackene Brötchen, gekochte Eier und sogar Pancakes mit Sirup. Im Hintergrund spielte leise Weihnachtsmusik.

»Oh, wie nett von dir«, freute sich Hubbi, während sie sich schon eine Gabel voll Pfannkuchen in den Mund schob.

Tristan beobachtete sie eine Weile dabei, wie sie in Windeseile eine riesige Portion verdrückte. »Stehst du unter Schock?«

Hubbi schaute von ihrem Teller auf. »Wieso?«, nuschelte sie mit vollem Mund.

»Na, weil du dich so vollstopfst.«

Hubbi schluckte den aktuellen Bissen ungekaut herunter. »Ich stope mich nicht voll! Ich habe einfach nur Hunger.« Sie legte Messer und Gabel beiseite, obwohl sie noch nicht satt war, und stand auf. »Ich helfe jetzt Karl-Heinz.«

Tristan sah sie besorgt an. »Geht es dir wirklich gut?«

»Ja, ehrlich.« Hubbi ging zu ihm und drückte ihm einen Kuss auf die Lippen. »Bis später.« Sie lächelte ihm zu und war froh, dass ihr Streit von heute Nacht offenbar kein Thema mehr für ihn war.

Dann ging sie nach draußen. Karl-Heinz stand mitten auf der Straße und schaute nachdenklich zum Dach hoch. Hubbi trat neben ihn.

»Was suchst du denn da?«

»Die Stelle, wo der Dachziegel fehlt. Das muss ich reparieren, sonst regnet es noch rein.«

Hubbi hielt sich die Hand über die Augen. Die Sonne strahlte ungewöhnlich hell für diesen Dezembermorgen. »Ich seh nix.«

»Das ist es ja«, schnaufte Karl-Heinz. »Ich muss zwar eh aufs Dach klettern, um das zu reparieren, aber ich wollte da oben nicht länger als nötig rumkraxeln.« Er verschwand fluchend in seiner Garage. Kurz darauf kam er mit einer ausziehbaren Leiter zurück, die er an das Dach lehnte. »Kannst du mal festhalten?«

Hubbi packte die Leiter mit beiden Händen, während Karl-Heinz hinaufkletterte. Meter bellte derweil aufgeregt.

»Was hat der Köter denn?«, wollte Karl-Heinz wissen.

»Er möchte wohl nicht noch eine Leiche vor seiner Haustür liegen sehen«, meinte Hubbi.

»Witziger Hund.« Karl-Heinz schnaufte. »Halt du nur die Leiter ordentlich fest, bis ich oben bin, dann gibt's auch keine weitere Leiche.«

Er kletterte über das Dachgesims und hielt sich an den Metallsprossen fest, die normalerweise nur vom Schornsteinfeger benutzt wurden. Hubbi wagte es nicht, noch länger dabei zuzusehen, wie Karl-Heinz auf dem vereisten Dach herumkletterte. Sie konnte ihm von hier unten eh nicht helfen, also drehte sie sich um und betrachtete die Stelle, wo Dario Becker gelegen hatte. Das Blut war größtenteils getrocknet. Sie hob den Dachziegel auf, der ihn das Leben gekostet hatte. Er musste seinen Schädel genau mit der Ecke getroffen haben, was den größtmöglichen Schaden verursacht hatte. Dieser Becker war wirklich ein Pechvogel.

Unschlüssig sah Hubbi sich um. »Wo soll ich den Ziegel hinlegen?«, rief sie nach oben. Karl-Heinz hatte den Schornstein mittlerweile erreicht und schaute sich suchend um. Sogar von hier unten hörte sie ihn angestrengt schnaufen.

»Ist er denn noch heile?«, brüllte er herunter.

Hubbi sah sich den Dachziegel genau an. »Eine Kante fehlt.«

»Wirf sie in die Mülltonne. Ich hab neben dem Haus noch genügend.«

Die Mülltonnen von Karl-Heinz standen in einer Nische zwischen Hauswand und Hang. Hubbi ging hin und warf den Ziegel hinein. Dann holte sie aus Karl-Heinz' Garage einen Eimer mit Seifenwasser und eine Bürste und machte sich daran, das Blut vom Asphalt zu schrubben.

»Herrgott, was ist denn hier passiert?«

Hubbi fuhr herum. Hinter ihr stand ihre Mutter Hannelore, ihr Körper unter ihrer metallic-creme glänzenden Steppjacke bebte vor Schreck, die blonde Kurzhaarfrisur trotzte dem noch immer kräftigen Wind. Sie starrte auf das blutige Putzwasser.

»Oh, hallo, Mama.« Hubbi stand auf, wobei ihre Knie knackten. »Das Blut? Es gab einen Unfall.«

»Wie bitte? Wer ist denn verletzt?« Hannelore reckte den Hals. »Tristan? Hubbi, du willst mir doch nicht sagen, dass du schon Witwe bist?«

»Wie? Was?« Hubbi hatte ihre liebe Mühe, der wilden Fantasie ihrer Mutter zu folgen. »Tristan geht es gut. Würde ich hier wohl in aller Seelenruhe den Bürgersteig schrubben, wenn er tot wäre?«

Hannelore runzelte die Stirn. Dass sie so lange für eine Antwort brauchte, erschütterte Hubbi. »Da bin ich aber froh, dass ihm nichts passiert ist.« Sie schlug die Hand vor den Mund. »Ist es Karl-Heinz?«

»Was ist mit mir?«, rief der.

Hannelore schaute sich erschrocken um. »Wer war das?«

»Ich«, antwortete Karl-Heinz vom Dach. »Du hast meinen Namen gesagt.«

Hannelore entfernte sich ein Stück vom Haus und schaute hoch zum Dach. »Was machst du denn da oben?«

»Das Loch von der Dachschindel suchen, die dem armen Würstchen heute Nacht den Kopf gespalten hat.«

Hannelore sog erschrocken die Luft ein. »Wie bitte? Kopf gespalten?«

»Daher das Blut«, erklärte Hubbi. »Ich habe den Mann heute Morgen gefunden. Richard Lohmeier hat ihn vorhin abgeholt.«

»Ach, herrjemine«, meinte Hannelore. Es klang zwar erschrocken, aber in ihren Augen glimmte ein Funken unverhohlener Neugier, den Hubbi nur allzu gut kannte.

»Wer war der Mann? Und was hat er heute Nacht hier gemacht?«

»Dario Becker«, antwortete Hubbi. Ihre Mutter würde die Identität des Toten früher oder später ja sowieso herausfinden. »Und was er hier zu suchen hatte, wissen wir nicht.«

»Dario Becker?« Hannelore legte die Stirn in Falten. »Woher kam der? Nicht aus Affeln, oder?«

»Doch«, antwortete Karl-Heinz an Hubbis Stelle. Er kletterte gerade die Leiter wieder herunter. »Ein Zugezogener.«

»Er hat das Haus gegenüber von Lotte gekauft«, fügte Hubbi hinzu.

»Das Haus, das ihr euch auch angesehen habt?«

Hubbi nickte zerknirscht. »Genau.« Sie besah sich den Asphalt und fand, dass er sauber genug war. Das blutige Putzwasser schüttete sie in das Spülbecken in der Garage und hängte die Bürste auf.

»Oha. Der arme Mann«, sagte Hannelore, als Hubbi zurückkam. Sie wirkte nachdenklich.

»Diese Notärztin meinte, es war sofort vorbei mit ihm«, meinte Karl-Heinz. Er wischte sich die Hände an der Kordhose ab. »Wirklich ein Pechvogel.«

Hannelore nickte gedankenverloren. »Was ist denn mit seinem Haus? Das steht doch jetzt wieder leer.«

»Mama! Er ist gerade erst gestorben!«, empörte sich Hubbi.

»Ja und? Über so etwas muss man doch nachdenken. Du solltest seine Angehörigen kontaktieren, wenn er welche hat. Und schon mal die Fühler ausstrecken.« Sie sah Hubbi fest in die Augen und hob den Zeigefinger. »Hubbi, wenn man etwas wirklich will, darf man nicht zimperlich sein.«

Karl-Heinz lachte auf. »Ein wahres Wort!«

Hubbi schüttelte den Kopf. »Das ist nicht richtig. Das fühlt sich an, als ob ich mich über seinen Tod freuen sollte. Das will ich nicht.« Sie musste an Tristans Reaktion denken, als sie ihm in der Nacht zuvor von dem Haus der krebskranken Frau erzählt hatte. Wie hatte sie bloß so etwas vorschlagen können? Sie fühlte sich deshalb noch immer miserabel und war froh, dass Tristans moralischer Kompass im Gegensatz zu ihrem noch einwandfrei funktionierte.

Hannelore lächelte milde. »Natürlich sollst du dich nicht über den Tod eines Menschen freuen. Das tut niemand. So ein Unfall ist immer eine Tragödie, besonders für die Angehörigen.« Sie seufzte tief. »Ich weiß noch, als dein Opa damals starb. Der ganze Papierkram! Und dann mussten wir uns auch noch um sein Haus kümmern. So was kann man ja nicht einfach leerstehen lassen, dann verkommt es. Das muss man heizen und gelegentlich lüften.« Sie nickte andächtig. »Hab ich recht, Karl-Heinz?«

Der schüttelte verwirrt den Kopf. »Wie? Na ja, nur weil da mal ein paar Monate niemand drin wohnt, wachsen da nicht gleich Bäume aus dem Abfluss.«

Hannelore funkelte Karl-Heinz böse an, dann setzte sie schnell wieder dieses gütige Lächeln auf und wandte sich an Hubbi. »Ich meine ja nur, dass du den Angehörigen von diesem Dario Becker bestimmt einen Gefallen tust, wenn du ihnen sein Haus abnimmst.«

Hubbi sah von ihrer Mutter zu Karl-Heinz, der ratlos die Achseln zuckte, und wieder zurück. Hubbi entging natürlich nicht, was ihre Mutter damit bezweckte. Nachdem Hubbi endlich geheiratet hatte, war es in den Augen ihrer Mutter und deren Lästerschwester nun an der Zeit, den nächsten Schritt in Richtung geordnete Bürgerlichkeit zu tun. Ein schnuckeliges kleines Eigenheim wäre der Beweis für die Leute, dass Hannelores einzige Tochter es doch zu etwas gebracht hatte im Leben – wenn auch mit Verspätung.

»Ich weiß nicht«, meinte Hubbi. »Tristan ist von der Idee mit dem eigenen Haus nicht so begeistert.«

»Papperlapapp!« Hannelore wischte mit der Hand durch die Luft. »Er braucht sicher nur ein bisschen Zeit, um sich an den Gedanken zu gewöhnen. Das darf dich aber nicht davon abhalten, so eine Chance zu ergreifen. Du weißt doch selbst, wie es momentan auf dem Immobilienmarkt aussieht.«

Hubbi schaute an ihrer Mutter vorbei zu Karl-Heinz, der wieder nachdenklich auf das Dach blickte und anscheinend nicht mehr zuhörte.

»Du könntest ja schon mal in Erfahrung bringen, wer das Haus erbt«, drängte Hannelore sie.

»Hm«, machte Hubbi. »Du weißt das also nicht?« Irgendwie hatte sie gehofft, dass ihre Mutter mehr über Dario Becker und seine Familienverhältnisse wusste. Da hatte Hannelore ihre Nachforschungen wohl etwas schleifen lassen.

Hannelore schnaufte. »Als ob ich von jedem im Dorf die Familiengeschichte kennen würde!«

»Nicht?« Hubbi schmunzelte, lenkte aber ein. »Ich könnte ja mal Kevin anrufen. Der kümmert sich um die Sache.«

Hannelore lächelte zufrieden. »Gute Idee.«

Hubbi griff in ihre Hosentasche. »Oh, mein Handy liegt noch drinnen.«

Mit einem verständnisvollen Grinsen griff Hannelore in ihre Handtasche. »Hier, nimm meins.«

»Oh, danke«, murmelte Hubbi. Sie hatte Kevins Nummer schon so oft gewählt, dass sie sie mittlerweile auswendig kannte. Flink tippte sie die Nummer ein.

»Kevin Cramer«, meldete er sich förmlich.

»Hey, hier ist Hubbi.«

»Hubbi? Hast du eine neue Nummer?«

»Ist das Handy von meiner Mama. Ich wollte nur mal kurz hören, wie es mit Dario Becker weitergeht.«

»Wie es …« Ein Niesen unterbrach Kevin mitten im Satz. Hubbi konnte hören, wie er sich die Nase putzte. »Das müssen die Angehörigen entscheiden.«

Hubbi runzelte die Stirn. Irgendwie kam ihr diese Antwort falsch vor. »Ihr gebt den Leichnam schon frei?«, hakte sie nach.

»Ja.«

»Gibt es denn keine Ermittlungen?« Sie schaute zu Karl-Heinz, der gerade die Leiter wegräumte.

»Ermittlungen? Zu einem Unfall? Nein. Außerdem ist der Großteil der Kollegen krankgeschrieben. Nur ich muss die Stellung halten, dabei hatte ich vorhin 37,8 Grad Fieber. Und ich habe furchtbaren Husten.« Wie zum Beweis röchelte er heftig in den Hörer. Instinktiv hielt sich Hubbi das Handy ein Stück vom Gesicht und kam sich dabei ziemlich blöd vor.

»Seid ihr euch denn sicher, dass es ein Unfall ist?«, hakte Hubbi nach. Wieder wanderte ihr Blick zum Dach. Es war schon komisch, dass Karl-Heinz dort oben nichts gefunden hatte.

»Siehst du das etwa anders?« Er nieste erneut.

»Schon gut«, wehrte sie ab.

Hannelore hob auffordernd die Augenbrauen.

»Ähm, die Angehörigen, hast du gerade gesagt. Wer ist das denn?«

»Seine Eltern. Leben irgendwo im tiefsten Hessen. Die Kollegen vor Ort wollen sie persönlich benachrichtigen.«

»Und wie heißen die?«

Es wurde kurz still in der Leitung, nur leises Schniefen war zu hören. »Ich wüsste nicht, was dich das angeht ... Ah! Ich verstehe! Du willst dir das Haus unter den Nagel reißen!«

Hubbi lief rot an. Es war ihr peinlich, dass ausgerechnet Kevin sie durchschaut hatte. Offenbar war ihr gescheiterter Versuch, das Haus damals schon zu kaufen, sogar bis zu Kevin durchgedrungen. »Unsinn!

Ich habe nur aus Interesse gefragt. Jetzt muss ich auch auflegen. Tschüss.« Sie drückte das Gespräch weg und hielt Hannelore das Handy hin.

»Und?«, fragte die. »Wie heißen die Eltern? Hat er dir ihre Telefonnummer gegeben?«

»Nein.«

Hannelore wirkte enttäuscht. »Du hast dich aber auch ganz schön dumm angestellt. Was sollte denn das Gefrage, ob es ein Unfall ist? In Plettenberg ist ein Baum auf einen Jogger gefallen, der Mann hat sich einen Arm gebrochen. So was passiert eben, wenn man bei einem Sturm nicht zu Hause bleibt.«

Hubbi zuckte die Achseln. »Keine Ahnung, warum ich das gefragt habe.« Sie wandte sich zur Haustür, um reinzugehen, doch Hannelore hielt sie am Arm fest.

»Denkst du etwa, es war kein Unfall?«, flüsterte sie. Karl-Heinz war mittlerweile in seiner Garage verschwunden. »War es etwa Mord?«

Hubbi entwand sich aus Hannelores Griff. »Wahrscheinlich bin ich einfach nur paranoid. Oder übermüdet.«

Hannelore sah Hubbi fest in die Augen. »Hubbi, wenn die Polizei auf die Idee kommt, dass es ein Mord war, wird das Haus bestimmt nicht sofort verkauft. Und wenn es so weit ist, haben auch alle anderen Interessenten von damals ihre Geschütze in Position gebracht. Dann hast du keine Chance mehr.«

»Jaja«, brummte Hubbi. Sie hatte das Gespräch mit ihrer Mutter so langsam satt. Sie schloss die Tür auf und trat ein.

»Ich höre mich mal um!«, rief Hannelore ihr noch

hinterher.

Drinnen rannte Hubbi fast in Tristan hinein. Er hatte sich mittlerweile angezogen und roch nach Shampoo.

»Ich wollte dir gerade helfen.«

»Brauchst du nicht mehr«, meinte Hubbi. »Ich bin fertig.«

»Dann helfe ich Karl-Heinz mit dem Dach«, sagte er und ging an ihr vorbei nach draußen.

Hubbi schaute ihm nachdenklich hinterher. Das Dach. Die Schindel, die nirgends zu fehlen schien. *Seltsam, das alles.*

Unschlüssig stand Hubbi im Flur. Sie hätte Tristan von dem Gespräch mit ihrer Mutter erzählen sollen. Von dem Haus. Oder hatte Hannelore recht? Brauchte Tristan Zeit, um sich an den Gedanken zu gewöhnen? Sollte sie selber die Initiative ergreifen?

Hubbi griff nach ihrer Handtasche und rief Meter zu sich, um ihn anzuleinen. »Wollen wir Lotte besuchen? Was hältst du davon?«

Meter wedelte aufgeregt mit dem Schwanz.

Kapitel 5

Vor Lottes Haustür blieb Hubbi einen Moment stehen. Meter zog an der Leine, er wollte aus der Kälte, aber Hubbi starrte gedankenverloren zu dem Haus auf der gegenüberliegenden Straßenseite. Ein schlichter weißer Bau mit braunem Satteldach und kleinen Gauben, wie er in den Siebzigern in Mode war. In den Fenstern hingen Gardinen und eine hüfthohe Hecke grenzte den Vorgarten vom Bürgersteig ab. Anders als bei den anderen Häusern in der Straße entdeckte Hubbi keine Lichterketten oder sonstige Weihnachtsdeko. *Ich würde das anders machen*, dachte Hubbi und konnte sich selber hinter dem Küchenfenster sehen, wie sie zusammen mit Lotte einen Einhorn-Geburtstagskuchen für ihre Tochter backte. Sie verdrehte die Augen: Seit wann war sie denn so häuslich? *Eine Tochter?!* Sie schüttelte die seltsamen Gedanken ab.

»Hubbi?«

Erschrocken fuhr Hubbi herum und sah in das Gesicht ihrer Freundin Lotte. Mit ihrer vornehmen Blässe, den zarten Gliedern und den fast schwarzen, schulterlangen Haaren erinnerte sie Hubbi immer wieder an die Elfenprinzessin aus *Der Herr der Ringe*.

Allerdings lachte Lotte sehr viel öfter und Hubbi konnte sich die Elfenprinzessin auch nicht zwischen Tonpapier und Häkelborten in ihrem Bastelladen vorstellen.

»Hi«, sagte Hubbi. »Störe ich?«

»Indem du vor meiner Haustür stehst wie ein Staubsaugervertreter, der seine Kataloge vergessen hat? Nein.« Sie lachte ihr glockenhelles Lachen. »Ich habe dich durch das Fenster gesehen.«

»Oh, ich wollte gerade klingeln.«

»Na, kommt schon rein.«

Hubbi trat in den Flur und hängte ihre Jacke an die Garderobe, die Lotte aus Treibholz gezimmert hatte und an der jetzt niedliche Rentieranhänger aus Filz baumelten. Es roch nach Zimt und Mandeln. Meter hechelte aufgeregt. »Na, lauf schon«, sagte Lotte und der Dackel wetzte los ins Wohnzimmer.

Hubbi betrachtete ihre Freundin. »Habe ich dich beim Sport gestört?« Lotte trug eine hautenge Sporthose mit grünem Blättermuster, dazu ein farblich passendes Tanktop. Ihre Haare hielt sie mit einem weißen Stirnband zurück.

»Du störst nie. Komm mit.« Lotte ging voran ins Wohnzimmer. »Hubbi, das ist Klara Rinke, meine Fitnesstrainerin.«

»Oh«, sagte Hubbi und betrachtete die Frau, die ebenfalls ein Sportset – allerdings in Meerblau – trug. Sie hatte lange braune Haare, blaue Augen, ein Tattoo über ihrem rechten Bizeps und ein Sixpack, von dem Hubbi nur träumen konnte.

»Angenehm«, sagte Klara mit einer rauchigen Stimme und reichte Hubbi die Hand. Der Händedruck war wie zu erwarten fest.

»Ebenso.« Hubbi schaute sich um. Auf dem Boden vor dem Christbaum lagen zwei Matten, dazu Hanteln, seltsame Bälle und eine schwarze Rolle. »Was macht ihr denn hier?«

»Ein bisschen was für die Rumpfmuskulatur, ein bisschen Tabata und was für die Faszien«, antwortete Klara. »Wir probieren erst mal aus und machen mit dem weiter, was Lotte am besten gefällt.« Dabei lächelte sie Lotte an.

»Bisher macht mir alles irgendwie Spaß«, sagte die. »Allerdings ist es auch ganz schön anstrengend. Bin ein bisschen aus der Übung.«

Unwillkürlich zog Hubbi den Bauch ein. Sie kam sich in ihrem Strickpulli und der ausgebeulten Jeans den beiden gegenüber wie eine Sumpfkuh vor.

Schweigen senkte sich über den Raum und Hubbi wurde bewusst, dass sie wohl doch gestört hatte. Unschlüssig machte sie einen Schritt zurück in Richtung Flur.

»Genug geschwitzt für heute«, meinte Klara und löste damit das Dilemma auf. Sie bückte sich und rollte ihre Matte zusammen. »Morgen gehen wir joggen, wenn du Lust hast«, meinte Klara zu Lotte. »Im Schnee laufen macht besonders Spaß.« Dann sah sie Hubbi an. »Wenn du möchtest, kannst du auch mal mitmachen. Die erste Stunde ist kostenlos. Aber wirklich nur, wenn du möchtest.«

»Danke für das Angebot.« Hubbi nickte zaghaft und sah Klara hinterher, wie sie zur Haustür ging, sich einen Mantel überzog und verschwand. Dann erst entspannte sie ihre Bauchmuskeln.

»Wie kommst du denn an eine Personal Trainerin?«, fragte Hubbi.

»Hab sie in meinem Laden kennengelernt«, meinte Lotte. »Klara ist erst vor einem halben Jahr hergezogen, um ihrer krebskranken Oma zu helfen. Sie war mir sofort sympathisch, und als ich ihr erzählt habe, dass ich mal wieder mehr Sport machen möchte, hat sie mir ihre Hilfe angeboten.« Lotte griff nach einer Wasserflasche, die auf dem Sofatisch stand, und trank einen tiefen Schluck. »Sie ist eigentlich Postbotin, aber wenn sie genug Kunden hat, will sie dort kündigen.«

Hubbi horchte auf. In ihrem Magen breitete sich ein mulmiges Gefühl aus. »Ihre krebskranke Oma?«

»Josefine Lesner, vielleicht kennst du sie. Klaras Eltern sind gestorben und Josefine ist nun ihre einzige Verwandte.«

Hubbi wusste nicht, was sie von diesem Zufall halten sollte. Das war die Frau, von der Berthold ihr erzählt hatte. War Klara ihre Chance, näher an die Besitzerin dieses Hauses heranzukommen? Noch während sie das dachte, schämte sie sich. Auch Tristan würde das nie und nimmer gutheißen.

»Ich hab von ihr gehört. Die Leute munkeln, dass sie nicht wieder gesund wird.«

Lottes Miene verdüsterte sich. »Das stimmt leider. Die Ärzte geben ihr kein halbes Jahr mehr.«

Hubbi musste schlucken. »Wie schrecklich.« Die nächste Frage kostete sie viel Überwindung, aber im Hinterkopf hörte sie ständig das Drängen ihrer Mutter. »Ich weiß, es klingt unglaublich taktlos, aber will Klara das Haus übernehmen, wenn ihre Oma nicht mehr ist?«

Lotte lächelte. »Du brauchst dich für die Frage nicht zu schämen. Ich weiß doch, dass du nach einem Haus suchst. Und damit bist du ja nicht die Einzige. Klara hat erzählt, dass schon Leute bei ihr geklingelt und um eine Hausführung gebeten haben. *Das* nenne ich taktlos!«

Hubbi blickte verschämt auf ihre Zehen.

»Um auf deine Frage zurückzukommen: Klara weiß noch nicht, ob sie hierbleiben will. Zurück ins Münsterland will sie auf keinen Fall. Sie hatte da wohl Ärger mit einem Mann, der sie nicht in Ruhe gelassen hat. Wenn sie mit ihrem Business hier Fuß fassen kann, bleibt sie vielleicht.« Sie grinste. »Ich persönlich fände das toll.«

Hubbi spürte plötzlich den Stachel der Eifersucht tief drinnen, was ihr bei Lotte noch nie passiert war. Ihr Exfreund hatte ihr genug Anlass dafür gegeben, aber Lotte war die treueste Seele, die Hubbi kannte. Ganz abgesehen davon konnte sie Hubbi ja schlecht fremdgehen. Hubbi drängte die düsteren Gedanken beiseite. Klara wirkte nett und angesichts dessen, was sie für ihre Oma tat, ziemlich selbstlos. Vielleicht konnte Hubbi sich ja auch mit ihr anfreunden und sich ganz nebenbei von Klara den Hüftspeck wegtrainieren lassen. Wie aus Protest knurrte ihr Magen.

Lotte grinste. »Ich habe noch nicht gefrühstückt. Und du?«

»Schon. Aber es ist ein Weilchen her.«

Sie gingen in die Küche, wo Lotte Eier in eine Pfanne schlug und Toast in den Toaster steckte. Es duftete so köstlich, dass Hubbi das Wasser im Mund zusammenlief.

»Einer meiner Rosenstöcke ist abgeknickt, ansonsten hab ich nicht viel vom Sturm gemerkt«, erzählte sie, während sie die Kaffeemaschine befüllte. »Zum Glück. Und bei euch?«

»Wir hatten einen Todesfall.«

Lotte ließ den Kaffeelöffel zurück in die Dose fallen und schaute Hubbi entsetzt an. »Wie bitte? Karl-Heinz?«

Hubbi schüttelte hastig den Kopf. Sie musste besser aufpassen, was sie sagte, sonst bekam sie bald Beileidskarten. »Ein Mann, der nachts vor unserem Haus spazieren ging, wurde von einer Dachschindel am Kopf getroffen. Ich habe ihn heute Morgen gefunden.«

»Oh mein Gott!« Lotte war noch blasser geworden, als sie eh schon war. »Wie furchtbar! Wer ist es?«

Hubbi schaute aus dem Fenster, das zur Straße zeigte. Sie deutete auf das Haus. »Dein Nachbar Dario Becker.«

»Nein! Das gibt es doch nicht!«

»Ich hab ihn auch erst durch seinen Personalausweis erkannt.«

Lottes Schreckstarre ließ ein wenig nach. »Kein Wunder. Er hat ziemlich zurückgezogen gelebt. Ich hab ihn eigentlich nie draußen gesehen, sogar an sonnigen Tagen nicht. Die Jalousien in seinem Schlafzimmer oben im ersten Stock waren immer geschlossen.« Lotte löffelte weiter Pulver in die Maschine. »Nur abends hab ich ihn ein paar Mal weggehen gesehen.«

»Hatte er kein Auto?«

»Nicht, dass ich wüsste.« Sie schloss die Kaffeemaschine und schaltete sie ein. Dann rührte sie die Eier durch.

»Weißt du, wo er gearbeitet hat?«, fragte Hubbi weiter.

»Keine Ahnung. Jonas meint, vielleicht im Home Office.«

»Hatte er mal Besuch?«

Lotte schüttelte den Kopf. »Ich habe jedenfalls nie jemanden bei ihm gesehen.«

»Er hat da also ganz alleine gelebt?«

Lotte zuckte die Achseln. »Keine Ahnung. Ich habe höchstens zwei Mal mit ihm gesprochen.«

»Ach ja? Und worüber?«

Lotte atmete tief aus. »Das erste Mal war kurz nach seinem Einzug. Ich habe ihm Brot und Salz gebracht, wie man das eben so macht. Eigentlich hatte ich erwartet, dass er mich hereinbittet, aber er hat nur den Korb genommen, sich schnell bedankt und mir quasi die Tür vor der Nase zugeschlagen.«

»Das klingt ja nicht gerade nett«, meinte Hubbi und starrte, ohne es zu wollen, auf den Inhalt der Pfanne, der verführerisch brutzelte. »Und das andere Mal?«

»Das war erst vor einer Woche. Ich kam vom Laden nach Hause, also muss es gegen fünf gewesen sein. Da hörte ich laute Stimmen von gegenüber. Ich bin rausgegangen und habe gesehen, wie sich Wolfgang und Dario Becker lautstark über den Gartenzaun hinweg gestritten haben.«

»Wolfgang?« Hubbi runzelte die Stirn. »Du meinst Wolfgang Grimm?«

Lotte nickte. »Der Nachbar links. Er war ziemlich gut mit Bruno befreundet. Sein Tod hat ihn ganz schön mitgenommen. Danach hat er natürlich gehofft, dass nebenan wieder jemand einzieht, mit dem er sich gut versteht. Zum Beispiel sein Sohn Thomas.«

Hubbi horchte auf. Sie hatte nicht gewusst, dass sich der Sohn auch für das Haus interessiert hatte. Damit waren sie schon zwei, die von Darios Tod profitierten. »Worüber haben sie sich gestritten?«

Lotte rührte in der Pfanne. Meter hielt es auch kaum noch aus und kratzte jaulend an ihrem Bein. »Über Darios Katze. Sie hat sich offenbar Wolfgangs Kräuterbeet als Klo ausgesucht, das hat er mir später erzählt. Wolfgang wollte, dass Dario sie einsperrt, aber der meinte, dass Missie eben eine Freigängerkatze sei.« Sie öffnete den Kühlschrank und holte eine Scheibe Fleischwurst heraus, die sie Meter hinwarf. Der Dackel stürzte sich darauf und verschlang den Snack innerhalb einer Sekunde. Dann leckte er sich genüsslich über die Schnauze und schaute erwartungsvoll zu Lotte hoch.

»Klingt ja nicht gerade nach guter Nachbarschaft«, meinte Hubbi. »Was ist mit den Nachbarn auf der anderen Seite?«

Lotte hob den Kopf und schaute aus dem Fenster. »Lindemanns? Ach, die haben sich nicht an Dario gestört. Ihre beiden Kinder sind ziemlich laut und soweit ich weiß, hat sich Dario darüber nie beschwert, ganz anders als Bruno seinerzeit. Also waren sie im Grunde ganz zufrieden mit ihrem neuen Nachbarn. Außerdem ist die Hecke zwischen ihren Grundstücken auch so hoch, dass sie einander eh nie sehen mussten. Oh, da kommen wohl schon die ersten Aasgeier.«

Hubbi folgte Lottes Blick. Gerade parkte ein

hellgrauer Passat am Straßenrand gegenüber. Ein Mann mit dunkelbraunen Haaren und Schnurrbart stieg aus. Er streckte sich, wodurch das Wohlstandsbäuchlein unter seinem dunkelblauen Jackett zu sehen war. Dann stemmte er die Hände in die Hüften und betrachtete das Haus von Dario Becker. Aus der Beifahrerseite kletterte eine Brünette mit Pony, Brille und einem braunen Wintermantel mit Fellbesatz an der Kapuze. Es fiel Hubbi schwer, ihr Alter zu schätzen, das Gesicht wirkte viel zu jung für die altbackene Frisur.

»Da sind Thomas und Vera Grimm«, erklärte Lotte. »Die haben ja schnell von Darios Unfall gehört. Aber so was spricht sich ja in Windeseile herum.«

Hubbi räusperte sich. Sie konnte sich schon denken, wo der Dorfklatsch seinen Anfang genommen hatte: bei Hannelore. Die war mit ihrer Exklusivstory sicher sofort zu Edeltraud gerannt und gemeinsam hatten sie dann dafür gesorgt, dass alle Klatschbasen des Dorfes über den tragischen Sturmtoten informiert wurden.

»Meinst du, er hat noch immer Interesse an dem Haus?« Hubbi hörte wieder die Mahnung ihrer Mutter, sich schnellstmöglich zu kümmern. »Hat er nicht eine andere Immobilie gekauft, als er die hier nicht bekommen hat?«

Lotte schüttelte den Kopf. »Wolfgang hat mir erzählt, dass Thomas und Vera immer noch in ihrer alten Dreizimmerwohnung leben. Die beiden Söhne haben ein gemeinsames Zimmer und zanken sich den ganzen Tag.« Die Brotschreiben sprangen aus dem Toaster. Lotte legte sie auf zwei Teller, verteilte das Rührei darüber und goss Kaffee in Tassen mit

Schneemannmotiven. Anschließend drückte sie Hubbi einen Teller und eine Tasse in die Hand und ging zur Tür. Doch Hubbi rührte sich nicht, sondern schaute weiter aus dem Fenster. Sie sah noch, wie Thomas an seinem Elternhaus klingelte und ein freudestrahlender Wolfgang ihm öffnete. Dann gingen sie gemeinsam hinein und schlossen die Tür hinter sich.

Kapitel 6

Ganz entgegen ihrer Gewohnheit hatte Hubbi Lottes Vanillekipferl abgelehnt und war nach dem Essen direkt nach Hause geeilt. Diese verdammte Dachschindel ging ihr nicht mehr aus dem Kopf.

Vor ihrem Wohnhaus blieb sie stehen. Sie löste Meters Leine. Der Dackel sprang sofort in eine Schneewehe und wälzte sich darin. Danach stellte er sich vor Hubbi und sah sie auffordernd an. Lustlos formte Hubbi einen Schneeball und warf ihn. Der Hund wetzte freudig hinterher und stand wenige Sekunden danach wieder vor ihr.

»Später«, sagte Hubbi und legte den Kopf in den Nacken. Die Schindel musste doch irgendwo vom Dach gefallen sein, alles andere ergab keinen Sinn. Oder stammte sie womöglich von einem der Nachbarhäuser? Hubbi betrachtete die Dächer ihrer Nachbarn, doch auch dort entdeckte sie auf die Schnelle kein verräterisches Loch. Außerdem passte die blutige Schindel farblich überhaupt nicht zu den anderen Dächern – soweit sie das unter dem Schnee erkennen konnte.

Seltsam, ging es ihr wieder durch den Kopf.

Sie dachte an Karl-Heinz' vergebliche Suche. Dann fiel ihr ein, was er noch gesagt hatte: dass neben dem Haus Ersatzschindeln lagerten.

Hubbis Herzschlag beschleunigte sich wie immer, wenn sie wusste, dass sie eine Spur hatte. Sie stapfte durch den Schnee zu dem schmalen Durchgang mit den Mülltonnen. *Das perfekte Versteck für einen Täter,* schoss es ihr durch den Kopf. Sie trat ein und sah sich um: Von hier aus konnte sie die Straße problemlos überblicken, ohne selber gesehen zu werden. Gleichzeitig bot der Zwischenraum Schutz vor Wind und Schnee.

Am Ende des Ganges entdeckte Hubbi die Dachziegel, von denen Karl-Heinz gesprochen hatte. Der Stapel war bereits von Moos überwuchert. Bis auf eine Stelle. Hubbi holte ihr Handy heraus und schaltete die Taschenlampenfunktion an, um besser sehen zu können. Tatsächlich sah es aus, als fehlte eine Dachschindel.

Sie ging zu der Mülltonne, in die sie die kaputte Schindel geworfen hatte. Die Ziegelplatte lag oben auf, das Blut war bereits getrocknet. Erst jetzt fiel Hubbi die dichte Moosschicht auf.

Sie fischte die Schindel aus der Tonne und legte sie anschließend auf die freie Stelle auf dem Stapel. Die Moosschicht schloss sich perfekt.

Hubbi sog scharf die Luft ein. Das hatte sie befürchtet: Die Schindel war keineswegs vom Sturm vom Dach geweht worden. Nein, jemand hatte die Schindel von dem Stapel genommen und sie Dario an den Kopf geschlagen. Hubbi konnte sich gut vorstellen, wie Darios Mörder hier auf ihn gewartet hatte. Ein kalter Schauer kroch ihre Wirbelsäule hinauf.

Sie überlegte, was sie nun tun sollte. Kevin zu verständigen, kam ihr als Erstes in den Sinn. Doch dann dachte sie daran, wie eilig er es gehabt hatte, Darios Tod zu einem Unfall zu erklären. Hubbi konnte ihn ja teilweise verstehen: Seine Kollegen lagen alle krank im Bett und er brütete selber eine Erkältung aus. Natürlich hatte er keine Lust auf eine Mordermittlung, vor allem, da ja alles für einen Unfall sprach. Wie würde er reagieren, wenn sie nun mit der Dachschindel zu ihm kam?

Hubbi beschloss, ihre Entdeckung zunächst für sich zu behalten, bis sie mehr Beweise für ihre Theorie hatte. Sie sah sich nach einem sicheren Ort für die blutige Schindel um. Dort, wo sie seit Jahren gelegen hatte? Was, wenn der Mörder zurückkäme, um die Tatwaffe zu beseitigen? Nein, das war keine gute Idee. Außerdem musste sie irgendwie dafür sorgen, dass eventuelle Spuren nicht verlorengingen.

Da kam ihr eine Idee: Sie öffnete die gelbe Tonne und fand nach kurzem Wühlen eine leere Plastikverpackung. Sie wickelte die Dachpfanne darin ein und versteckte sie in einem Busch neben dem Haus.

Zufrieden trat sie aus dem Gang und sah sich um. Der Mörder musste gewusst haben, dass Dario hier entlangkommen würde. Vielleicht hatten sie sich sogar verabredet. Aber mitten in einem Schneesturm? Und warum ausgerechnet hier? Am wahrscheinlichsten war, dass er jemanden besucht hatte. Da es am Ende der Sackgasse nur zwei weitere Häuser gab, musste eins davon sein Ziel gewesen sein.

Entschlossen ging Hubbi zu dem ersten Haus auf der rechten Seite. Hier wohnte eine alleinstehende Frau in den Sechzigern. Nachdem ihr Mann vor fünf Jahren an einem Schlaganfall gestorben war, war Ursula regelrecht aufgeblüht. Man munkelte sogar, dass sie froh über seinen Tod war. Nun ging sie regelmäßig mit ihren Freundinnen walken und sang im Chor. Hatte es da eine Affäre gegeben? Wenn sich eine Frau einen weitaus jüngeren Liebhaber nahm, gab das meistens eine Menge Gerede. War das vielleicht der Grund für den nächtlichen Besuch gewesen? Niemand sollte es mitbekommen?

Hubbi klingelte. Im Haus blieb alles still. Sie versuchte es erneut, doch hinter der Tür tat sich nichts. Da fiel ihr Blick auf die drei aufgeweichten Tageszeitungen, die aus dem Briefkasten ragten. Kurz darauf hörte sie eine Stimme von links: »Willst du zu Ursula?«

Hubbi drehte sich zu der Stimme um. Florian Bader schaute aus einem Fenster im ersten Stock seines Hauses. Er hatte seine sechs Monate alte Tochter auf dem Arm. Florian arbeitete eigentlich als Mechatroniker, doch momentan befand er sich in Elternzeit, worüber sich Karl-Heinz schon mehr als ein Mal lustig gemacht hatte. Er hatte Florian in der Kneipe als verweichlicht betitelt und sogar gemutmaßt, dass man ihm bei der Geburt einen Hoden abgeschnitten hatte. Warum sonst sollte ein Vater in Elternzeit gehen, während die Mutter den ganzen Tag arbeiten ging? Daraufhin hatte es empörte Kommentare von den beiden anderen Stammgästen geregnet. Auch Hubbi hatte ihn ärgerlich gefragt, ob er sich mit seinen Ansichten nicht vielleicht im Jahrzehnt geirrt hatte.

»Sie scheint nicht da zu sein!«, rief Hubbi.

»Gut erkannt.« Florian grinste. »Sie besucht ihre Tochter in Heidelberg. Bis nach Silvester, hat sie mir gesagt. Ich wollte heute den Briefkasten leeren.«

Hubbi nickte. Damit konnte sie Ursula direkt von der Liste der Menschen streichen, die Dario in der vergangenen Nacht besucht haben könnte.

»Hast du mitbekommen, was heute Nacht hier passiert ist?«, rief sie zu Florian hoch. Das Baby hatte mittlerweile eine Schnur seines Kapuzenpullis zu fassen bekommen und lutschte hingebungsvoll daran.

»Du meinst den Kerl, der eure Dachschindel an den Kopp bekommen hat?«

Hubbi nickte.

»Natürlich hab ich das mitgekommen«, sagte Florian. »Ich glaub, ich hab ihn sogar gesehen. Bevor es passiert ist, meine ich.«

Hubbi horchte auf. »Wie bitte?«

Er wechselte das Baby auf den anderen Arm. »Lilly bekommt gerade Zähne und hat die ganze Nacht geheult. Und dazu noch der Sturm …« Er lächelte müde und Hubbi kam der Gedanke, dass so ein Baby vielleicht doch anstrengender war, als sie es sich vorstellen konnte. »Ich hab sie rumgetragen und dabei aus dem Fenster geguckt.«

Hubbi spürte, wie ihr Puls sich beschleunigte. Hatte Florian etwa den Mörder gesehen? Sie ging näher an das Fenster heran, um nicht so schreien zu müssen.

»Wann war das?«

»Puh«, Florian fuhr sich durch die Haare. Lilly nahm derweil das durchgeweichte Zugband aus dem Mund und betrachtete es eingehend, bevor sie es sich wieder zwischen die Backen schob. »So um halb drei ungefähr. Man konnte kaum was sehen bei dem Schneetreiben, aber vor eurem Haus standen zwei Personen.«

»Zwei? Ganz sicher?«

Florian runzelte die Stirn. »Vielleicht hab ich mich auch getäuscht. Wie gesagt, man konnte nicht viel erkennen. Jetzt, wo ich so darüber nachdenke, ist das Unsinn. Wenn sie zu zweit gewesen wären, hätte der andere bestimmt Hilfe geholt.«

Es fiel Hubbi schwer, ihre Aufregung zu verbergen. Wahrscheinlich hatte Florian tatsächlich zwei Personen gesehen, aber mit seinem aktuellen Wissen traute er seiner Erinnerung nicht mehr. Es war ein häufiger Irrglaube, dass Erinnerungen immer verlässlich waren. Man konnte sie verformen und manipulieren, Details hinzufügen und entfernen. Man konnte sich sogar einreden, etwas gesehen oder eben nicht gesehen zu haben.

»Was konntest du denn erkennen?«, hakte sie nach.

»Also erst dachte ich, da reden zwei Leute, aber als ich wieder hingesehen habe, war nur noch einer da, also hab ich mich wohl verguckt. Dann hat Lilly wieder geschrien und ich musste mich um sie kümmern. Ich hab mir nichts dabei gedacht.«

Hubbi schaute zu der Stelle, an der am Morgen Darios Leiche gelegen hatte, und wieder zurück zu Florian, der aus dem Fenster guckte, in dem sich – der rosa gemusterten Tapete zufolge – das Kinderzimmer befand. »Kannst du von da aus unsere Haustür sehen oder steht der Baum im Weg?« Auf Ursulas Grundstück befand sich ein beeindruckender Kirschbaum, der im Frühling immer prächtig blühte.

Florian stutzte. »Euer Haus schon, aber jetzt, wo du es sagst: Deine Haustür kann ich nicht sehen. Wieso?«

»Ach, nur so«, wehrte Hubbi ab. »Sag mal, kanntest du Dario Becker? Vorher, meine ich.«

»Vom Sehen, mehr nicht.«

Hubbi nickte. »Wie sahen die Personen gestern Nacht denn aus?«

Das Baby hatte die Schnur losgelassen und begann zu quengeln. Florian wippte auf und ab. »Weiß ich nicht mehr genau«, sagte er mit Ungeduld in der Stimme. »Ich meine, eine Person war größer als die andere. Kann mich aber auch irren und am Ende habe ich nur den Schatten von diesem armen Kerl an der Hauswand gesehen.« Lilly schrie nun. »Hubbi, war nett mit dir zu plaudern, aber ich muss das Fenster zumachen, Lilly wird kalt.«

»Schon klar!«, rief Hubbi. Auf das nachgeschobene „Danke" reagierte Florian schon nicht mehr, er hatte das Fenster längst geschlossen.

Nachdenklich lief Hubbi zurück zu ihrem Haus. Was ziemlich verwirrend klang, machte auf den zweiten Blick Sinn: Erst hatte Florian aus dem Kinderzimmerfenster Dario und seinen Mörder gesehen. Dann war Dario niedergeschlagen worden und hatte am Boden gelegen, außer Sichtweite von Florian. Deshalb war er sich auch nicht sicher, ob er nun einen oder zwei Menschen gesehen hatte.

Nachdenklich ging Hubbi zurück zu ihrem Haus.

»Was machst du denn für ein Gesicht?«, fragte Tristan, als sie die Wohnung betrat und sich die Schuhe und die Jacke auszog. Meter wetzte an ihr vorbei und wälzte sich, schneebedeckt wie er war, auf dem Teppich.

»Meter! Hör auf!«, rief Tristan und holte schnell ein Handtuch, mit dem er den Dackel abrubbelte.

»Entschuldigung«, sagte Hubbi. »Ich hab nicht auf ihn geachtet.« Sie setzte sich an den Küchentisch.

Tristan stand vom Teppich auf. »Was ist passiert? Du wirkst irgendwie durcheinander.«

Sie blickte zu ihm und stützte den Kopf in die Hand. »Ich bin mir ziemlich sicher, dass Dario keinen Unfall hatte, sondern ermordet wurde.«

Tristan schaute sie verdutzt an. Das benutzte Handtuch warf er durch die offene Badezimmertür in die Wanne und kam zu ihr. »Wie kommst du denn darauf?«

Hubbi erzählte von der Dachschindel, dem dunklen Versteck und den Gesprächen mit Florian und Lotte. Während sie redete, setzte sich Tristan neben sie.

»Das ist ja starker Tobak«, sagte er. »Willst du der Polizei Bescheid geben?«

»Die liegen doch alle krank im Bett«, meinte Hubbi. »Und Kevin schien mir heute Morgen nicht besonders erpicht auf eine Mordermittlung zu sein. Außerdem sieht es ja wirklich verdammt nach einem Unfall aus.«

»Hm«, machte Tristan nachdenklich.

»Vielleicht ist es nicht so schlecht, wenn der Mörder nichts von meinem Verdacht weiß. So kommt er nicht auf die Idee, seine Spuren zu verwischen. Außerdem würde mir die Polizei sicher eher glauben, wenn ich noch ein besseres Beweisstück als die olle Dachschindel hätte.«

Tristan sah sie einige Sekunden mit hochgezogener Augenbraue an, dann seufzte er ergeben. »Ich finde es zwar nicht gut, dass du auf eigene Faust ermitteln willst, aber davon abhalten kann ich dich ja eh nicht.«

»Allerdings«, stimmte Hubbi zu. Sie lief nach draußen und kam kurz darauf mit der eingetüteten Dachschindel zurück. »Die Tatwaffe sollten wir besser verstecken.«

Tristan nickte. »Vielleicht findet die Polizei darauf noch DNA-Spuren des Mörders.«

Hubbi sah sich um. Schließlich verstaute sie die Dachschindel im Hundefuttersack. Dort würde sicher niemand suchen.

»Und nun«, sagte Tristan grinsend und erhob sich, »schauen wir mal, was das Internet über Dario Becker weiß.«

Kapitel 7

Während Tristan mit konzentrierter Miene auf seiner Computertastatur herumhackte, hatte Hubbi sich mit einer Wärmflasche auf das Sofa gelegt. Ihr war furchtbar kalt. Sie zog sich die Decke bis zum Kinn und rollte sich zusammen. Sie musste wohl eingeschlafen sein, denn als sie aufwachte, dämmerte es bereits.

»Verdammt!« Sie rieb sich die Augen. »Wie lange habe ich denn geschlafen?«

Tristan, der noch immer an seinem Computer saß, schaute auf. »Drei Stunden.«

»Wieso hast du mich nicht geweckt?«

Er lächelte. »Du hast so süß geschnarcht.«

Hubbi rappelte sich auf, wodurch sie Meter weckte, der auf ihren Füßen geschlafen hatte. Mit einem empörten Jaulen sprang der Dackel auf den Teppich. »Mist, ich muss gleich in die Kneipe.«

»Musst du das wirklich?«

Hubbi schnaufte. »Sehr witzig.«

»Im Ernst: Du hast dir eine Pause verdient.«

»Das sieht mein Kontostand aber anders.« Sie stand auf und holte sich ein Glas Wasser aus der Küche.

»Wir kommen doch gut klar mit dem, was wir

zusammen verdienen«, meinte Tristan. »Also mach dir bitte nicht so einen Stress.«

Hubbi trank das Glas in einem Zug leer und füllte es noch einmal auf. Irgendwas störte sie an Tristans Aussage. Sein Vorschlag, weniger zu arbeiten, war sicherlich nett gemeint. Andererseits klang er auch ziemlich gönnerhaft. »Ein bisschen Eigenkapital wäre natürlich gut, wenn wir ein Haus kaufen wollen. Das von Dario steht bestimmt bald wieder zum Verkauf.«

Tristan seufzte tief. »Das Thema schon wieder.«

Hubbi schaute ihn entgeistert an. »Warum sträubst du dich so dagegen?«

»Weil ich mittlerweile glaube, dass es für ein Haus noch zu früh für uns ist.«

»Zu früh?«, wiederholte Hubbi perplex. »Worauf wartest du denn?«

Tristan zuckte mit den Schultern. »Ich finde einfach, wir sollten die Sache mit dem Hauskauf nicht überstürzen.«

»Aber der Markt explodiert gerade und es wird nur noch schlimmer«, entgegnete Hubbi. »In ein paar Jahren werden wir uns gar kein Haus mehr leisten können.«

»Und? Ich brauche kein eigenes Haus, um mit dir glücklich zu werden.«

»Dann müssen wir für immer hier wohnen.«

»Oder in einer anderen Mietwohnung. Wäre das denn so schlimm für dich?«

Hubbi wusste nicht, was sie darauf erwidern sollte. Natürlich hatte sich Tristan in die Sache mit dem Eigenheim nicht so reingehangen wie sie. Er war oft sogar genervt gewesen, aber Hubbi hatte das auf die schwierige Suche zurückgeführt. Jetzt erkannte sie, dass sie und Tristan offenbar unterschiedliche Vorstellungen von ihrer zukünftigen Wohnsituation hatten.

»Man braucht doch irgendwann was Eigenes«, sagte sie schwach.

Tristan lachte verhalten. »Jetzt hörst du dich an wie deine Mutter.«

Hubbi verschränkte die Arme vor der Brust und funkelte ihn an. Im selben Moment wusste sie, dass sie so nur noch mehr ein Spiegelbild von Hannelore abgab. Schnell ließ sie die Arme sinken. Hatte er recht? Sprach da ihre Mutter aus ihr oder wollte sie das selber? Sie beschloss, sich erst mal über ihre eigenen Beweggründe klar zu werden, bevor sie die Diskussion weiterführte. Also wechselte sie das Thema. »Konntest du im Internet was über Dario herausfinden?«

Tristan lächelte erleichtert. Offenbar war es ihm ebenfalls recht, nicht länger über den Hauskauf reden zu müssen. »Weniger, als ich gehofft hatte.«

Sie ging zu Tristans Schreibtisch, zog sich einen Stuhl heran und schaute auf den Monitor.

»Dario Becker, geboren am 6. Mai 1996 in Eiterfeld im Landkreis Fulda. Nach dem Realschulabschluss hat er in Wiesbaden eine Ausbildung zum Speditionskaufmann gemacht.«

Hubbi verfolgte interessiert, wie Tristan ein Foto von Darios Ausbildungsklasse aufrief. Auf dem Bild sah er erstaunlich jung aus, fast noch wie ein Kind. Er schaute scheu in die Kamera und presste die Arme an den Körper. Man hatte wie bei Gruppenbildern üblich die Kleineren nach vorne gestellt. Durch die anderen

Azubis wurde Darios geringe Körpergröße noch deutlicher.

»Was hat er nach seiner Ausbildung gemacht?«, fragte Hubbi.

»Er war ein Jahr lang in Asien unterwegs. Nach seiner Rückkehr hat er sofort seine eigene Firma gegründet.«

Hubbi pfiff durch die Zähne. »Ganz schön zielstrebig.«

Tristan lehnte sich in seinem ultramodernen Schreibtischstuhl zurück und schaute sie an. »Und seltsam. Dario hatte weder ein Konto bei Instagram noch bei Twitter oder so. Online existiert er quasi nicht, wenn man von seinem Firmeneintrag bei Google absieht.« Er griff nach der Maus und öffnete eine neue Seite.

»Becker Im- und Export«, las Hubbi. Darunter standen eine Adresse und eine Telefonnummer. »Das ist alles?«, fragte sie verwirrt. »Nicht mal eine E-Mail-Adresse?«

»Seltsam, was?«

Hubbi verschränkte die Arme vor der Brust und betrachtete düster den Bildschirm. »Das klingt ganz schön zwielichtig. Mit was für Waren hat er denn gehandelt?«

»Laut Handelsregister vor allem mit Spielwaren, Haushaltsartikeln und Kleidung.«

Meter kam angelaufen und kratzte an Hubbis Bein. Sie nahm den Dackel hoch, setzte ihn auf ihren Schoß und kraulte ihn hinter den Ohren. »Lief sein Geschäft gut?«

Tristan zog die Augenbrauen hoch und nickte. »Erstaunlicherweise ja. Im vergangenen Jahr hat Dario 678.000 Euro Umsatz gemacht und einen Gewinn von 245.000 Euro angegeben.«

Hubbi sog scharf die Luft ein. »Alter Schwede! Vielleicht sollte ich mal meine alten Barbiepuppen verkaufen, wenn Spielzeug so viel einbringt.«

»Hätte ich auch nicht gedacht. Dario ging es finanziell nicht schlecht. Zumindest, was sein Einkommen betraf.«

Hubbi nickte. »Passt zu dem, was wir wissen. Immerhin konnte er das höchste Gebot für das Haus abgeben. Was hatte er denn für Ausgaben?«

»Da konnte ich nicht viel finden. Keine Autoversicherung, keine Mitgliedschaften in irgendwelchen Vereinen. Es gibt noch nicht einmal ein Netflix-Abo.«

»Was hat er wohl den ganzen Tag gemacht?« Hubbi versuchte gerade, sich ein Leben ohne Gesellschaft und Fernsehen vorzustellen. »Gelesen?«

»Möglich.«

Hubbi schüttelte den Kopf, so absurd war die Vorstellung. »Laut Lotte hatte er auch selten Besuch.«

»Dann hat er seine Freunde eben woanders als zu Hause getroffen.«

»Wie ist er dort hingekommen ohne Auto? Mit dem Bus wohl kaum.« Wie Hubbi aus eigener Erfahrung wusste, war man auf dem Dorf ohne eigenes Auto ziemlich aufgeschmissen. Der öffentliche Nahverkehr war hier eine Lachnummer. Fahrradfahren kam wegen der fehlenden Radwege und der Hügel für die meisten

Menschen nicht infrage. Vor allem nicht im Winter.

»Ziemlich rätselhaft, alles.«

Meter drehte sich auf den Rücken, sodass Hubbi seinen Bauch streicheln konnte. »Dieses dubiose Unternehmen, seine nächtlichen Ausflüge, dass er keine Spuren im Internet hinterlassen hat. Als ob er paranoid war.«

»Oder etwas zu verbergen hatte.«

Es klingelte und Hubbi zuckte zusammen. Sie stand auf und ging zur Tür. Dort stand Karl-Heinz, eingehüllt in einen grauen Wintermantel, einen roten Strickschal und mit einer Schiebermütze auf dem Kopf. Schneeflocken stoben zur Tür herein. Es hatte wieder angefangen zu schneien.

»Ist was passiert?«, fragte Hubbi verwirrt.

»Nix ist passiert«, brummte Karl-Heinz. »Ich hab vor eurer Haustür nur keine Fußspuren gesehen und da hab ich mir gedacht, dass du noch nicht los bist zur Kneipe.«

Hubbi schaute auf ihre Armbanduhr. »Oh verdammt, schon sieben!«

Karl-Heinz nickte. »Dachte ich mir schon, dass du die Zeit vergessen hast. Deshalb wollte ich dich abholen.«

»Ähm, ja, komm kurz rein.« Hubbi trat zur Seite. Karl-Heinz zog lediglich seine Mütze ab und folgte ihr in den Wohnraum. Hubbi warf Tristan auf dem Weg zum Bad einen vielsagenden Blick zu. Der schien zu verstehen, dass er seinem Onkel nichts von ihrem Mordverdacht erzählen sollte.

»Onkel Kalle«, sagte Tristan und stand von seinem Schreibtisch auf, dabei schaltete er den Bildschirm aus. »Willst du was trinken, während Hubbi sich fertig macht?«

Hubbi hörte noch wie Karl-Heinz: »Ein Bier«, antwortete, bevor sie die Badtür schloss. Nach einer Katzenwäsche schlüpfte sie in einen frischen Pullover und band sich den Pferdeschwanz neu. Sie legte etwas Mascara auf und betrachtete sich im Spiegel. Für einen Abend hinter der Theke reichte das Outfit auf jeden Fall.

Als sie aus dem Badezimmer kam, saßen Tristan und Karl-Heinz am Küchentisch und lachten.

»Wir können los«, sagte Hubbi.

Karl-Heinz trank sein Bier leer und erhob sich. »Wir sollten öfter quatschen, Tristan«, sagte er. »Schade, dass ihr bald wegzieht.«

Tristans Lächeln erlosch. »Ach ja?«

»Hubbi reißt sich doch bestimmt das Haus von diesem Becker unter den Nagel. Und wenn das nicht klappt, ist da noch immer Bertholds todkranke Nachbarin.«

»Hm«, machte Tristan nur.

Karl-Heinz musterte ihn verwirrt, dann schaute er zu Hubbi. »Hab ich was Falsches gesagt?«

»Komm, lass uns gehen«, sagte Hubbi. »Berthold und Gerda stehen bestimmt schon vor der Tür.«

Sie schlüpfte schnell in Schuhe und Jacke, leinte Meter an und drückte Tristan einen Kuss auf die Lippen. »Bis später«, sagte sie und schob noch ein leises »Ich liebe dich« hinterher. Dann machte sie sich mit Karl-Heinz auf den Weg.

Kapitel 8

Der Schnee fiel leicht, in den Fenstern leuchteten Kerzen und Hubbi war auf einmal ganz besinnlich zumute. Wenn da nicht dieser Tote und ihr übler Verdacht wären, hätte sie diese letzten Tage vor Weihnachten so richtig genießen können. Sie hätte bei Kerzenschein Geschenke eingepackt, während sie Zimttee schlürfte und Spekulatius knabberte. Tristan bekam von ihr einen Strickpulli mit einem komplizierten Norwegermuster, den sie bei einer Frau im Dorf in Auftrag gegeben hatte, die bereits seit 50 Jahren strickte. Für Hermann hatte Hubbi einen neuen Werkzeugkoffer besorgt und für Hannelore einen Seidenschal. Lotte würde von Hubbi das neue Buch ihrer Lieblings-Backbloggerin bekommen. Dieses Jahr war sie zufrieden mit ihren Geschenken und freute sich schon auf die Reaktionen.

»Was ist denn los bei euch beiden?«, fragte Karl-Heinz und holte sie damit aus ihren Gedanken.

»Tristan ist wohl ein bisschen überfordert von der ganzen Haus-Geschichte«, untertrieb Hubbi. »Ich glaube, er war ganz froh, dass Dario uns das Haus vor der Nase weggeschnappt hat.«

»Oh«, sagte Karl-Heinz. »Na, da müsst ihr schon an

einem Strang ziehen. So ein gemeinsames Haus verbindet auf Lebenszeit. Mitgehangen, mitgefangen.«

Hubbi wurde mulmig zumute. Lag darin das Problem? Hatte Tristan keine Lust, sich noch mehr an Hubbi zu binden? Bereute er ihre Hochzeit schon?

Ehe Hubbi sich noch tiefer in diese düsteren Gedanken vergraben konnte, kam die Nuckelpinne in Sicht. Wäre nicht das Schild über der Eingangstür gewesen, hätte man die Kneipe glatt übersehen, so klein war sie.

Wie von Hubbi vermutet, warteten Berthold und Gerda bereits vor der Tür. Berthold trat von einem Fuß auf den anderen. Auf seiner Halbglatze schmolzen Schneeflocken. Gerda hingegen stand da wie eine Salzsäule, Hals und Kinn hatte sie im Kragen ihrer braunroten Daunenjacke vergraben, auf dem Kopf trug sie eine blassgelbe Mütze mit Bommel.

»Da bist du ja endlich!«, rief Berthold. »In fünf Minuten wäre ich abgehauen. Hab keine Lust, mir in der Kälte den Tod zu holen.«

Hubbi hätte ihre Lieblingshandtasche darauf verwettet, dass Berthold nicht nach Hause gegangen wäre. Erst mal hätte er sie wohl angerufen und gefragt, wo sie blieb. Hubbi fragte sich nicht zum ersten Mal, was seine Frau Annegret tat, während ihr Mann in der Nuckelpinne hockte und an seinem Pils nuckelte. Berthold hatte mal erwähnt, dass Annegret mittwochs zur Chorprobe ging und am Donnerstag ihre Freundinnen zum Kniffelspielen traf. Außerdem guckte sie gerne schnulzige Liebesfilme. Doch reichte ihr das? Vermisste sie ihren Ehemann nicht?

Hubbi schloss die Tür auf und schaltete die Deckenbeleuchtung ein. Dann leinte sie Meter ab, der sofort zu seinem Platz neben der Heizung lief.

»Ist ja kalt wie in 'nem Eisbärenarsch hier drin«, beschwerte sich Karl-Heinz.

Hubbi drehte die Heizung auf. Sie hatte sich angewöhnt, sie jeden Abend nach Feierabend auszuschalten. Das sparte hoffentlich ein wenig Geld.

»Das dauert jetzt aber, bis es hier drinnen warm wird«, maulte Berthold und ließ die Jacke an, genauso wie Gerda und Karl-Heinz. Voll bekleidet setzten sie sich auf ihre Barhocker an der Theke. Hubbi hingegen zog demonstrativ ihre Jacke aus und stellte sich hinter den Zapfhahn. Ihr Frösteln überspielte sie, indem sie Wasser in das Spülbecken laufen ließ und Biergläser aus dem Regal nahm.

»Hoffen wir mal, dass die Schläuche der Zapfanlage nicht eingefroren sind«, witzelte Karl-Heinz.

Hubbi starrte die Anlage an. An diese Möglichkeit hatte sie nicht gedacht. Vorsichtig öffnete sie einen Zapfhahn und hielt ein Glas darunter. Es sprudelte und sie atmete erleichtert aus.

Sie zapfte den Männern jeweils ein Bier und ein Krefelder für Gerda. Zufrieden tranken die drei die ersten Schlucke.

»Wird ja doch schneller warm, als gedacht«, sagte Berthold nun etwas versöhnlicher, während er den Reißverschluss seiner Jacke öffnete. »Das ist halt das Gute an kleinen Räumen.«

Auch Hubbi fand, dass es schon angenehmer geworden war.

»Das ganze Dorf redet von eurem Toten«, sagte Berthold.

»Unser Toter?«, brummte Karl-Heinz irritiert.

»Na, er wurde ja von deinem Dachziegel erschlagen, also ist es ja schon irgendwie eurer.« Berthold lachte.

Gerda lächelte schmal, doch Karl-Heinz schaute weiter griesgrämig drein.

»Kann ich ja nix dafür, das war der Sturm.«

»Sieht deine Versicherung das genauso?«

Karl-Heinz machte große Augen. »Darum hab ich mich noch nicht gekümmert. Der Kerl ist doch selber schuld, wenn er da mitten in der Nacht rumläuft. So was Saudämliches!«

»Warum er das wohl gemacht hat?«, murmelte Gerda kaum hörbar.

Genau diese Frage beschäftigte Hubbi schon den ganzen Tag.

»Vielleicht hat er jemanden besucht«, schlug Berthold vor.

»Nein«, sagte Hubbi und schaffte es im letzten Moment, sich nicht vor Schreck die Hand vor den Mund zu schlagen. Sie wollte ihre Stammgäste eigentlich noch nicht in ihren Verdacht einweihen.

»Woher willst du das wissen?« Karl-Heinz klang misstrauisch.

»Ich hab heute zufällig Florian von gegenüber getroffen«, sagte Hubbi. »Und der meinte, dass Ursula schon seit ein paar Tagen bei ihrer Tochter ist.«

»Na, was sollte so ein Jungspund wie der Becker auch bei einer alten Schachtel wie der Ursula?« Karl-Heinz trank einen Schluck Bier. »Ist doch viel wahrscheinlicher, dass er bei Florian war.«

»Nee, das Baby zahnt und er war die ganze Nacht auf den Beinen. Außerdem kannte Florian Dario nicht.«

»Du hast dich aber lange mit dem unterhalten«, meinte Karl-Heinz spitz. »Wusste gar nicht, dass ihr so dicke miteinander seid.«

Um die neugierigen Blicke ihrer Stammgäste zu meiden, zapfte Hubbi ein frisches Bier. »Man kommt halt manchmal ins Plaudern.«

»Soso«, sagte Karl-Heinz.

Die Eingangstür ging auf und ein Mann und eine Frau in den Fünfzigern traten ein. Die Frau trug ein Stirnband über ihren dunkelbraunen, kinnlangen Haaren. Sie presste eine schwarze Lederhandtasche an ihre graue Jacke und schaute sich ängstlich um. Der Mann war ein Stückchen kleiner als seine Begleiterin. Er trug einen schwarzen Mantel und einen karierten Schal. Schneeflocken fielen aus seinem Schnauzbart, als er der Frau aus der Jacke half. Danach führte er sie zur Eckbank.

Hubbi wartete ab, bis sie Platz genommen hatten und der Mann zu ihr herüberschaute, bevor sie an den Tisch trat.

»Schönen guten Abend«, sagte sie. »Sie sind zum ersten Mal hier, oder?«

Der Mann nickte.

»Besuchen Sie jemanden? Oder machen Sie hier Urlaub?« Dabei lächelte sie und bemühte sich um eine vergnügte Miene, damit die beiden ihren Witz verstanden. Affeln war nicht gerade Paris oder Kitzbühel.

»So in etwa«, antwortete der Mann schmallippig. »Ich hätte gerne ein Bier und du?« Dabei sah er seine Frau an.

»Ähm, habe Sie Tee?«

Hubbi musste kurz überlegen, doch dann war sie sich sicher, dass irgendwo im Lagerraum noch ein paar Teebeutel herumlagen. »Natürlich.«

»Dann hätte ich gerne eine Tasse Tee. Mit Zucker, bitte.«

Hubbi ging in den Lagerraum und stellte erleichtert fest, dass sie sich richtig erinnert hatte. Ganz hinten im Regal hinter den Papierservietten fand sie tatsächlich eine Packung Pfefferminztee. Haltbar bis Juni 2020. Sie zuckte die Achseln: Tee würde wohl kaum schlecht werden. Also holte sie eine Tasse – ein Werbegeschenk ihrer Hausbank – pustete den Staub heraus und trug beides zu dem Kühlschrank, auf dem der Wasserkocher stand. Sie zapfte Wasser aus dem Wasserhahn im Damenklo und schaltete den Kocher ein. Dann wartete sie und dachte über die neuen Gäste nach. Sie kamen ihr irgendwie bekannt vor, aber sie wusste nicht, woher. Hubbi bildete sich ein, die meisten Dörfler wenigstens vom Sehen zu kennen. Vielleicht lebten die beiden noch nicht lange hier. Oder sie kamen aus einem der Nachbardörfer wie Altenaffeln, Küntrop oder Blintrop.

Mit einem Klicken schaltete sich der Wasserkocher aus und brachte Hubbi damit in die Realität zurück. Sie hängte einen Beutel in die Tasse, goss das Wasser darüber, nahm zwei Würfel Zucker aus dem Regal und drapierte alles gemeinsam mit einem Löffel auf einen Pappteller, da sie keine Untertasse besaß. Dann brachte sie der Frau ihr Getränk.

Der Mann runzelte die Stirn, als er Hubbis eigenwilliges Gedeck erblickte, sagte jedoch nichts.

»So, hier ist schon mal der Tee, das Bier kommt sofort«, sagte Hubbi eifrig und verschwand hinter der Theke.

»Danke«, murmelte der Mann, als Hubbi es ihm brachte. Seine Frau starrte in ihre Teetasse.

Hubbi zog sich wieder hinter die Theke zurück. Die Stammgäste redeten leise miteinander, aber Hubbi wusste, dass sie die neuen Gäste insgeheim belauschten.

»Kennst du die?«, wollte Berthold von Hubbi wissen.

Die schüttelte den Kopf.

In der einsetzenden Stille hörte Hubbi einen Gesprächsfetzen. »… mit diesem Lohmeier sprechen, ob er ihn zu uns schicken kann.«

»Das sind die Eltern von Dario Becker!«, entfuhr es Hubbi. Sie schlug sich nun wirklich die Hand vor den Mund, doch die beiden Gäste hatten sie offenbar nicht gehört. Ganz im Gegensatz zu ihren Stammgästen.

»Wie kommst du darauf?«, fragte Berthold im Flüsterton.

Hubbi griff nach einem Lappen und wischte damit die Theke ab. So konnte sie sich unauffällig zu ihren Stammgästen beugen. »Guckt doch mal, die sind komplett schwarz angezogen«, raunte sie ihnen zu. »Außerdem haben die gerade den Lohmeier erwähnt.«

»Den Bestatter?«, hakte Gerda unnötigerweise nach.

Hubbi nickte. Sie betrachtete die beiden. Der Mann schob gerade eine Hand über den Tisch und legte sie auf den Unterarm seiner Frau. Hubbi durchfuhr eine

Welle des Mitleids. Es musste schrecklich sein, sein Kind zu verlieren. Gleichzeitig verspürte sie den Drang, mit ihnen reden zu müssen. Von den beiden konnte sie sicher mehr über Dario erfahren.

Sie straffte die Schultern und ging unter den neugierigen Blicken ihrer Stammgäste zur Eckbank.

»Entschuldigen Sie, falls ich unhöflich bin«, begann sie mit einem zaghaften Lächeln. »Ich habe aus Versehen Ihre Unterhaltung mit angehört. Sind Sie die Eltern von Dario Becker?«

Die Frau drehte sich zu Hubbi, ihr Mann sah sie erschrocken an.

»Sie kannten Dario?«

»Ich möchte Ihnen mein Beileid aussprechen«, wich Hubbi der Frage aus. »Dario hat zwar nicht lange im Dorf gelebt, aber wir mochten ihn alle.« Sie dachte, dass das ja keine Lüge, sondern eher eine kleine Abwandlung der Wahrheit war. Vielleicht war Dario ein netter Kerl gewesen. Hätte er ein paar Jahre mehr in Affeln gewohnt, hätte er sich bestimmt in die Dorfgemeinschaft eingefunden. Im Grunde nahm sie ja nur vorweg, was hätte sein können.

»Bestimmt.« Der Mann lachte trocken auf. »Ich wette, dass ihn kaum einer kannte.«

Hubbi fühlte sich ertappt. »Nun ja, er hat ja erst seit Kurzem hier gewohnt. Da gab es noch nicht so viele Gelegenheiten, andere kennenzulernen.«

»Ha, nicht viele Gelegenheiten, dass ich nicht lache!«, sagte der Mann.

»Dario war eben introvertiert«, meinte seine Frau. Ihre Stimme klang seltsam gepresst. Anders als ihrem

Mann war ihr die hessische Herkunft deutlich anzuhören.

»Er war ein Eigenbrötler! Ein Sonderling!«, entfuhr es Darios Vater. »Seine ganzen komischen Eigenheiten. Alleine diese Paranoia vor dem Internet. Sogar ich besitze mittlerweile ein Handy und einen Computer – und ich bin alt! Wie will man denn als junger Mann Frauen kennenlernen, wenn man nie aus dem Haus geht und sogar Angst vor diesem Online-Dating-Kram hat?« Er schnaufte frustriert und trank von seinem Bier.

»Fred, bitte!«

»Du weißt genau, dass ich recht habe, Elvira!«

»Aber das müssen nicht alle wissen!« Sie sah sich demonstrativ in der Kneipe um.

»Wieso denn nicht?«

»Weil man nicht schlecht über Tote spricht!« Ihre Stimme brach.

»Ich wollte mich wirklich nicht einmischen«, sagte Hubbi in beschwichtigendem Ton. »Es ist nur so …« Sie zögerte, um die Aufmerksamkeit der beiden zu bekommen. »Ich habe Dario gefunden. Er lag vor meiner Haustür.«

Elvira traten Tränen in die Augen. »Erzählen Sie mir, was passiert ist. Bitte.« Sie rutschte zur Seite und bedeutete Hubbi, sich neben sie zu setzen.

Hubbi warf einen schnellen Blick zu den Stammgästen. Sie taten noch immer so, als wären sie in ein Gespräch über das Wetter vertieft, aber sie war sich todsicher, dass sie jedes Wort mithörten.

Hubbi setzte sich neben Elvira Becker auf die Bank. Sie kämpfte innerlich mit sich: Hatten Darios Eltern es nicht verdient, von ihrem Mordverdacht zu erfahren? Womöglich hatten sie sogar eine Idee, wer der Mörder sein könnte. Andererseits wollte Hubbi den beiden auch keine Angst einjagen, falls sie sich irrte. »Sie wissen ja sicher von dem Schneesturm«, begann sie und erzählte in knappen Worten, wie sie Dario gefunden hatte.

Elvira Becker hörte ihr die ganze Zeit mit weit aufgerissenen Augen zu, Fred hatte die Arme vor der Brust verschränkt.

»Ihr Verlust tut mir wirklich sehr leid«, sagte Hubbi zum Schluss. »Es ist schade, dass ich Dario nicht besser kennenlernen durfte.«

Fred zog eine Augenbraue hoch. »Allerdings. Sie wirken nett. Vielleicht hätten Sie ihn aus seinem Schneckenhaus locken können. Sie wären auch genau sein Typ. Er mochte dralle Frauen.«

Hubbi verkniff sich den Hinweis, dass sie verheiratet war. »Wie war er denn so?«

»Ein Eigenbrötler«, antwortete Fred prompt. »Dario war ziemlich schüchtern. Er hatte nie viele Freunde. Als Jugendlicher hat er sehr darunter gelitten, dass er bei seinen Klassenkameraden keinen Anschluss gefunden hat. Von den Mädchen ganz zu schweigen.«

»Wir haben immer gehofft, dass sich das irgendwann legen würde«, warf Elvira ein. »Aber es wurde eher noch schlimmer.«

»Er hat sich aber auch nicht großartig bemüht«, redete der Vater weiter.

Hubbi war froh, dass die beiden von sich aus so viel erzählten, und hörte aufmerksam zu.

»Wärst du so oft zurückgewiesen worden wie er,

hättest du auch irgendwann aufgegeben«, entgegnete Elvira.

Hubbi fand sie jetzt ganz schön angriffslustig. Wie eine Löwenmutter, die ihr Junges verteidigte.

»Jeder bekommt mal einen Korb, das ist doch kein Grund, gleich die Flinte ins Korn zu werfen«, sagte Fred.

»Einen Korb?«, wiederholte Elvira. »Vielleicht weißt du nur von dieser Julia, aber mir hat Dario auch von den anderen erzählt. Auch später noch in der Ausbildung.« Nun schnaufte sie verächtlich. »Die Mädchen heutzutage sind so oberflächlich. Ich habe dich ja auch genommen, obwohl du kleiner bist als ich.«

Fred zuckte zusammen und schaute zu Hubbi, die so tat, als hätte sie nichts gehört.

»Also hatte Dario keine Freundin?«, fragte sie stattdessen.

»Nicht, dass wir wüssten jedenfalls. Ich glaube, er hatte nach seinem Auslandsjahr sowieso kein Interesse mehr an Frauen. Und danach ging es ihm nur darum, möglichst weit von uns weg zu kommen.«

»Wundert dich das? Bei deinen ständigen Sticheleien?«

Fred schnappte nach Luft, dann fiel sein Blick auf Hubbi. »Wieso fragen Sie das alles? Wohl kaum aus reinem Interesse.«

Der Punkt war immer heikel. Hubbi wollte antworten, doch sie wusste nicht, was sie sagen wollte.

Fred Becker fasste ihr Zögern als Zustimmung auf. »Sie haben es auf das Haus abgesehen, stimmt's?« Seine Augen verengten sich. »Dario hat uns damals erzählt, wie scharf die Leute hier auf sein Haus waren. Sie können es kaum abwarten, dass es wieder auf dem Markt ist, was?«

Elvira starrte Hubbi ungläubig an. »Wirklich?«

»Ich, nein, also …« Hubbi wusste nicht, wie ihr geschah. Gerade noch hatte sie das Gefühl gehabt, dass die beiden sie gerne mit ihrem Sohn verheiratet hätten.

Fred stand abrupt auf. »Sie denken doch nicht etwa, dass Sie sich mit Ihrem gespielten Mitleid bei uns einschmeicheln können!« Er zog seinen Geldbeutel aus der Gesäßtasche und knallte einen Fünfer auf den Tisch. »Wenn Sie Interesse an dem Haus haben, wenden Sie sich an die Maklerin Rosalie Heyne. Komm, Elvira, wir gehen!«

Hubbi stand auf und ließ Darios Mutter aus der Eckbank. Dann sah sie den beiden ratlos hinterher.

»Na, die hast du aber geschickt ausgehorcht«, stichelte Karl-Heinz, als sie wieder hinter dem Tresen standen. »Deinem Traumhaus bist du damit auch nicht näher gekommen, würde ich sagen.«

Hubbi sah nachdenklich zur Tür. Das Gespräch hatte sie wohl gründlich verbockt.

Kapitel 9

Am nächsten Morgen stand Hubbi früh auf und fragte sich dabei besorgt, ob sie die Fähigkeit zum langen Ausschlafen wohl endgültig verloren hatte. Sie frühstückte gemeinsam mit Tristan, bevor er zu einem Treffen mit einem Kunden aufbrach.

Ratlos stand Hubbi danach in der Wohnung herum und fragte sich, was sie den ganzen Tag machen sollte. Schließlich beschloss sie, der Maklerin einen Besuch abzustatten. Rosalie Heyne hatte Dario das Haus damals verkauft und war die einzige Immobilienmaklerin im Ort.

Hubbi zog sich Winterstiefel an, schlüpfte in Jacke, Schal und Mütze und schnappte sich Meter und ihre Handtasche. Draußen beäugte sie ihren zugefrorenen Caddy und wog Fensterkratzen gegen einen Fußmarsch ab. Laufen erschien ihr weniger anstrengend, also machte sie sich auf den Weg zu Rosalies Haus, das keine drei Straßen von ihr entfernt am Ende einer Sackgasse lag. Hinter dem Altbau mit Rosenbogen vor der Tür erstreckten sich verschneite Felder und Wiesen.

Meter lief freudig neben ihr her, obwohl er mit seinen kurzen Beinen stellenweise bis zum Bauch im Schnee versank. Die Kälte schien ihm jedoch nichts auszumachen. Vor der Tür schüttelte er sich kurz und schaute schwanzwedelnd zu Hubbi hoch, als sie die Klingel drückte.

Kurz darauf wurde die Tür geöffnet. Statt Rosalie stand Hubbi einem rothaarigen Mädchen gegenüber.

»Hi, Sophie«, sagte Hubbi unsicher.

»Ich bin Lara.« Das Mädchen schaute sauertöpfisch drein.

Hubbi bemerkte, dass sie zu einer knallengen Jeans nur ein bauchfreies T-Shirt trug, und erschauderte.

»Entschuldigung, ich wollte euch nicht verwechseln.«

Lara rümpfte die Nase. »Mama ist im Arbeitszimmer.« Sie deutete auf eine Tür zu ihrer Rechten und ließ Hubbi stehen.

Hubbi schloss die Haustür hinter sich und klopfte an der Tür. Dahinter hörte sie eine Stimme. Offenbar telefonierte Rosalie gerade. Hubbi wartete, bis Rosalie rief: »Herein!«

»Hallo«, sagte Hubbi, als sie den Kopf durch die Tür steckte.

»Haben die Zwillinge dir aufgemacht?«

Hubbi nickte. »Störe ich?«

Rosalie lächelte wissend. Sie hatte dieselben roten Haare wie ihre Töchter, nur fanden sich in ihrem kurzen Bob bereits einige graue Strähnen. Dazu hatte sie blaue Augen und eine sportliche Figur, die von ihrer früheren Leidenschaft für Leichtathletik stammen musste.

Hannelore hatte mal erzählt, dass Rosalie den Jungs in ihrer Jugend reihenweise den Kopf verdreht hatte, sich dann aber für den fünfzehn Jahre älteren Ernst

Heyne entschieden hatte. Einen Buchhalter mit Halbglatze, Bauchansatz und einer Goldfischzucht. Eine Kombination, die sogar Hannelore furchtbar langweilig fand.

Rosalie schmunzelte noch immer. »Wenn ich raten müsste, würde ich sagen, du bist wegen Dario Beckers Haus hier.«

»Ich habe gestern seine Eltern getroffen und sie haben mir gesagt, dass du dich wieder um den Verkauf kümmerst«, sagte Hubbi.

»Nette Leute. Tragisch, was ihnen widerfahren ist.« Rosalie bedeutete Hubbi, sich auf den Stuhl ihr gegenüber am Schreibtisch zu setzen. »Ein und dasselbe Haus innerhalb eines Jahres gleich zwei Mal zu vermitteln, ist mir auch noch nicht passiert.« Sie lächelte milde.

Hubbi kam der Gedanke, dass Rosalie ebenfalls von Darios Tod profitierte: Immerhin konnte sie so erneut die Maklerprovision einstreichen. Seit dem ersten Verkauf waren die Immobilienpreise sicher noch gestiegen.

»Dieses Mal sind es sogar noch mehr Interessenten als damals.«

Hubbi runzelte die Stirn. »Das weißt du jetzt schon? Dario ist doch gerade mal einen Tag tot.«

»Das wusste gestern Mittag bereits das ganze Dorf. Ungefähr zu der Zeit habe ich die ersten Anrufe bekommen.«

»Echt?«

Rosalie nickte vielsagend.

Hubbi war sich die ganze Zeit schäbig vorgekommen,

weil sie überhaupt darauf gehofft hatte, dass das Haus bald wieder auf den Markt kommen würde. Doch nun wurde ihr klar, dass sie nicht die Einzige war, der Darios Tod neue Chancen ermöglichte. Brachte man jemanden um, nur weil man auf dessen Haus scharf war?

»War darunter zufällig auch Thomas Grimm?«, wollte sie wissen.

Rosalie legte den Kopf schief. »Wenn du es genau wissen willst: Er war sogar der Erste.«

»Dass er damals den Zuschlag nicht bekommen hat, hat ihn ganz schön fertig gemacht, oder?«

»Allerdings. Er hat wirklich sehr um das Haus gekämpft, aber gegen Beckers Gebot kam er einfach nicht an. Da kann ich die damaligen Verkäufer auch gut verstehen. Er hat noch mal 20 Prozent vom ursprünglichen Kaufpreis draufgelegt. Damit lag die Summe weit über Marktwert.«

»Tatsächlich?«, fragte Hubbi neugierig. »Wie konnte er sich das leisten?«

»Er hatte einiges angespart. Wie genau er das angestellt hat, hat mich damals nicht interessiert und das tut es auch heute nicht.« Sie schaute auf ihre Armbanduhr und erhob sich. »Gleich habe ich einen Termin mit ein paar Interessenten und den Eltern von Dario Becker. Ich gehe mal davon aus, dass du jetzt auch dazugehörst, richtig?«

Hubbi nickte überrascht. Sie hoffte nur, dass die Wut der Beckers sich seit dem Vortag gelegt hatte.

Rosalie lächelte. »Na, dann komm mal mit. Wir können zu Fuß gehen, wenn es euch recht ist.« Dabei schaute sie auf Meter, der brav neben Hubbis Füßen gehockt und zugehört hatte.

»In Ordnung«, sagte Hubbi und folgte Rosalie aus dem Büro.

»Mädchen?«, rief sie nach hinten in den Wohnbereich. »Ich bin jetzt weg. Falls ich bis heute Mittag nicht zurück bin, macht euch eine Tiefkühlpizza, ja?«

»Geht klar«, rief eine ihrer beiden Töchter.

Gemeinsam liefen sie los. Rosalie hatte einen strammen Schritt drauf und das trotz ihrer hohen Absätze. Hubbi fragte sich, wie sie damit im Schnee überhaupt laufen konnte, aber der Maklerin schien der Untergrund nichts auszumachen.

»Du hattest doch viel mit Dario Becker zu tun«, begann Hubbi ein Gespräch.

»Zwangsläufig, ja.«

Hubbi zog die Augenbrauen hoch. »Zwangsläufig? Das klingt, als wäre dir das nicht so lieb gewesen.«

Rosalie schaute sie kurz von der Seite an. »Um ehrlich zu sein: Ich fand ihn unangenehm.«

»Inwiefern?«

»Wie soll ich das erklären?« Rosalie legte die Stirn in Falten. »Dario war immer höflich, fast schon schüchtern, was seltsam war für einen Geschäftsmann in seinem Alter. Die sind oft sehr von sich eingenommen. Mit ihm zu arbeiten, war einfach. Aber immer, wenn er bei mir im Büro war, hat er meine Töchter so komisch angesehen.«

Hubbi musste an die Erzählung der Eltern denken, dass Dario es mit Frauen nicht leicht gehabt hatte.

»Deine Töchter sind ja auch hübsch, vielleicht hat er sie deshalb angestarrt.«

Rosalie lachte trocken auf. »Hübsch sind sie allerdings und mitten in der Pubertät, vor allem Sophie. Aber das meine ich nicht. Er hat sie angesehen wie, hm, als würde er eine Ware taxieren.« Sie sah Hubbi direkt an. »Ich weiß nicht, wie ich es besser ausdrücken soll. Er hat sie so komisch gemustert, als würde er sie gedanklich vermessen. Das hat mich beunruhigt, ich wusste aber nicht, wie ich darauf reagieren sollte. Ich habe immer gehofft, das würde mit der Besiegelung des Kaufvertrags aufhören.«

»Tat es das etwa nicht?«, hakte Hubbi nach.

»Es wurde weniger. Aber jedes Mal, wenn wir ihn irgendwo zufällig getroffen haben, hatte ich wieder dieses unangenehme Gefühl.«

Hubbi kam ein düsterer Gedanke: das Import-Export-Geschäft. Das hatte sie gestern schon seltsam gefunden. War das womöglich nur ein Tarnmantel für einen Menschenhändlerring? Oder ging da gerade ihre Fantasie mit ihr durch? »Hat er deine Töchter belästigt?«

»Nein«, sagte sie sofort. »Er hat nie auch nur mit ihnen geredet.« Sie wischte mit der Hand durch die Luft. »Wahrscheinlich habe ich mir das alles nur eingebildet. Mütter verhalten sich manchmal seltsam. Besonders, wenn ihre kleinen Mädchen sich in hübsche Frauen verwandeln und Männer sie anstarren.« Sie lächelte, aber es wirkte nicht echt.

Hubbi ging nicht weiter darauf ein. Sie hatte gelernt, dass man auf seine Intuition hören sollte. Und wenn

Rosalie ein ungutes Gefühl bei Dario gehabt hatte, war sicher etwas Wahres daran.

Das Haus kam in Sicht. Erstaunt erblickte Hubbi die Menschentraube auf dem Bürgersteig davor. Als sie näher kamen, erkannte sie Thomas Grimm und seine Frau Vera, die neben Wolfgang Grimm standen. Außerdem waren Milena und Hannes Duve da, denen der Gasthof gehörte, den sie dem Fremden empfohlen hatte, sowie zwei Frauen, die Hubbi erst für Freundinnen hielt, bis sie sah, dass sie Händchen hielten.

Rosalie begrüßte alle per Handschlag. Hubbi kam sich unbehaglich vor, da sie offenbar die Einzige ohne Partner war.

In diesem Moment bogen zwei weitere Menschen um die Ecke, die Hubbi sofort erkannte.

»Ah, Herr und Frau Becker!« Rosalie lief auf die beiden zu und gab erst Elvira und danach Fred die Hand. »Mein Beileid für Ihren Verlust«, sagte sie.

Die anderen murmelten Ähnliches, doch Hubbi wusste, dass keiner wirklich Beileid empfand. Eher eine heimliche Freude über diese unerwartete Möglichkeit.

»Sind Sie sicher, dass Sie nicht doch erst alleine reingehen möchten?«, fragte Rosalie.

Elvira schaute mit geröteten Augen zu Boden, ihr Mann presste die Lippen zusammen. »Nein. Wir möchten das so schnell wie möglich hinter uns bringen.«

Rosalie wandte sich an die Interessenten. »Meine Damen und Herren, es freut mich sehr, dass Sie alle so kurzfristig Zeit gefunden haben. Herr und Frau Becker kommen nicht aus der Gegend und würden den Nachlass ihres Sohnes gerne so schnell wie möglich regeln.«

Die beiden Frauen grinsten verstohlen.

»Ich würde sagen, wir gehen rein, bevor es wieder anfängt zu schneien«, forderte Rosalie die Gruppe mit einem Blick in den düsteren Himmel auf. Sie bedeutete Fred Becker, vorauszugehen. Der zögerte, doch dann setzte er sich schwerfällig in Bewegung. Elvira klammerte sich an seinen Arm. Rosalie blieb dicht bei den beiden und flüsterte ihnen etwas zu, woraufhin Elvira tapfer nickte.

»Hallo, Hubbi.«

Hubbi drehte sich zögerlich um. Sie wollte eigentlich in der Nähe der Beckers bleiben, falls die noch etwas über ihren Sohn erzählten. »Hallo, Milena. Hallo, Hannes.«

»Danke für deine Empfehlung.« Milena lächelte breit und entblößte dabei eine Lücke zwischen den oberen Schneidezähnen, durch die man einen Strohhalm hätte stecken können. »In der Vorweihnachtszeit haben wir nicht so viele Gäste, da kam uns das ganz gelegen.«

»Gern geschehen.« Hubbi wollte sich abwenden, doch dann fiel ihr etwas ein. »Warum seid ihr eigentlich hier? Ich dachte, ihr wohnt im hinteren Teil eures Gasthofs?«

Milena strahlte. »Schon, aber dort wird es uns langsam zu eng.« Damit strich sie über ihren Bauch und Hubbi verstand.

»Oh, herzlichen Glückwunsch.«

»Äh, ja, also …«

»Man wird sich ja wohl noch umsehen dürfen, ohne dass gleich Gerüchte entstehen«, mischte sich nun Hannes ein.

Hubbi wunderte sich über seine schroffen Worte. Normalerweise war der Bauernsohn ein Ausbund an Liebenswürdigkeit. Sie kannte ihn jedenfalls nur lächelnd, doch heute wirkte er irgendwie angespannt.

»Wir sollten weitergehen«, sagte Hubbi schnell. »Nicht, dass wir noch was verpassen.«

Die anderen Interessenten hatten sich mittlerweile direkt vor der Haustür versammelt und Hubbi und die Duves schlossen sich ihnen schnell an. Schweigend sahen sie dabei zu, wie Fred Becker die Haustür aufschloss. Hubbi erkannte in seiner Hand den Schlüsselbund, den sie bei seinem toten Sohn gefunden hatten.

Die Tür schwang auf und Elvira verzog das Gesicht. Kurz darauf verstand Hubbi: Die Luft roch nicht nur abgestanden, darunter lag auch ein Hauch von Verwesung. So als wäre das Haus mit seinem Besitzer gestorben. Sie schauderte. Meter neben ihr knurrte leise.

Rosalie drehte sich zu den anderen um und lächelte, doch es wirkte bemüht. »Dann wollen wir mal. Sehen Sie sich in Ruhe um. Bei Fragen wenden Sie sich bitte an mich.«

Die Leute nickten, noch immer mit gespielt bedrückten Mienen, und verteilten sich im Haus. Keinen schien der Gestank zu stören.

Hubbi sah sich zuerst im Flur um. Der Boden war braun gefliest, die Wände weiß gestrichen und mit gerahmten Landschaftsfotografien verziert. Sie folgte den Eltern unauffällig in das Wohnzimmer: Dort standen eine graue Velourscouch, ein Couchtisch und ein Esstisch aus Kiefer mit vier passenden Stühlen. Es gab keinen Fernseher, dafür ein beeindruckendes Bücherregal. Einige Möbelstücke kamen Hubbi bekannt vor. Sie hatte sie bereits bei ihrer ersten Besichtigung damals gesehen. Offenbar hatte Dario die Einrichtung des betagten Vorbesitzers behalten und seine Sachen dazugestellt – von denen es nicht viele gab. Hier drin roch es noch strenger.

Hubbi trat näher an das Regal heran, während sie die Beckers im Auge behielt. Elvira Becker griff gerade nach einer benutzten Kaffeetasse, die auf dem Esstisch stand. Sie betrachtete sie und schniefte dabei leise. Fred stand mit steinerner Miene daneben.

Meter blieb dicht bei Hubbi. Sein ganzer Körper war gespannt wie ein Flitzebogen.

»Ganz ruhig, alles okay«, flüsterte Hubbi ihm zu.

Sie sah sich das Bücherregal genauer an: Bildbände über Asien und Südamerika. Hubbi nahm wahllos ein Buch über japanische Bildhauerei heraus und klappte es auf, da rutschte etwas heraus: ein Reisepass. Vorsichtig sah sie sich um, aber die Beckers standen noch immer am Esstisch und hatten ihr den Rücken zugekehrt. Rosalie redete mit den beiden Frauen. Schnell öffnete Hubbi den Reisepass: Dario war tatsächlich viel herumgekommen. Vor allem Asien hatte es ihm angetan. Allein in Tokio hatte er ein halbes Jahr verbracht. Sie steckte den Reisepass in ihre Jackentasche und stellte das Buch zurück.

Meter jaulte mittlerweile und kratzte an Hubbis Bein.

»Was ist denn?«, zischte sie. »Wir gehen ja gleich. Reiß dich ein bisschen zusammen, ja?«

Statt sich zu beruhigen, zog er nun an der Leine.

Die Beckers schauten sich überrascht um. »Dario mochte keine Hunde«, stellte Elvira fest.

Hubbi ignorierte den Kommentar. Sie nahm Meter auf den Arm, der sich in ihrem Griff wie ein Aal wand. Schließlich kam er frei, sprang auf den Boden und rannte davon. Direkt zur Couch.

»Meter!«, rief Hubbi, doch der Dackel war bereits zum Couchtisch gerannt. Hubbi folgte ihm. Unter dem Tisch lag eine blaue Decke. Meter biss hinein und zerrte daran.

»Meter, verdammt noch mal!« Hubbi versuchte, den Hund von der Decke wegzuziehen, doch er hatte sich in den Stoff verbissen. Als sie es endlich schaffte, sich mit dem windenden Dackel im Arm aufzurichten, zog sie damit auch die Decke unter dem Tisch hervor. Etwas rollte heraus. Hubbi registrierte noch, dass der Verwesungsgestank stärker wurde, dann sah sie auch schon das rotbraune Fell.

Sie stieß einen spitzen Schrei aus und ließ Meter fallen, der elegant auf seinen kurzen Beinen landete und schnurstracks zu dem Körper in der Decke lief. Er bellte ihn kurz an, dann sah er zu seinem Frauchen hoch, als erwartete er nun ein dickes Lob.

»Was ist passiert?« Rosalie kam angestürzt, ihre Miene eine Mischung aus Besorgnis und Verärgerung.

»Meter hat etwas gefunden«, sagte Hubbi tonlos. Sie zögerte, doch als niemand nachsehen wollte, bückte sie sich und rollte die Decke komplett auseinander. Dabei atmete sie flach durch den Mund.

Zum Vorschein kam eine Katze.

»Missie!«, schrie Elvira und machte einen Satz zurück.

Hubbi sah sie an. »Ist das Darios Katze?« Sie dachte an das, was Lotte ihr erzählt hatte. Von der Katze, die sich am liebsten im Beet des Nachbarn erleichterte.

»Er hat sie zum fünfzehnten Geburtstag bekommen. Was ist mit ihr passiert?«, wollte Fred wissen.

Mittlerweile waren auch die anderen Interessenten ins Wohnzimmer gekommen und schauten neugierig auf das Spektakel. Milena wurde blass und verließ den Raum, Hannes lief ihr hinterher.

Hubbi betrachtete die Katze genauer. Die Totenstarre hatte bereits nachgelassen. Der Tatsache und dem Gestank nach zu urteilen, war das Tier vermutlich schon ein paar Tage tot. In dem Fell um ihr Maul entdeckte Hubbi Schaum, aber keine sichtbaren Verletzungen.

»Bestimmt wurde sie überfahren und Dario hat sie gefunden«, sagte Rosalie.

Hubbi richtete sich auf. »Ich glaube eher, dass sie vergiftet wurde.« Dabei schaute sie unauffällig zu den Grimms.

Wolfgang war rot im Gesicht, Thomas wirkte angewidert und seine Frau erschrocken.

»Vergiftet?«, rief Fred. »Wer tut denn so etwas?«

»Dario hing so an Missie«, wimmerte Elvira.

»Armes Tier«, sagte Rosalie. Sie kam zum Couchtisch und bückte sich. Umständlich wickelte sie die Katze wieder in die Decke und hob sie hoch. »Ich bringe sie mal raus und dann, ähm, beerdigen wir sie später.«

»Stecken Sie sie in die Biotonne«, rief Wolfgang Grimm. »Wird eh morgen geleert.«

Elvira starrte den Nachbarn mit offenem Mund an. Das schien ihn nicht zu stören. Erst als sein Sohn ihm etwas zuzischte, schaute er verlegen zu Boden. Mit seinem Verhalten hatte er die Chancen seines Sohnes auf das Haus nicht gerade verbessert.

»Sehen Sie sich ruhig weiter um«, sagte Rosalie und eilte mit dem Bündel im Arm nach draußen.

»Ich gehe nach oben«, verkündete Vera.

»Wir sind hier unten noch nicht in allen Zimmern gewesen«, brummte Thomas.

»Und?«, fragte seine Frau. »Es sieht hier noch genauso aus wie im vergangenen Jahr.« Ihre Stimme brach und sie rannte nach oben.

»Herrjemine, was hat sie denn jetzt wieder?«, brummte Wolfgang.

Thomas seufzte. »Ich schaue mal nach ihr.«

»Wenn du meinst. Ich gehe mal an die frische Luft. Den Gestank hier drin hält man ja nicht aus.«

Als Wolfgang verschwunden war, schlich Hubbi leise die Treppe hinauf ins Obergeschoss. Dort hörte sie Stimmen aus dem Schlafzimmer dringen. Da Hubbi nicht lauschend im Flur erwischt werden wollte, betrat sie kurzerhand den Raum daneben. Sie fand sich im Badezimmer wieder, einem flaschengrün gefliesten Raum. Zwei graue Handtücher hingen neben dem Waschbecken und wurden gerade intensiv von Meter beschnüffelt. In der Dusche standen eine Flasche Duschgel sowie ein Shampoo gegen Schuppen. Es gab keinen Badvorleger und keine Pflanze auf dem

Fenstersims. Das Bad wirkte genauso karg wie das Wohnzimmer.

Im Nebenzimmer hörte Hubbi die Grimms leise reden. »Was hast du?«

»Dein Vater!« Vera schluchzte. »Er verdirbt es uns schon wieder. Hat er denn nicht gesehen, wie die Mutter reagiert hat? Die verkaufen uns das Haus doch niemals! Und dann müssen wir weiter in dieser winzigen Wohnung hausen.« Sie stöhnte. »Ich halte das nicht mehr aus.«

»Jetzt stell dich mal nicht so an! Du tust ja gerade so, als sei ich schuld an unserer Situation!«

»Deine verdammte Spielerei!« Vera flüsterte nun nicht mehr, sie schrie fast. Hubbi jedenfalls konnte sie sogar durch die Wand wunderbar verstehen.

»Ich habe doch aufgehört!«, verteidigte sich Thomas nun in ähnlicher Lautstärke. »Und du hättest dich auch mal ein bisschen mehr ins Zeug legen können! Das war unsere Chance!«

»Ich konnte das aber nicht. Dass du so etwas überhaupt von mir verlangen kannst!«

»Vera!«, zischte Thomas nun. »Nicht so laut.«

Tatsächlich setzten die beiden ihre Diskussion anschließend flüsternd fort. Dummerweise konnte Hubbi so nichts mehr verstehen.

Während sie angestrengt lauschte, fiel ihr Blick auf den Spiegelschrank. Wenn sie schon hier war, könnte sie auch noch etwas rumspionieren. Sie öffnete ihn und stutzte. Eine Dose Puder und ein Kajalstift befanden sich darin. Was wollte Dario damit? Schminkte er sich etwa? Es sollte ja auch Männer geben, die Make-up benutzten. Oder gab es doch eine Frau in seinem Leben?

Nachdenklich betrachtete Hubbi die Schminke. Sie wollte gerade nach dem Kajalstift greifen, als sie von unten einen lauten Wortwechsel hörte.

Noch eine tote Katze?, schoss es ihr durch den Kopf, während sie schon die Treppe hinunterstürzte. Die Geräusche waren aus dem Keller gekommen. Sie lief die Kellertreppe hinunter, da kamen ihr auch schon Milena und Hannes entgegen.

»Hier will ich nicht wohnen, auf keinen Fall!«, schrie Milena panisch und drängte sich an Hubbi vorbei.

»Schatz, das ist eine einmalige Chance! Lass dich doch von so was nicht abschrecken«, redete Hannes auf sie ein, aber sie schüttelte heftig den Kopf.

»Erst die tote Katze und jetzt das. Nein, dieses Haus hat eine böse Aura, das spüre ich! Ich will hier weg!«

»Was ist das denn schon wieder für ein Esoterik-Quatsch?«

Mit pochendem Herzen ging Hubbi nach unten. Sie hatte Angst vor dem, was sie dort finden würde. Auch Meter war merklich angespannt.

Unten stellte Hubbi fest, dass sie nicht die Erste war. Rosalie und die beiden Frauen waren schon da. Die Grimms kamen direkt nach Hubbi. Sie schauten auf etwas, das am Boden neben einem hochmodernen Gasgrill lag. Hubbi traute sich kaum, hinzusehen, tat es dann aber doch. Erleichtert stellte sie fest, dass dort keine weitere Leiche lag – weder eine tierische noch eine menschliche –, sondern ein Scherbenhaufen und ein verdrehter Fensterrahmen.

»Jemand ist eingebrochen«, sagte sie mehr zu sich

selbst als zu den anderen. Ihr Blick wanderte über die Wand, wo sie das passende Loch des ehemaligen Fensters fand.

Eine Sekunde später kamen auch Darios Eltern in den Keller. Als sie die Scherben sahen, sagte Fred: »Jetzt reicht es mir, ich rufe die Polizei.«

Kapitel 10

Elviras Gesicht war weiß wie der Schnee, der in weichen Flöckchen auf die Menschentraube vor dem Haus herunterschwebte.

»Sie können wirklich nicht sagen, ob etwas fehlt?«, hakte Kevin ungläubig nach. Seine Nase war rot und lief, sodass er sie ständig hochziehen musste, seine Augen waren glasig. Er tat Hubbi richtig leid. Seine einzige Begleitung war ein griesgrämig dreinblickender Mann von der Spurensicherung, der ständig auf seine Uhr schaute.

»Wir haben Ihnen doch schon gesagt, dass wir erst ein einziges Mal hier waren«, antwortete Fred anstelle seiner Frau. »Für uns sieht das da drin nicht nach einem Einbruch aus.«

»Könnte das Kellerfenster womöglich auch anders kaputtgegangen sein? Durch den Sturm zum Beispiel?« Auf Kevins Gesicht breitete sich Hoffnung aus.

Hubbi durchschaute ihn sofort: Ein Einbruch bedeutete viel Arbeit für die Polizei, und Kevin wünschte sich wohl lieber ins Bett als hinter seinen Schreibtisch auf der Wache.

Der Spurensicherer neben ihm schnaufte abfällig.

»Hamse den Ziegelstein auf dem Boden nicht gesehen, Kollege Cramer? Den hat der Hausbesitzer wohl kaum selber durch das Fenster geschmissen.«

Kevin schaute seinen Kollegen böse an. »Man sollte keine Möglichkeit ausschließen, finde ich.« Er wandte sich wieder an Darios Eltern. »Was ist mit der Katze? War sie krank?«

Dieses Mal lachte der Mann von der Spurensicherung unverhohlen spöttisch. »Die ist vergiftet worden. Rattengift, schätze ich. Ich hatte mal 'nen Hund, der da dran krepiert ist. Keine schöne Sache.«

Kevin seufzte frustriert, woraufhin er einen Hustenanfall bekam.

»Wenn das unsere Polizei sein soll, na dann prost Mahlzeit«, hörte Hubbi Wolfgang Grimm seiner Frau Hiltrud zuraunen, die mittlerweile zu den Wartenden auf ihrem Grundstück gestoßen war. Sie trug eine Jogginghose und Winterstiefel und sah alles andere als erfreut aus. Die ganze Gruppe war von Kevin vor die Tür gesetzt worden, damit sein Kollege drinnen ungestört arbeiten konnte. Gehen durfte keiner. Während der Spurensicherer im Haus alles dokumentierte, hatte Kevin die Leute einzeln befragt.

»Wir gehen jetzt, bevor wir uns eine Lungenentzündung holen«, schloss Fred kühl und zog seine Frau mit sich. »Wenn Sie noch Fragen haben, rufen Sie uns an.«

Kevin wollte etwas erwidern, stattdessen nieste er. Milena und Hannes, die in seiner Nähe standen, traten angewidert einen Schritt zurück.

»Ich bin auch fertig«, sagt der Spurensicherer und

packte seinen Koffer. »Kriegst meinen Bericht morgen.«

»Moment mal!«, rief Kevin.

Mit einem genervten Stöhnen drehte sich sein Kollege sich um. »Was denn noch? Ich wollte gleich zur Weihnachtsfeier vom Sportverein. Bin eh schon zu spät dran.«

Kevin zeigte zur Haustür. »Was ist mit der Überwachungskamera?«, fragte er.

Die war Hubbi noch nicht aufgefallen,

»Nix.«

»Wie, nix?« Kevin nieste und putzte sich die Nase.

»Ist eine Attrappe«, sagte er. »Wenn sonst nichts ist, gehe ich jetzt.« Dann verschwand er.

Die beiden Frauen sowie Hannes und Milena machten ihre Aussagen und hatten es dann ebenfalls eilig, wegzukommen. Nur die Grimms blieben da. Thomas und Vera redeten eindringlich auf Rosalie ein. Wolfgang stand mit seiner Frau ein Stück daneben.

»Sonst darf ich höchstens mal das Absperrband abrollen und jetzt soll ich auf einmal alles alleine machen«, murrte Kevin, als Hubbi an der Reihe war. »Fehlt nur noch ein Mord, aber dann bin ich raus. Ich will im Moment nur so viel machen, wie ich muss.«

»Na, wer weiß …«, murmelte Hubbi. Sie standen unter dem Vordach. Hubbi rieb sich die Arme. Meter hatte sich zwischen ihre Beine verkrochen und zitterte.

Kevin kniff die Augen zusammen. »Was meinst du damit?«

Hubbi wurde klar, dass sie vielleicht zu viel verraten hatte. Sie setzte ein argloses Lächeln auf. »Weiß doch jeder, dass die Leute Weihnachten gerne mal aufeinander losgehen. Da könnte dein Wunsch noch in Erfüllung gehen.«

»Ich wünsche mir doch nicht, dass jemand ermordet wird!«

Hubbi legte den Kopf schief und musterte ihn. »Natürlich nicht.«

Kevin räusperte sich. »Also, was ist passiert?« Er zog wieder die Nase hoch und leckte an der Mine seines Bleistifts.

Hubbi erzählte in knappen Worten, was geschehen war. »Ich glaube, der Nachbar, Wolfgang Grimm, war nicht besonders gut auf Dario zu sprechen«, beendete sie ihren Bericht. »Die Katze hat ihm wohl immer in die Beete gekackt. Vielleicht hatte er etwas mit dem Gift zu tun.«

»Ich kenn den Wolfgang schon lange, so was macht der nicht«, meinte Kevin. »Bestimmt hat die Katze das Gift irgendwo im Wald gefunden, die war doch ein Freigänger.«

»Und der Einbruch?«

»Der Kollege meinte, es wäre gestern Nacht passiert. Weil es keine Spuren im Schnee gab, muss es vorher oder während des Sturms geschehen sein. Und da hat Wolfgang ein Alibi. Hat mit seiner Frau so eine Schlagershow im Fernsehen geguckt, die bis Mitternacht ging. Danach sind sie gemeinsam ins Bett gegangen. Hiltrud schwört, dass ihr Mann die ganze Nacht bei ihr war.«

Hubbi horchte auf: Sie hatte die Schreie vor ihrer Tür um halb drei gehört. Wolfgang hätte, nachdem er sich mit seiner Frau schlafen gelegt hatte, noch genug Zeit gehabt, um nebenan einbrechen und Dario auflauern zu können. Wer wusste schon, ob Hiltrud wirklich wach geworden wäre oder ob sie ihren Mann nicht sogar decken würde.

Doch was hatte Wolfgang in dem Haus gesucht? Hubbi dachte an die Attrappe der Überwachungskamera: Befürchtete Wolfgang womöglich, dass er beim Auslegen der Giftköder gefilmt worden war? Hatte er nach den Aufnahmen gesucht, um sie zu vernichten?

Und was hatte er getan, als er sie nicht gefunden hatte? Wusste er womöglich, wo sein Nachbar allabendlich hinging, und war ihm gefolgt? Hatte er ihn zur Rede stellen wollen? War der Streit eskaliert?

Hubbi versuchte sich das vorzustellen, aber es passte nicht. Hätte Wolfgang Dario zur Rede stellen wollen, hätte er das genauso gut vor dessen eigenem Haus tun können. Warum hätte er sich in der Mülltonnennische bei ihnen verstecken sollen? Um von sich abzulenken? Das ergab doch alles keinen Sinn!

»Hubbi? Was ist los?«

Hubbi schüttelte sich. »Was?«

»Du glotzt Löcher in die Luft.«

»Ach ja? Nichts, schon gut. Bin nur etwas müde.«

Kevin nickte mitfühlend. »Kenne ich.«

»Wie geht es jetzt weiter? Ich meine, mit dem Einbruch?«, wollte Hubbi wissen.

»Gibt 'ne Anzeige, aber ich glaube nicht, dass wir den Täter finden. War bestimmt eine von diesen osteuropäischen Banden. Die spähen die Leute aus und kommen nachts, wenn niemand zu Hause ist. Rein, ausrauben, raus. Da Dario nachts oft unterwegs war, hatten sie hier ja quasi freie Terminwahl.«

Hubbi runzelte die Stirn. »Er war nachts unterwegs? Woher weißt du das?«

Kevin zuckte die Achseln und zog lautstark den Rotz hoch. »Hat Wolfgang gesagt.«

»Wo ist er denn jede Nacht hingegangen? Wusste Wolfgang das auch?«

»Grundgütiger, Hubbi!« Kevin schaute sehnsüchtig zur Straße. »Das tut doch überhaupt nichts zur Sache!«

»Interessiert es dich denn nicht, wo Dario herkam, als er erschlagen wurde?« Sie biss sich auf die Zunge. »Von dem Dachziegel«, schob sie schnell hinterher.

»Nee«, antwortete Kevin patzig. »War halt dumm von ihm, bei dem Wetter durch die Gegend zu laufen. So einfach ist das.« Er verstaute den Block und seinen Bleistift in der Jackentasche. »Wir sind hier fertig«, sagte er. »Schönen Tag noch.« Dann drehte er sich um und stapfte in Richtung Straße zu seinem Fahrrad.

Hubbi schaute ihm hinterher, die Hände in den Jackentaschen zu Fäusten geballt. Hätte sie ihm inzwischen von ihrem Mordverdacht erzählen sollen? Hätte Kevin sie überhaupt ernst genommen?

Ihr Blick wanderte zu den vier Grimms, die leise miteinander redend zu ihrem Haus gingen. Wenn einer auf Darios Haus scharf war, dann diese Familie. Aber würden sie dafür auch einen Mord begehen?

Rosalie war unbemerkt neben Hubbi getreten. »Das war die schlimmste Besichtigung meines Lebens.« Sie lachte trocken. »Ich bin mir übrigens sicher, dass doch etwas gestohlen wurde.«

Hubbi riss die Augen auf. »Ach ja? Und was?«

»Darios Laptop. Es gibt einen Schreibtisch in seinem Arbeitszimmer. Das Telefon ist noch da, aber der Computer fehlt.«

»Aber seine Eltern meinten, Dario hätte keinen Computer.«

Rosalie stutzte. »Jeder hat einen Computer. Und Dario war selbstständig, wie soll das ohne Computer oder E-Mails funktioniert haben? Ich spreche da aus Erfahrung.«

»Hast du ihm mal eine E-Mail geschrieben? Oder er dir?«

Die Maklerin schaute sie stirnrunzelnd an. »Du hast recht. Er hat die Verträge immer persönlich abgeholt oder darauf bestanden, dass ich sie ihm per Post zusende.«

Hubbi fühlte sich bestätigt. »Fehlt denn sonst etwas?«

Rosalie schüttelte den Kopf. »In einer Küchenschublade lagen fast 1000 Euro Bargeld. Es wurde offenbar nichts durchwühlt, sonst hätte man das Geld eingesteckt.«

»Hm, seltsam ...«, murmelte Hubbi. Ihr Hirn lief bereits wieder auf Hochtouren.

Etwas brummte. Rosalie fischte ihr Smartphone aus der Handtasche. »Oh, da muss ich rangehen«, sagte sie. »Wir bleiben in Kontakt. Ach so: Wenn du wirklich Interesse an dem Haus hast, schick mir doch bitte deine Daten, vor allem die Zusage deiner Bank für den Kredit.« Dann winkte sie und ging auf ihren hohen Hacken davon.

Hubbi schaute ihr hinterher. Eine Kreditzusage? Wo

sollte sie die herbekommen? Beim letzten Mal, als sie das Haus kaufen wollten, waren sie gar nicht so weit gekommen, weil Dario da bereits zugeschlagen hatte. Als Selbstständige war Hubbi nicht gerade die Person, der Banken gerne ihr Geld anvertrauten. Und Tristan war ja in derselben Lage. Sie brauchte also jemanden, der für sie bürgte. Leider fielen ihr da nur zwei Personen ein.

Seufzend wollte sie sich in Bewegung setzen, da hörte sie auf einmal jemanden ihren Namen rufen. Sie schaute sich um und entdeckte Lotte vor ihrer Haustür. »Hubbi!«, schrie sie und winkte ihr.

Hubbi überquerte die Straße, die zum Glück bereits geräumt und gestreut war. Meter hüpfte freudig voraus. Je weiter sie sich von Darios Haus entfernte, desto wohler fühlte sie sich. Insgeheim fragte sie sich, ob das wohl ein Omen war und sie sich das mit dem Kauf doch noch einmal überlegen sollte.

»Was machst du denn hier?«, wollte Lotte wissen.

»Ich habe das Haus besichtigt«, antwortete Hubbi und zeigte hinter sich. »Mit einigen anderen Interessenten.«

Lotte pfiff durch die Zähne. »Das ging aber schnell. Wie war es denn?«

Hubbi berichtete von den Einbruchspuren und ihrem Verdacht, dass Wolfgang hinter dem Tod der Katze steckte.

»Wie grausam!«, rief Lotte. »Das hätte ich dem alten Wolfgang nicht zugetraut.«

»Er wirkt zumindest sehr verdächtig. Meinst du, so jemand würde auch einem Menschen etwas antun?«, fragte Hubbi nachdenklich.

Lotte runzelte die Stirn. »Hast du etwa Angst vor ihm?«

»Ein bisschen«, gab Hubbi zu. »Wollen wir nicht reingehen?« Da erst bemerkte sie Lottes Outfit. »Oder wolltest du gerade joggen gehen?«

Lotte nickte. »Klara holt mich jeden Moment ab. Komm doch mit.«

»Nee, heute nicht«, sagte Hubbi schnell. Joggen an sich war ihr schon viel zu anstrengend – und dann auch noch im Schnee?

»Schade«, sagte Lotte und Hubbi sah, dass sie es so meinte. »Ich habe Klara schon so viel von dir erzählt. Sie würde dich gerne besser kennenlernen.«

Hubbi fühlte sich geschmeichelt. »Bring sie doch mal mit in die Kneipe«, schlug sie daher vor. »Die erste Runde geht auf mich.«

Lotte lächelte. »Mache ich. Ach so, da ist noch etwas.« Sie ging in den Hausflur und hob ein Paket auf, das vor der Garderobe gestanden hatte. »Das hat der Postbote gerade hier abgegeben. Ich hab ihm von Darios Tod erzählt. Du kennst doch jetzt seine Eltern, könntest du es ihnen vielleicht geben?«

»Klar.« Hubbi nahm das Paket entgegen und war erstaunt, wie schwer es war, dabei hatte es gerade mal die Größe einer Mikrowelle. Was wohl darin war? Sie schielte auf den Paketaufkleber und sah die Absenderadresse. »Aus China?«, fragte sie erstaunt.

»Und? Hast du noch nie etwas aus China bestellt?«

Hubbi schüttelte den Kopf.

»Meine neue Pulsuhr kommt auch aus China«, sagte

Lotte. »War ein Schnäppchen, ist aber auch drei Wochen unterwegs.«

Hubbi schaute auf das Paket in ihren Händen. Da kam ihr eine Idee. »Du kannst dem Postboten ruhig sagen, dass er dir auch Darios andere Post geben kann. Ich leite sie dann an die Eltern weiter. Ist vielleicht einfacher für ihn«, schob sie schnell hinterher.

Lotte runzelte die Stirn und sah sie skeptisch an. »Hubbi, du führst doch etwas im Schilde.«

Wieder einmal fühlte sich Hubbi von ihrer besten Freundin ertappt. »Unsinn«, protestierte sie schwach.

»Was ist es?« Lotte riss die Augen auf. »Denkst du etwa, dass Dario ermordet wurde?«, flüsterte sie.

»Hallo?«, flötete da jemand.

Lotte und Hubbi fuhren herum. Klara lief mit federnden Schritten den Bürgersteig entlang. Sie trug eine pinkfarbene, enge Mütze und ein farblich passendes Laufoutfit. Ihre Wangen waren gerötet.

»Hi«, sagte Hubbi, als Klara bei ihr ankam. »Wie geht es dir?«

»Gut. Kommst du mit?«

»Ähm, ich habe heute leider keine Zeit«, wich Hubbi ihr aus. »Ich muss noch was wegbringen. Viel Spaß euch beiden.«

Kapitel 11

In Gedanken versunken schleppte sich Hubbi mit dem Paket nach Hause. Wolfgang Grimm, die tote Katze, Rosalie und Darios Eltern schwirrten ihr im Kopf herum, als sie in ihre Straße einbog. Was, wenn sie sich irrte? War Dario womöglich nicht ermordet worden? War sein Tod doch ein Unfall und der Rest einfach dumme Zufälle? Aber wie war die Dachschindel von dem Ersatzstapel vor das Haus gekommen?

Gerade, als sich in ihrem Hirn etwas bewegte, als ob etwas einrastete, rutschte sie auf dem Schneematsch weg. »Verdammter Mist!«, quietschte sie, riss die Arme hoch und ruderte wild mit den Händen. Bei dem vergeblichen Versuch, ihr Gleichgewicht wieder zu finden, entglitt ihr das Paket und knallte auf den Asphalt. Sie hörte etwas knacken und an einer Ecke des Pappkartons bildete sich eine dunkle Stelle.

»Vorsicht!«, rief eine Männerstimme hinter ihr.

»Bisschen spät für eine Warnung, oder nicht?«, brummte Hubbi in sich hinein und rieb sich ihr schmerzendes Steißbein.

Sie schaute sich um und entdeckte Florian Bader etwa zehn Meter von ihr entfernt auf dem Bürgersteig. Er trug einen dunklen, knielangen Parka und eine Mütze. Hubbi fand, dass er irgendwie unförmig aussah. Als er sich zur Seite drehte, schaute ein kleiner Kopf mit rosafarbener Mütze aus der Jacke hervor.

»Hubbi, alles klar bei dir? Hast du dir wehgetan?« Florian kam langsam auf sie zu, immer darauf bedacht, nicht selber auszurutschen.

»Alles okay«, antwortete Hubbi und rappelte sich hoch. Meter stand neben ihr und wedelte aufgeregt mit dem Schwanz. »Entschuldige, dass ich dich angepflaumt habe.«

»Schon gut.« Florian streckte ihr eine Hand entgegen, aber sie stand bereits wieder. »Ich fürchte, da ist was kaputtgegangen«, sagte er und deutete auf das Paket.

»Scheiße«, entfuhr es Hubbi. Der dunkle Fleck breitete sich immer weiter aus. Und damit einhergehend ein unangenehmer, chemischer Geruch. Kurz durchfuhr sie der Gedanke, dass Dario womöglich eine giftige Flüssigkeit bestellt hatte.

»Soll ich dir helfen, es reinzutragen?«, bot Florian an.

Hubbi schüttelte den Kopf. »Das schaffe ich alleine, aber danke.«

Die kleine Lilly wand sich, um zu sehen, was hinter ihrem Rücken los war. Als das nicht klappte, begann sie zu quengeln. »Pst«, machte Florian und wippte leicht auf und ab, um das Baby zu beruhigen.

»Wirklich alles okay?«, fragte er noch einmal.

Hubbi lächelte. »Ganz sicher.«

»Okay, ich muss weiter. Lilly soll schlafen und das tut sie am besten, wenn ich mich mit ihr bewege. Wir sehen uns!«

»Bis dann«, murmelte Hubbi und hob das Paket auf. Dabei achtete sie darauf, den Fleck nicht zu berühren. Während sie mit ihrer Last zur Haustür stapfte, sah sie Florian hinterher, der hinter einer Hecke neben Karl-Heinz' Haus verschwand.

Sie schloss die Haustür auf, trat ein und stellte das Paket vorsichtig in die Küchenspüle. Dann zog sie ihre nassen Schuhe und die Jacke aus und rubbelte Meter trocken.

Anschließend holte sie eine Schere aus der Küchenschublade und näherte sich damit dem Paket. Kurz zögerte sie: Ob sie vorsichtshalber eine Schutzbrille aufsetzen sollte? Oder eine Atemmaske? Sie musste an eine Geschichte denken, die sie kürzlich erst in einer Fernsehdoku gesehen hatte: Die mysteriösen Todesfälle bei der Ausgrabung des ägyptischen Pharaos Tutanchamun waren kein Fluch gewesen, wie damals in den 1920ern alle geglaubt hatten. Die Menschen waren an einem jahrtausendealten Schimmelpilz gestorben, nachdem sie die Grabkammer geöffnet hatten. Hubbi schauderte und machte sich auf die Suche nach Schutzausrüstung. Immerhin wollte sie ja nicht dasselbe Schicksal wie die Archäologen erleiden. Mit einer Sonnenbrille, ihren Putzhandschuhen und einer Atemmaske über Mund und Nase wagte sie es endlich, das Klebeband zu durchschneiden.

Der Geruch nach Plastik wurde stärker und Hubbi hielt den Atem an. In dem Karton lagen acht weiße Flaschen. Eine von ihnen hatte durch den Sturz einen Riss bekommen. Milchige Flüssigkeit sickerte heraus und verströmte diesen unangenehmen Geruch.

Meter kratzte neugierig an Hubbis Bein. Sie hob ihn hoch und setzte ihn auf dem Sofa ab. »Du darfst heute ausnahmsweise mal auf dem Sofa warten, aber erzähl es nicht Tristan.« Meter legte kurz den Kopf schief, drehte sich dreimal im Kreis und machte es sich auf einem Kissen mit bunten Lamas gemütlich.

Hubbi wandte sich wieder den Flaschen in dem Karton zu. Sie zog eine heraus, die noch intakt wirkte, und las die Beschriftung: *Silicone.* Der Rest war auf Chinesisch geschrieben. Wozu brauchte Dario so viel flüssigen Gummi? Für irgendeine Reparatur im Haus? Aber so viel?

Sie leerte die kaputte Flasche im Ausfluss, schob sie zusammen mit den unversehrten zurück in den Karton, schloss den Deckel und stellte ihn auf die Terrasse. Auf dem verschneiten Rasen würde das Zeug wohl nicht allzu viel Schaden anrichten und konnte dort stehen bleiben, bis sie wusste, was sie damit tun sollte. Anschließend wischte sie das Spülbecken aus und drehte die Heizung auf. Die Handschuhe und die Atemmaske warf sie weg. Da klingelte das Smartphone in ihrer Handtasche. Es war Hannelore.

»Mama?«, fragte Hubbi und hoffte, dass sie nicht allzu genervt klang. Wenn ihre Mutter anrief, passierte das meistens aus keinem guten Grund. Entweder wollte sie Hubbi zu etwas überreden, das sie nicht wollte, oder etwas von ihr wissen, das sie verdrängt hatte.

»Hallo, Töchterchen«, flötete Hannelore.

Hubbis Augenbrauen schossen in die Höhe. Hannelore nannte sie nie so. Ihr schwante Böses. »Was gibt es?«, fragte sie argwöhnisch.

»Och, ich wollte nur mal hören, ob du heute schon etwas gegessen hast.«

»Ähm …« Hubbi wusste nicht, was für eine Antwort Hannelore erwartete. War das eine Falle? »Ich habe gefrühstückt.«

»Mehr nicht? Es ist schon nach Mittag!«

»Ich war unterwegs und bin noch nicht dazu gekommen.«

»Na, dann komm doch vorbei. Es sind noch Kartoffelpuffer von heute Mittag übrig und ich habe gerade Christstollen gebacken.«

Hubbis Magen knurrte so laut, dass Hannelore es hören musste. Der Hunger besiegte die Vernunft. »In Ordnung.«

»Schön! Bis gleich!« Hannelore legte auf.

Nachdenklich betrachtete Hubbi ihr Handy. Mit an Sicherheit grenzender Wahrscheinlichkeit hatte Hannelore etwas mit ihr vor. Aber wann hatte sie das nicht?

»Komm, Meter, es gibt Christstollen!«, rief sie. Sofort sprang der Dackel vom Sofa und lief zur Tür.

Draußen schneite es wieder und war bitterkalt. Hubbi steckte die Hände in die Jackentaschen und sah sich um. Da fiel ihr Blick auf die Hecke, hinter der Florian vorhin verschwunden war.

Sie stutzte. Vorhin hatte sie nicht so darauf geachtet, weil sie zu sehr mit dem Paket beschäftigt gewesen war, doch nun fragte sie sich, was dort war. Die Hecke grenzte rechts an das Grundstück von Karl-Heinz und links an das von Ursula. War Florian etwa in einen der Gärten gegangen? Das ergab überhaupt keinen Sinn.

Neugierig ging Hubbi zu der Stelle, wo Florian in der Hecke verschwunden war. »Was ist denn das?«, murmelte sie. Auf den ersten Blick wirkt die Hecke geschlossen, doch aus der Nähe erkannte Hubbi, dass es sich um zwei getrennte Hecken handelte. Und dazwischen verlief ein Trampelpfad.

»Wieso habe ich den noch nie gesehen?«, sagte sie zu niemand Bestimmtem, aber Meter bellte leise als Antwort. Ihre Gassirunden hatten sie immer auf dieselben, altbekannten Wege geführt.

Ihr Magen erinnerte Hubbi lautstark an ihr eigentliches Ziel. Bestimmt wartete Hannelore schon ungeduldig auf sie. Allerdings siegte die Neugier über den Hunger. Hubbi trat auf den Trampelpfad, der mit einer ordentlichen Steigung zwischen den Hecken hindurchführte. Als sie endlich ins Freie trat, schaute sie auf ein verschneites Feld. Sie blinzelte in den Schnee und entdecke eine ihr bekannte Landstraße mit einem Wanderparkplatz, auf dem gerade ein dunkler Lkw und ein knallroter Passat parkten. Aus dem heruntergelassenen Fahrerfenster quoll Zigarettenrauch.

Hubbi schaute nach rechts und sah ein kleines Wäldchen, dahinter in der Ferne erkannte sie den Sportplatz.

Nun wusste sie auch, wo Dario in der Nacht seines Todes vermutlich gewesen war. Doch was hatte er dort oben gesucht? Was war sein Ziel gewesen? Der Sportplatz? Sie dachte kurz darüber nach, schüttelte aber den Kopf. Wenn er wirklich zum Sportplatz gewollt hätte, wäre er wohl auf direktem Weg durchs Dorf gegangen. Mitten in der Nacht, noch dazu bei dem

Unwetter, wäre er im Dorf genauso wenigen Menschen begegnet wie auf diesem Feldweg. Was also war der Grund für diese seltsame Route?

Sie entdeckte eine Bank am Waldrand. Vielleicht hatte er sich dort mit jemandem getroffen? Für eine Übergabe? Ein heimliches Treffen? Ein Gespräch, das nicht belauscht werden sollte?

Hubbi schüttelte den Gedanken ab. Ihre Fantasie ging mal wieder mit ihr durch. Die einfachsten Erklärungen waren die wahrscheinlichsten, das wusste sie. Vielleicht hatte Dario einfach nicht schlafen können und ging spazieren, um müde zu werden.

Ratlos sah sich Hubbi um. Meter bellte leise. Sie schaute zu ihm herunter. Er zitterte.

»Du hast recht, lass uns gehen«, sagte sie.

Kapitel 12

Völlig durchgefroren kam Hubbi mit einer Stunde Verspätung bei ihrem Elternhaus an. In der Adventszeit tobte sich Hannelore bei der Dekoration des Vorgartens mittlerweile so richtig aus. Als Hubbi ein Kind war, hatte Hannelore Lichterketten noch als Stromfresser verpönt. Sogar am Christbaum hatte sie auf echte Kerzen bestanden. Mittlerweile schwor sie ganz und gar auf energiesparende LEDs und erleuchtete damit jeden Fensterrahmen und jeden Buchsbaumbusch vor dem Haus. Ihre neueste Errungenschaft war eine beleuchtete Krippenszene auf dem Rasen. *Fehlt nur noch leise Hintergrundmusik,* dachte Hubbi amüsiert. Wenn es so weiterging, würden bald Schaulustige aus dem Umland anreisen und ihre Eltern könnten auf dem Bürgersteig Glühwein und Schmalzbrote verkaufen.

Sie klingelte.

»Ah, Hubbi, ich dachte schon, du hättest vergessen, wo wir wohnen«, sagte Hannelore mit säuerlicher Miene.

»Meter war heute noch nicht Gassi, da bin ich einen Umweg gegangen.«

»Soso.« Hannelore beäugte den Dackel, der ihr schon

immer ein Dorn im Auge gewesen war, seit Hubbis Opa Adalbert ihn ihr damals geschenkt hatte.

»Können wir reinkommen?«, fragte Hubbi, als ihre Mutter keine Anstalten machte, zur Seite zu treten. »Es ist arschkalt.«

»Solche Worte benutzt eine junge Dame nicht.«

Hubbi schielte über Hannelores Schulter und entdeckte ihre Patentante Edeltraud im Flur. Daher wehte also der Wind. Die beiden Klatschbasen wollten sie erst mit Kartoffelpuffern und Weihnachtsgebäck abfüllen und sie anschließend ausquetschen.

Hannelore machte endlich den Weg frei.

Hubbi wappnete sich innerlich für das Verhör und trat ein. »Hallo, Edeltraud«, sagte sie schwach.

»Schön, dich zu sehen.« Edeltraud kam auf sie zu und drückte ihr links und rechts Küsschen auf die Wangen. Sie roch nach einem ekelhaft süßlichen Parfüm.

»Ebenfalls«, erwiderte Hubbi reflexartig und hängte ihre Jacke an die Garderobe. Aus der Küche zu ihrer Rechten roch es intensiv nach Christstollen. Hubbi nahm sich vor, schnell zu essen, um zügig verschwinden zu können.

Sie gingen in den großen Raum, der rechts die Fernsehecke und links den Esstisch beherbergte. Außerdem führte eine Tür auf die Terrasse und in Hannelores heiß geliebten Rosengarten.

Edeltraud schob Hubbi zum Esstisch und drückte sie auf einen Stuhl. Ihr Vater Hermann saß schon auf seinem Platz und las die Zeitung. »Hallo, Hubbi«, sagte er und lächelte gequält.

Keine Sekunde später kam Hannelore mit einem

Teller voller dampfender Kartoffelpuffer zurück und stellte ihn vor Hubbi auf den Tisch. »Der Apfelmus ist selbst gemacht«, sagte sie und goss Orangensaft ein. Dann setzte sie sich ihr gegenüber. Edeltraud nahm neben ihr Platz. Die beiden Frauen guckten Hubbi grinsend an.

»Ist was?«, fragte Hubbi irritiert.

»Was soll sein?«, entgegnete Hannelore scheinheilig.

»Ihr guckt mich so komisch an.«

»Wir wollen nur wissen, ob es dir schmeckt«, sagte Edeltraud.

Hubbi nahm vorsichtig eine Gabel voll Kartoffelpuffer, schob sie in den Mund und kaute. »Köstlich«, nuschelte. Hannelore lächelte zufrieden.

Hubbi ließ sich Zeit mit dem Essen. Vor allem, weil sie sah, wie schwer es den beiden Frauen fiel, sich zurückzuhalten. Sicher wollten sie sie gleich über Dario aushorchen. Garantiert wussten die beiden bereits von ihrer Teilnahme an der Hausbesichtigung.

»Puh«, seufzte Hubbi schließlich. Sie legte das Besteck beiseite, warf Meter den letzten halben Puffer zu und wischte sich mit der Serviette den Mund an. Dann lehnte sie sich zurück.

»Gibt es etwas Neues?«, fragte Edeltraud sofort.

»Erst brauche ich noch Nachtisch«, entgegnete Hubbi.

Edeltrauds Miene wurde finster, Hannelore sprang jedoch sofort auf und kam mit einem Dessertteller zurück.

»Das ist aber eine kleine Scheibe Stollen«, sagte Hubbi enttäuscht.

»Ist besser für deine Linie«, entgegnete Hannelore.

Hubbi aß extra langsam.

»Also?«, hakte Edeltraud schließlich nach.

»Hm, Neues …«, überlegte Hubbi und schluckte. »Wahrscheinlich wechselt Renates Skatklub bald zu mir in die Kneipe, jeden dritten Samstag im Monat, das passt denen ganz gut. Ach ja, und Meter hat vorige Woche eine Wurmkur und eine Impfung bekommen, danach war er den ganzen Tag platt. Tristan hat einen neuen Kunden, so einen Schlauchschellenhersteller aus …«

»Aha. Toll für ihn. Und irgendwas über Dario Becker?«, unterbrach Edeltraud sie.

Hubbi verkniff sich ein Grinsen. Es hatte einfach zu viel Spaß gemacht, ihre Patentante ein wenig aufzuziehen.

»Seine Eltern sind mittlerweile hier und regeln seinen Nachlass.«

»Sie verkaufen das Haus, meinst du«, sagte Hannelore.

Hermann ließ die Zeitung ein Stück sinken und lugte unauffällig über den Rand.

Hubbi nickte. »Heute war die erste Besichtigung.«

»Du hast hoffentlich einen guten Eindruck bei den Eltern hinterlassen, oder?«, fragte Hannelore.

»Ich denke schon.« Hubbi zögerte. Sollte sie den beiden wirklich alles erzählen? Sie zuckte die Schultern: Was heute bei der Besichtigung passiert war, würden sie so oder so bald herausfinden. Und mit ihrem Mordverdacht hatte das nichts zu tun. »Jedenfalls einen besseren als die Grimms.« Dann erzählte sie von der toten Katze, dem Einbruch und Wolfgangs Verhalten.

Die Augen von Edeltraud und Hannelore leuchteten und sie hingen regelrecht an Hubbis Lippen.

»Unfassbar«, meinte Hannelore schließlich. »Dass der Wolfgang nichts für Tiere übrig hat, wusste ich schon. Aber dass er einfach so eine Katze vergiften würde, hätte ich ihm nicht zugetraut.«

Edeltraud verschränkte die Arme vor der Brust und hob eine Augenbraue. »Ich schon, meine Liebe, ich schon.« Sie beugte sich vor. »So, wie der früher seine Familie terrorisiert hat, würde ich dem sogar einen Mord zutrauen.«

Hubbi horchte auf. Sie hoffte, dass sie ihr die Aufregung nicht anmerkten.

»Das wüsste ich aber«, meinte Hannelore pikiert.

Edeltraud lächelte selbstgerecht. »Na ja, du hast vielleicht von den lauten Streits damals gehört, aber wahrscheinlich nicht, dass er Hiltrud und Thomas geschlagen hat. Das hörte erst auf, nachdem Thomas ausgezogen war.«

Hannelore riss die Augen auf. Hubbi war sich nicht sicher, ob ihr Schock von Edeltrauds Offenbarungen stammte oder von der Tatsache, dass ihre beste Freundin mehr wusste als sie selber.

»Wieso will Thomas denn dann unbedingt das Haus nebenan kaufen?«, fragte Hubbi verständnislos.

Edeltraud schnalzte mit der Zunge. »Vielleicht, um ein Auge auf seinen Vater zu haben? Um sicherzugehen, dass Hiltrud nicht mehr so unter ihm leiden muss. Zudem ist ihre aktuelle Wohnsituation so miserabel, dass ihm wohl jede Alternative recht ist.«

»Und woher willst du das alles wissen?«, fragte

Hannelore.

»Ich habe Hiltrud letztens beim Arzt getroffen. Sie war fix und fertig wegen ihrer Schlafstörungen. Da hab ich sie auf einen Kaffee eingeladen und sie hat sich bei mir ausgeweint. Danach ging es ihr besser.«

»Schlafstörungen?«, hakte Hubbi nach.

»Hat sie schon seit Jahren.« Edeltraud winkte ab, als wäre das ein alter Hut. »Wegen des Ärgers mit Wolfgang. Jetzt bekommt sie Schlaftabletten, aber die nimmt sie nicht. Meint, davon bekäme sie Verdauungsprobleme.« Sie seufzte theatralisch. »Hiltrud sagte, das Einzige, was ihr beim Einschlafen hilft, sind langweilige Fernsehsendungen. Danach verbringt sie die Nacht auf dem Sofa.«

Hubbi schluckte schwer. Wolfgangs Frau schlief also auf dem Sofa und nicht, wie sie gegenüber der Polizei behauptet hatte, bei ihrem Mann im Bett. Vielleicht war sie auch schon während der Schlagersendung eingeschlafen. Wenn dem so war, hatte Wolfgang die ganze Nacht Zeit gehabt, um bei Dario einzubrechen oder ihm sogar aufzulauern.

»Hörst du, Hubbi?«, unterbrach Edeltraud ihre Gedanken. »Jetzt, wo die Grimms bei Darios Eltern in Ungnade gefallen sind, hast du bestimmt richtig gute Chancen auf das Haus.«

»Das vielleicht schon. Das Problem ist nur der Kredit.«

Hannelore runzelte die Stirn. »Wie meinst du das?«

»Den beiden gibt doch keine Bank so viel Geld«, erklärte Edeltraud an Hubbis Stelle. »Beide selbstständig und Rücklagen haben sie sicher auch nicht, wenn ich raten müsste.«

Hubbi schüttelte bedröppelt den Kopf. »Das ging alles für die Hochzeitsfeier drauf.«

»Die ja noch nicht mal besonders pompös war«, sagte Edeltraud mit spitzen Lippen.

»Also braucht ihr einen Bürgen«, meinte Hermann.

Hannelore zuckte zusammen und sah ihren Mann an. »Du meinst damit hoffentlich nicht uns!«

Hermann ließ die Zeitung sinken. »Wieso denn nicht?«

Gespannt beobachtete Hubbi ihre Eltern.

»Weil wir dafür geradestehen müssten, wenn die beiden ihre Raten nicht zahlen können. Wir könnten alles verlieren, was wir uns erarbeitet haben.« Sie holte Luft. »Kannst du nicht eine Bürgschaft auf die Kneipe aufnehmen?«

»Die ist nur gepachtet«, sagte Hubbi. »Oder meinst du auf die uralte Zapfanlage und die wackeligen Stühle?«

»Vielleicht kann ich euch ja etwas leihen«, schaltete sich Edeltraud ein.

Hubbi schaute ihre Patentante verwirrt an. Das hatte sie nicht erwartet. »Das wäre nett«, meinte sie. Seit dem Tod ihres Mannes lebte Edeltraud alleine in einem riesigen Haus und erhielt außerdem eine stattliche Witwenrente. Sicher saß sie mittlerweile auf einem Batzen Geld und würde ein wenig davon nicht vermissen.

»So lernt Hubbi nie, mit Geld umzugehen!«, protestierte Hannelore.

»Das Haus wäre perfekt für Hubbi und Tristan«,

sagte Edeltraud. »Gönnst du ihnen diese Chance etwa nicht?«

Hannelore schnaufte verächtlich. »Ich weiß ja gar nicht, ob Hubbi in der Lage ist, sich um so ein großes Haus zu kümmern. In ihrer kleinen Wohnung sieht es ja schon aus wie bei Hempels unterm Sofa.«

Hubbi verstand die Welt nicht mehr. Ihre Mutter hatte ihr doch gestern früh erst dringlich dazu geraten, sich Darios Haus zu schnappen. Und nun wollte sie ihr nicht helfen, sondern fiel ihr auch noch in den Rücken? »Tristan ist ja auch noch da«, sagte sie kleinlaut.

»Aber der Haushalt ist ja wohl deine Aufgabe«, entgegnete Hannelore.

»Dario hat das Haus auch alleine in Schuss gehalten!«, meinte Hubbi. »Und er war ein Mann und noch dazu alleinstehend!« Sie konnte kaum glauben, dass sie dieses Argument anbringen musste.

»Aus gutem Grund, wie ich gehört habe«, meinte Edeltraud.

Hubbi und Hannelore unterbrachen ihren Disput und schauten sie an. »Wie meinst du das?«, fragte Hannelore.

Edeltraud setzte sich gemütlicher hin. »Ich hab so einiges über diesen Dario Becker gehört, da würden euch die Haare zu Berge stehen.«

Hannelore betrachtete ihre Freundin mit einer Mischung aus Neugier und Hass. Wieder hatte sie Hannelore, was den Dorfklatsch anging, ausgestochen.

»Was denn?«, fragte Hubbi, da Edeltraud offenbar auf eine Aufforderung zum Weitersprechen wartete.

»Dario hatte wohl ein etwas schwieriges Verhältnis

zu Frauen«, begann Edeltraud.

Hubbi verschwieg, dass sie das schon von seinen Eltern erfahren hatte. »Inwiefern?«

»Er konnte wohl niemandem direkt in die Augen sehen und unter Menschen ist er auch nie gegangen.«

»Vielleicht war er einfach schüchtern«, verteidigte ihn Hubbi, die nicht verstehen konnte, wieso man als komisch galt, nur weil man nicht besonders gesellig war.

»Oder pervers«, sagte Edeltraud.

Hannelore gab einen erstickten Schrei von sich. »Pervers?«, wiederholte sie.

Edeltraud nickte heftig. »Dario war ein Spanner.«

Hubbi musste an Rosalies Töchter denken. Sie hatte gesagt, er hätte die Mädchen immer so komisch angestarrt.

»Er hat gerne in der Nähe von Schulen und Spielplätzen herumgelungert«, sagte Edeltraud. »Dabei hatte er immer eine Kamera dabei. Wenn man ihn darauf angesprochen hat, hat er gesagt, er würde Landschaftsfotos machen.« Edeltraud verdrehte die Augen. »Als ob.«

Hubbi fragte sich, ob der Einbrecher danach gesucht hatte. Oder nach den Fotos, die Dario damit geschossen hatte.

»Wurde er denn mal auf frischer Tat ertappt?«, fragte Hubbi nach.

Edeltraud nickte. »Einmal hat er sich im Fitnessstudio in der Frauenumkleidekabine versteckt. Jemand hat die Männerschuhe unter der Tür der Umkleidekabine gesehen. Dario hatte wieder seine Kamera dabei. Die

Frauen dort kamen gerade aus der Dusche und waren nackt.«

»Ist das wahr?«, fragte Hannelore skeptisch.

Auch Hubbi fand, dass die Geschichte mehr nach Film als nach Realität klang.

»Ist sie«, schaltete sich Hermann ein. »Der Sicherheitsmann, der die Kabine aufgebrochen hat, ist ein Kollege von mir. Er hat es mir erzählt.«

Hubbi kaute auf ihrer Unterlippe herum. Dario hatte sich da wohl auf einen Schlag eine ganze Menge Feinde gemacht. »Und was ist danach passiert?«

»Die Frauen wollten ihn anzeigen«, sagte Edeltraud. »Aber daraus ist nichts geworden.« Sie senkte den Blick. Offenbar fehlte ihr da ein wichtiges Detail.

»Weil die Leitung des Fitnessstudios einen Skandal vermeiden wollte«, erklärte Hermann. »Deshalb haben sie den betroffenen Frauen zwei Jahre Mitgliedschaft geschenkt, wenn sie im Gegenzug keine Anzeige erstatten.«

»Ach, sieh an«, sagte Edeltraud und hob die Augenbrauen.

Hubbi war geschockt von dieser Geschichte. Da wollten die Besitzer des Fitnessstudios ihren Ruf bewahren, indem sie einen Fall von sexueller Belästigung einfach unter den Teppich kehrten. »Wann war das?«

»Im Herbst irgendwann«, antwortete Hermann.

Hubbis Hirn arbeitete auf Hochtouren. Hatte Darios Aktion in der Damenumkleide Wellen geschlagen? Wollte sich jemand dafür an ihm rächen? Vielleicht ein rachsüchtiger Vater? Eine peinlich berührte Sportlerin?

Ein eifersüchtiger Ehemann?

Ihr kam noch ein Gedanke: Hatte derjenige nach eben diesen Fotos gesucht, als er bei Dario eingebrochen war?

»Was ist mit den Fotos geschehen, die Dario von den nackten Frauen aufgenommen hat?«, fragte Hubbi weiter.

»Der Security-Mann hat den Film aus der Kamera gerissen und ihn zerstört«, antwortete Hermann.

»Ein Film?« Hubbi stand auf der Leitung.

»Erinnerst du dich nicht mehr an unseren alten Fotoapparat?«, fragte Hannelore.

»Ach so, na klar.« Hubbi dachte an die Diskussionen ihrer Eltern vor jedem Ausflug und Urlaub, wie viele Rollen sie mitnehmen wollten. Und im Anschluss warteten sie wochenlang auf die entwickelten Bilder. Hubbi hätte nicht gedacht, dass es solche analogen Fotoapparate noch gab. Aber es passte zu Dario, der keinen Computer besaß und es vermied, im Internet Spuren zu hinterlassen.

»Wo kann man solche Filme überhaupt noch entwickeln lassen?«

»In jeder Drogerie«, antwortete Edeltraud.

»Oder in der eigenen Dunkelkammer«, korrigierte Hermann sie. »Bei Schwarz-Weiß-Filmen geht das ganz einfach. Farbfotos sind etwas komplizierter, aber mit ein bisschen Übung kriegt man das auch hin.«

»Wenn du meinst.« Edeltraud lehnte sich zurück und zog eine beleidigte Schnute. »Du scheinst ja Ahnung davon zu haben.«

Hermann zuckte die Schultern. Edeltrauds Sticheleien schienen ihn nicht zu stören. »Mein bester Freund aus

Schultagen wollte unbedingt Fotograf werden. In seinem Kleiderschrank hatte der sich eine kleine Dunkelkammer gebaut.« Bei der Erinnerung lächelte Hermann leicht.

Hubbi nahm sich vor, in Darios Haus noch einmal nach einer Dunkelkammer zu suchen. Vielleicht entdeckte sie dort auch entsprechende Fotos. »Kennt ihr eine der Frauen, die an dem Tag in der Umkleidekabine waren?«

Edeltraud beugte sich vor. »Das interessiert dich aber ganz schön, was?«

Auch bei Hannelore schien der Groschen zu fallen.

Hubbi setzte ein Pokerface auf. Keinesfalls durften die beiden von ihrem Mordverdacht Wind bekommen. »Es interessiert mich einfach, was für ein Mensch Dario war. Immerhin habe ich ihn gefunden … also, seine Leiche. Und ich ziehe vielleicht in sein Haus. Da ist es schon gut zu wissen, ob er ein …«, das nächste Wort kam ihr schwer über die Lippen, »Perverser war.«

Edeltraud und Hannelore musterten sie noch einen Augenblick, dann nickte Edeltraud. »Du hast recht, so was würde ich auch wissen wollen.«

Hannelore nickte ebenfalls zustimmend.

Hubbi atmete erleichtert aus. Edeltraud und ihre Mutter hatten den Köder offenbar geschluckt. Dann erhaschte sie einen Seitenblick auf Hermann. Er lächelte verschwörerisch, bevor er sich wieder hinter seiner Zeitung versteckte.

Edeltraud und Hannelore fragten Hubbi in der folgenden Stunde noch intensiv nach den Vorkommnissen bei der Besichtigung aus und gaben ihr

Tipps, wie sie die Beckers doch noch von sich überzeugen könnte. Irgendwann war Hubbi als Informationsquelle für sie offenbar erschöpft und die beiden Frauen wandten sich anderen Themen des Dorflebens zu. Hermann hatte sich schon vor einiger Zeit heimlich davongemacht und Hubbi sah nun ihre Chance gekommen, es ihm gleichzutun.

»Oh, schon so spät«, sagte sie und stand auf. Ihr Hintern war von dem langen Sitzen ganz taub geworden. »Meine Gäste warten sicher schon.«

»Es ist doch erst sechs!«, rief Hannelore ihr hinterher.

Als sie gerade aus der Tür trat, hörte sie Hermann hinter sich. »Hubbi, warte mal kurz.« Er trat in Hausschuhen nach draußen.

»Was ist?«

»Falls du Geld brauchst oder eine Bürgschaft: Deine Mutter und ich helfen dir natürlich. Wir haben schon darüber geredet.«

»Oh!«, machte Hubbi überrascht. »Aber Mama war doch eben so dagegen.«

»Weil sie vor Edeltraud nicht klein beigeben wollte. Du kennst sie doch.«

Hubbi nickte langsam. »Verstehe. Danke, Papa.«

»Gerne«, sagte er und lächelte ihr zu.

Gerührt umarmte Hubbi ihren Vater, bevor sie sich auf den Weg zur Kneipe machte.

Kapitel 13

Nun saß sie in der Kneipe und genoss die Einsamkeit und Stille, bevor es losging. Sie goss sich eine eiskalte Cola ein und dachte über den Tag nach, während die Heizung gluckerte. Dario Becker war ein seltsamer Mann gewesen. Aus Erfahrung wusste Hubbi, dass Menschen nicht ohne Grund Geheimnisse hatten. Eines von Darios Geheimnissen, das spürte Hubbi, musste auch der Grund für seine Ermordung gewesen sein.

Die Türglocke riss sie aus ihren Gedanken. Berthold, Karl-Heinz und Gerda betraten die Kneipe.

»Wenn das so weiterschneit, bekommen wir endlich mal wieder weiße Weihnachten«, sagte Berthold, während er erst Gerda aus ihrer Jacke half und danach seinen eigenen Mantel auszog und an die Garderobe hängte.

»Schneeschieben an Heiligabend«, brummte Karl-Heinz offensichtlich weniger erfreut über die Wetteraussichten. »Darauf kann ich verzichten.«

»Ich find's schön«, sagte Gerda leise. »Wie früher, als wir Kinder waren. Wisst ihr noch?« Ihre Augen leuchteten und Hubbi konnte sich Gerda auf einmal gut als kleines Mädchen beim Schlittenfahren vorstellen.

Tatsächlich war schon in ein paar Tagen Weihnachten. Wie schnell die Adventszeit doch immer verging! Zum Glück hatte sie alle Geschenke bereits besorgt und konnte sich ausnahmsweise mal entspannen.

»Das Übliche?«, fragte sie, als die drei sich setzten.

»Heute wäre mir eigentlich eher nach etwas Warmem«, meinte Karl-Heinz und erntete damit von allen Seiten überraschte Blicke.

»Ich hab hinten noch Pfefferminztee.« Hubbi zeigte in den schmalen Gang, der zum Lagerraum führte.

Karl-Heinz lachte spöttisch auf. »Nee, ist ja kein Seniorenkränzchen hier. Ich dachte eher an etwas Stärkeres. Was ist denn mit den Resten von unserem Glühweinverkauf?«

»Da gab es keine Reste«, antwortete Hubbi trocken und dachte mit gemischten Gefühlen an Karl-Heinz' Eskalation beim adventlichen Glühweinverkauf vor einigen Jahren in ihrer Kneipe zurück. Sie hatte damit den Umsatz des Jahres gemacht, aber der Andrang war ihr auch nicht ganz geheuer gewesen. Die ganze Zeit hatte sie befürchtet, sich dadurch Ärger mit irgendeinem Amt einzuhandeln.

»Na toll«, maulte Karl-Heinz und kratzte sich mit dem kleinen Finger im Ohr.

»Ich könnte euch Grog machen«, schlug Hubbi nach kurzer Überlegung vor. »Zucker, heißes Wasser und Rum hab ich da.«

Das Gesicht von Karl-Heinz hellte sich schlagartig auf und auch Gerda und Berthold wirkten begeistert.

»Drei Mal also?«

Die Stammgäste nickten.

»Bin ich gleich wieder da.« Hubbi griff sich ein Tablett und die Flasche Rum und verschwand im Lagerraum. Dort gab sie Wasser in den Kocher und fischte drei Tassen und die Packung mit Würfelzucker aus dem Regal. Beim Rum war sie großzügig und keine fünf Minuten später kehrte sie mit den Bestellungen zurück in den Schankraum.

»Genau das Richtige bei dem Sauwetter.« Karl-Heinz trank gierig einen großen Schluck von seinem Grog. Auch Gerda und Karl-Heinz schien Hubbis Mischung zu schmecken.

»Oh, da ist ja noch jemand gekommen!« Hubbi spähte zur Eckbank. Es war der Mann, der sich vorgestern über ihre Colapreise beschwert hatte. Er saß auf der Kante der Eckbank, seinen Mantel hatte er über den Stuhl neben sich gehängt. Zu seinen Füßen stand eine lederne Umhängetasche. Sie ging zu ihm.

»Guten Abend«, sagte sie kühl. »Haben Sie ein Zimmer bekommen?«

Der Mann sah sie verwirrt an.

»Im Gasthof Duve. Ich habe Ihnen die Nummer gegeben.«

»Ach so. Ja.«

»Scheint Ihnen ja bei uns in Affeln zu gefallen, was?«

Der Mann antwortete nicht und Hubbi fand ihn direkt noch unsympathischer. Hoffentlich blieb er nicht wieder so lange.

»Was darf ich Ihnen denn bringen? Eine Cola?«

»Was haben Sie denen an der Theke denn gerade gebracht?«, fragte der Fremde.

»Grog. Zum Aufwärmen.«

»So was hätte ich auch gerne.«

»Gerne.« Hubbi drehte sich brüsk um und steuerte den Lagerraum an. Hielt das kalte Wetter noch länger an, würde sie wohl ihre Zucker- und Rumvorräte aufstocken müssen.

Dankbar nahm der Fremde kurz darauf seinen Grog entgegen.

»Prost!«, rief Karl-Heinz und hob seine Tasse. Berthold und Gerda taten es ihm nach.

Der Fremde lächelte zögerlich und prostete zurück.

Etwas besänftigt über die gute Stimmung steuerte Hubbi ihren Platz hinter der Theke an.

»Kannst direkt da bleiben«, meinte Karl-Heinz und reichte ihr seine Tasse.»Nachschub holen.«

Gerda und Berthold tranken schnell leer und streckten ihr ebenfalls die Tassen hin.

Seufzend lief Hubbi zurück in den Lagerraum. Bier zu zapfen, war wesentlich weniger aufwändig, aber solange ihre Gäste tranken, durfte sie sich wohl nicht beschweren.

»Ich würde auch noch einen nehmen«, sagte der Fremde, sobald Hubbi zurückkam. Sie nahm seine Tasse entgegen und machte auf dem Absatz kehrt. Dabei blieb sie mit dem Fuß am Gurt seiner Tasche hängen. Sie stolperte, fing sich aber im letzten Moment. Die Tasche kippte um. Ein altmodischer Kalender aus Leder, vollgestopft mit Papieren, rutschte heraus, außerdem ein alter Fotoapparat.

Noch jemand, der statt Digitalfotos lieber Analogfilme benutzte? Konnte das ein Zufall sein? Und war es nicht seltsam, dass dieser Mann ausgerechnet an dem Abend zuerst hier aufgetaucht war, als Dario gestorben war? Ihr kam ein düsterer Verdacht: War er bei Dario eingebrochen und hatte die Kamera dort gestohlen?

»Oh, Entschuldigung«, sagte Hubbi und bückte sich, um die Sachen einzusammeln. Dabei fiel ihr Blick auf einen Brief, der an einen Dr. Norbert Schlieper adressiert war.

»Lassen Sie die Finger da weg!«, fauchte der Mann. Schnell stopfte er alles wieder in die Tasche und schob sie unter die Bank, außer Sichtweite.

Hubbi ging brodelnd in den Lagerraum, um den bestellten Grog zuzubereiten. Was für ein unfreundlicher Kerl! Hubbi hatte seine Tasche sicher nicht mit Absicht umgerissen!

Als Hubbi zurückkam, war die Eckbank leer. Verwirrt schaute sie sich um und entdeckte den Fremden an der Theke. Berthold hatte ihm seinen Hocker überlassen, und stand nun zwischen den beiden Männern und lachte.

»Hast du den Grog aus Sibirien geholt?«, scherzte Karl-Heinz. »Norbert hat Durst.«

Norbert, dachte Hubbi. Sie nahm sich vor, ihn bei nächster Gelegenheit zu googeln.

Hubbi lächelte ihn an, obwohl es ihr schwerfiel. »Ich heiße Hubbi.«

»Weiß er doch längst«, sagte Karl-Heinz. »Der Norbert hat uns grad gefragt, ob hier immer so wenig los ist, und da haben wir ihm von der Glühwein-Aktion erzählt.« Er grinste. »Da war jeden Abend das ganze

Dorf hier!«

Norbert lächelte schmal.

Hubbi gab ihm den Grog und kehrte hinter die Theke zurück. Als sie sicher war, dass alle für eine Weile versorgt waren, schnappte sie sich ihr Handy und verschwand damit auf dem Klo.

Dort gab sie den Namen ihres neuen Gastes in die Suchmaschine ein. Sofort stieß sie auf einen Treffer: Dr. Norbert Schlieper war Frauenarzt mit einer Praxis in Drensteinfurt, das etwa eine halbe Stunde südlich von Münster lag. Auf der Homepage lächelte ihr derselbe Mann entgegen, der an ihrer Theke saß.

Hubbi ging zurück zu den Suchergebnissen und scrollte weiter. Es gab ein paar wenige Zeitungsberichte über Dr. Schlieper, einen von der Eröffnung seiner Praxis vor zehn Jahren, einen von einer Tagung, auf der er zum Thema Endometriose einen Vortrag gehalten hatte. Ansonsten fand sie nichts über ihn, was ihr verdächtig vorkam. Dennoch blieb dieses seltsame Gefühl.

»Hubbi? Wo steckst du denn?«, hörte sie Berthold rufen.

»Bin gleich wieder bei euch!«, rief sie zurück.

Sie hörte Schritte vor der Tür. »Alles in Ordnung bei dir?« Es war Gerda.

Seufzend steckte Hubbi das Handy in ihre Gesäßtasche und öffnete die Tür. »Mir geht es gut, ich brauchte nur mal ein paar Minuten für mich.«

Gerda nickte verständnisvoll. Ihre Augen glänzten bereits, die Wangen glühten rot und sie lächelte selig. Normalerweise trank Gerda nur Mischgetränke, höchstens mal einen Schnaps. Die Grogs zeigten bei ihr offenbar schneller Wirkung als bei den Männern.

Hubbi wartete, dass Gerda zu den anderen ging. Stattdessen blieb sie aber im Flur stehen und schaute Hubbi erwartungsvoll an.

Sie seufzte. »Ich komme ja schon.«

Gerda lächelte zufrieden und drehte sich um.

»Wir dachten schon, du wärst auf dem Pott eingeschlafen!« Karl-Heinz schlug sich vor Lachen auf die Schenkel. Auch die anderen fielen mit ein, sogar dieser unfreundliche Frauenarzt.

Hubbi lächelte gezwungen.

»Nachschub!«, forderte Berthold und hielt seine Tasse in die Höhe.

Hubbi schüttelte den Kopf. »Der Rum ist leer, tut mir leid.« Das war zwar eine Lüge, aber sie fand, dass ihre Kundschaft schon betrunken genug war.

»Schade«, murmelte Norbert. Er streckte den Hals, um an Hubbi vorbei in das Regal mit den Schnapsflaschen zu schauen. »Hast du auch was anderes als Korn und Weinbrand?«

Hubbi drehte sich um und schob die Flaschen zur Seite, um nachzusehen. »Ein Schlückchen Jägermeister wäre noch da.«

Norbert verzog das Gesicht. »Igitt. Dann nehme ich eben ein Bier.«

»Gerne«, sagte Hubbi und griff nach einem sauberen Glas. »Und ihr?«

»Wir auch«, meinte Karl-Heinz. »Und für mich noch einen Jägermeister.«

Hubbi bediente die vier und lauschte ihren

Gesprächen. Karl-Heinz und Norbert fachsimpelten über Rasenmäher. Danach verwickelte Berthold Norbert in eine Diskussion über smarte Beleuchtungstechnik, was auch immer das bedeutete.

»Wo kommst du eigentlich her, Norbert?«, unterbrach Hubbi die Männer irgendwann. »Und was führt dich nach Affeln?«

»Verwandtenbesuch«, antwortete Norbert ausweichend.

Hubbi wartete auf mehr Informationen. Als die nicht kamen, bohrte sie nach: »Deine Eltern?«

»Eine Tante.«

Dass er auf einmal so wortkarg war, machte Hubbi stutzig. »Was machst du denn beruflich?«

Norbert zögerte. »Ich bin Frauenarzt.«

»Ha, du Glücklicher!«, rief Berthold und klopfte ihm auf die Schulter.

Gerda wurde rot und wendete den Blick ab.

»Was haben ein kurzsichtiger Frauenarzt und ein Hund gemeinsam?«, fragte Karl-Heinz in die Runde.

Als Meter das Wort *Hund* hörte, hob er kurz schläfrig den Kopf, legte sich aber sofort wieder hin, da sich niemand mit ihm beschäftigte.

»Die feuchte Nase!«

Berthold und Karl-Heinz lachten schallend. Gerda gluckste verlegen.

»Den kannte ich schon«, sagte Norbert mit einem schmallippigen Lächeln.

»Wartet, ich kenne auch noch einen.« Berthold japste. »Wie heißt der Azubi vom Gynäkologen? Lippenstift!«

Sogar Gerda lachte nun und Norbert erlaubte sich

zumindest ein Grinsen. Hubbi hingegen ärgerte sich, dass sie kaum etwas über Norbert erfahren hatte.

»Bist du verheiratet?«, hakte Hubbi weiter nach.

»Himmel, Hubbi!«, sagte Karl-Heinz. »Jetzt lass den Norbert doch mal in Ruhe, der ist schließlich im Urlaub.«

Hubbi presste die Lippen aufeinander, damit sie Karl-Heinz nicht noch ihre Meinung geigte.

Sie wartete eine Viertelstunde, bevor sie es erneut versuchte. »Bist du öfter im Sauerland?«

Norbert schaute sie an. »Der Gasthof, den du mir empfohlen hast, ist übrigens wirklich nett, sehr gutes Frühstück«, antwortete er ausweichend.

Hubbi verdrehte innerlich die Augen. Warum hielt sich Norbert so bedeckt? Hatte er etwas zu verbergen?

»Hubbi, jetzt lass den armen Mann doch in Ruhe«, meinte Berthold. »Der darf dir bestimmt nichts sagen wegen … wie heißt das noch?«

»Ärztliche Schweigepflicht«, half Karl-Heinz ihm aus.

Hubbi gab auf. So kam sie nicht weiter.

Eine Stunde gönnte sie den Vieren noch, bevor sie die Gläser einsammelte. »So, Feierabend für heute.«

»Was?«, fragte Berthold entrüstet. »Es ist doch erst elf!«

»Ja, aber ich bin müde.« Sie zog die Gläser durchs Spülwasser, steckte sie in das Abtropfgestell und ließ das Wasser ab.

»Du kannst ruhig nach Hause gehen«, meinte Karl-Heinz. »Wir schließen nachher ab.«

»Nix da«, sagte Hubbi. Tatsächlich waren ihre Stammgäste schon öfter eingesprungen, wenn sie es mal nicht in die Nuckelpinne geschafft hatte. Doch bei ihrem heutigen Alkoholpegel traute sie ihnen das nicht mehr zu.

»Kommt doch noch mit zu mir«, schlug Berthold vor.

»Das ist mal ein Wort«, meinte Norbert lallend und rutschte von dem Barhocker.

Die vier zogen ihre Jacken an. »Bis morgen!«, rief Karl-Heinz und zog die Tür hinter ihnen zu.

Hubbi atmete aus, endlich allein. Mit Meter, der sich müde räkelte und sie fragend ansah.

Hubbi nahm sich einen Lappen, um noch schnell alles abzuwischen. Als sie zur Eckbank ging, fiel ihr etwas auf: Norbert hatte seine Tasche vergessen.

Hubbis Puls beschleunigte sich. Darin würde sie bestimmt die Antworten finden, die sie suchte: wer Norbert war und vor allem, was er hier zu suchen hatte.

Sie hielt die Luft an und lauschte zur Tür, doch nichts war zu hören. Also zog sie schnell die Tasche hervor. Sie öffnete den Reißverschluss und schaute hinein. Darin befanden sich die Kamera, der Kalender und der Brief. Außerdem entdeckte sie ein Handy und ein Geschenk mit einer roten Schleife.

Mit zittrigen Fingern griff Hubbi in die Tasche und griff zuerst nach dem Kalender. Wenn sie Glück hatte, hatte Norbert den Grund seines Besuchs aufgeschrieben.

Sie zog ihn gerade heraus, als die Klingel über der Tür bimmelte. Schnell ließ sie den Lederkalender fallen wie eine heiße Kartoffel. Sie richtete sich ruckartig auf. In der Tür stand Norbert. Er schwankte und das Geradeausgucken fiel ihm sichtlich schwer.

Hubbi überwand ihren Schreck und ging mit der Tasche zu ihm. »Ich hab mich schon gefragt, wann dir auffällt, dass du die hier vergessen hast«, sagte sie und gab ihm die Tasche.

»Ah, danke.« Er nahm sie entgegen. »Hatte schon Angst, dass du weg bist. Gute Nacht.« Dann drehte er sich um und verschwand endgültig.

Kapitel 14

In der Wohnung war es dunkel und still, als Hubbi mit Meter nach Hause kam. Leise zog sie Schuhe und Jacke aus und füllte Meters Futternapf. Dann setzte sie sich mit dem Handy auf das Sofa. Zum Schlafen war sie noch zu aufgekratzt.

Dort setzte sie ihre Google-Suche nach Norbert fort. Sie kombinierte seinen Namen mit verschiedenen Begriffen. Affeln, Dario Becker, sogar die Namen der umliegenden Städte versuchte sie vergebens.

»Verdammter Mist!« Ihr Blick wanderte zur geschlossenen Schlafzimmertür. Tristan würde den mysteriösen Frauenarzt sicher in Nullkommanichts durchleuchtet haben. Ob sie ihn wecken sollte? Das wäre schon ziemlich egoistisch …

Sie starrte angestrengt auf die Schlafzimmertür und versuchte ihn, Kraft ihrer Gedanken zum Aufstehen zu bewegen. Vielleicht musste er ja gleich mal kurz aufs Klo oder wollte in der Küche ein Glas Wasser trinken.

Die Uhr schlug eins.

Hubbi stand auf und öffnete leise die Schlafzimmertür. Ihr Mann lag auf der Seite, die Decke über die Schultern gezogen. Sie hörte sein leises, gleichmäßiges Atmen.

Hubbi räusperte sich. Tristan rührte sich nicht. Sie beschloss, ihn erst Morgen um Hilfe zu bitten, und verließ leise seufzend das Schlafzimmer.

Auf dem Weg zurück zum Sofa kam sie an Meter vorbei, der sie fragend anschaute.

»Jetzt könntest du ausnahmsweise mal bellen«, murmelte sie.

Als hätte er sie verstanden, stand Meter auf, streckte sich und bellte drei Mal laut.

Hubbi zuckte zusammen, als sie Geräusche aus dem Schlafzimmer hörte. Jetzt fühlte sie sich doch ein bisschen schlecht. »Meter, was war das denn?«, zischte sie.

In diesem Moment kam Tristan herein. Er rieb sich die Augen und blinzelte sie an. »Was ist los?«

»Keine Ahnung, vielleicht hat Meter draußen eine Katze gehört.«

Ihr Hund schaute sie mit schief gelegtem Kopf an, wackelte kurz mit dem Schwanz, als wollte er sagen: *Gern geschehen*, und legte sich wieder in sein Körbchen.

Tristan schlurfte zu Hubbi, nahm sie in den Arm und drückte ihr einen Kuss auf die Haare. »Wir haben uns heute kaum gesehen.«

Hubbi lehnte sich an ihn. Wie gut er roch, wenn er gerade aufgewacht war. »Hm, ich hab dich vermisst.«

»Komm doch mit ins Bett und wir kuscheln.«

Sie wollte nichts lieber tun, als in seinen Armen einzuschlafen, aber nun, wo er schon mal wach war …

»Du glaubst nicht, was mir heute alles passiert ist«, sagte sie munterer, als sie sich fühlte.

Tristan wirkte enttäuscht. »Willst du mir das nicht lieber morgen erzählen?«

»Wenn es sein muss.«

Tristan seufzte leise. »Na gut, ich höre.«

Hubbi musste sich ein Grinsen verkneifen und schob ihn zur Couch. Sie setzte sich neben ihn und zog die Sofadecke über sie beide. Die Jalousie der Terrassenfenster war nicht heruntergelassen, sodass sie sehen konnte, wie der Schnee das Mondlicht reflektierte. Hubbi erzählte von der Hausbesichtigung, wobei Tristan kurz genervt guckte, dem Paket, dem Essen bei ihren Eltern und zuletzt von ihrem Abend in der Kneipe.

»Alle Achtung«, sagte Tristan, als sie geendet hatte. »Das klingt ja nach einem ganz schön ereignisreichen Tag. Meiner war dagegen richtig langweilig: Ich hab nur ein bisschen gearbeitet und Geschenke eingepackt.« Dabei grinste er schelmisch.

Der Gedanke an die Weihnachtsgeschenke brachte Hubbi ebenfalls zum Grinsen, doch sie schob ihn beiseite. »Am meisten Kopfzerbrechen bereitet mir dieser Norbert Schlieper. Ich habe so das Gefühl, dass er Dario kannte.«

Tristan dachte kurz nach. »Nach allem, was du in Erfahrung gebracht hast, hat sich Dario in der kurzen Zeit ja ziemlich aus dem Dorfleben rausgehalten. Er hat sich natürlich nicht gerade Freunde gemacht mit dieser Aktion im Fitnessstudio. Es könnte aber auch gut sein, dass der Mörder jemand aus seiner Vergangenheit ist.«

»Sehe ich auch so.« Hubbi nickte. »Wenn ich nur eine Verbindung zwischen Norbert und Dario finden würde.

Aber meine Internetrecherche hat nichts ergeben.« Sie schaute mit großen Augen zu Tristan auf.

»Ach, so läuft der Hase«, sagte er und schielte zu Meter, der so tat, als würde er schlafen. »Wenn du möchtest, kann ich es mal kurz versuchen.«

Hubbi schenkte ihm ihr breitestes Lächeln. »Das wäre toll!«

Er verdrehte die Augen und sie drückte ihm einen Kuss auf die Lippen, der mehr versprach. Dann stand er auf, setzte sich an den Schreibtisch und fuhr seinen Computer hoch.

»Übrigens hab ich da noch etwas für dich.« Er reichte ihr einen Ausdruck. Hubbi nahm ihn entgegen und sah eine lange Liste von Zahlen und Uhrzeiten darauf.

»Was ist das?«

»Darios Telefonate aus dem gesamten letzten Jahr.«

»Hm«, machte Hubbi und las die Zahlenreihen durch. Ihre Lider waren schwer und ein paar Mal musste sie den Kopf schütteln, um sich zu konzentrieren. »Dafür, dass er ein eigenes Unternehmen hatte, sind das aber ziemlich wenige Telefonate. Hatte er wirklich keine E-Mail-Adresse?«

Tristan schüttelte den Kopf. »Soweit ich das herausfinden konnte, auch kein Handy.«

»Also hat er all seine berufliche Korrespondenz über sein Festnetztelefon und über Briefe geführt?«

»Ich weiß, das klingt seltsam«, sagte Tristan. »Aber möglich ist es.«

Hubbi runzelte die Stirn. Sie selber war auch nicht gerade ein Digital Native. Bis vor ein paar Jahren hatte sie selber noch ein altmodisches Tastenhandy besessen und war damit zufrieden gewesen. Mittlerweile hatte sie sich mit ihrem Smartphone angefreundet und fand es größtenteils sogar ganz nützlich. Um ihre Kneipe zu führen, brauchte sie allerdings weder E-Mails noch ein Handy. Die Getränke holte sie persönlich beim Händler ab und Behördenbriefe und Rechnungen kamen per Post. Und die Kunden kamen sowieso von selber. Oder eben nicht. Ob Dario es mit seinem Import-Export-Unternehmen genauso gehalten hatte? Hubbi wusste darauf keine Antwort. Also wandte sie sich wieder der Telefonliste zu.

»Diese Nummer, die auf 227 endet, hat er jeden Mittwoch Nachmittag angerufen.«

»Schon gecheckt«, sagte Tristan. »Die gehört seinen Eltern. Er war ein braver Sohn.« Er grinste.

Hubbi las weiter und stutzte. »Mit dieser Handynummer hat er im Oktober jeden Abend telefoniert.«

Tristan nahm den Ausdruck und runzelte die Stirn. »Du hast recht. Aber im November hört es schlagartig auf.«

Hubbis Jagdfieber war geweckt. »Da!«, rief sie und tippte auf das Papier. »Im November ist es diese Nummer. Und ab Dezember diese hier.«

»Tatsächlich!«

»Ist doch komisch, dass er genau einen Monat lang jeden Tag mit einer dieser Personen telefoniert und danach nie wieder.«

Tristan gab ein Grunzen von sich. »Kann sein, dass es nicht mehrere verschiedene Personen sind.«

Hubbi schaute ihn an. »Wie meinst du das?«

»Eine Person, mehrere Handys. Prepaid-Karten kosten schließlich nichts.«

»Du denkst also, dass Dario jeden Abend mit ein und derselben Person telefoniert hat, die hat sich aber jeden Monat eine andere Nummer besorgt?«

»Möglich wäre es auf jeden Fall.«

Hubbi runzelte die Stirn. »Wenn das nicht verdächtig ist, weiß ich auch nicht.« Nachdenklich las Hubbi die Anrufliste erneut durch. »Das Telefonat hat nicht immer zur gleichen Zeit stattgefunden. Da, guck mal, im Oktober war es zwischen sechs und sieben Uhr, im November zwischen fünf und sechs und jetzt zwischen vier und fünf. Es wurde immer früher.«

»Oh«, sagte Tristan nach einer Weile und tippte etwas in seinen Computer ein. »Ich wusste es doch!«

»Was?« Hubbi schaute auf den Monitor. Dabei bemerkte sie, dass sie vor Müdigkeit schon doppelt sah. Es grenzte an ein Wunder, dass sie überhaupt noch mitkommen konnte.

»Das war ungefähr zum Sonnenuntergang«, sagte Tristan.

In Hubbis Kopf machte es Klick. »Seine Spaziergänge!«

Tristan drehte sich zu ihr und schaute sie an. »Was?«

»Er ist jeden Abend spazieren gegangen. Ich könnte mir vorstellen, dass er währenddessen mit dieser Person telefoniert hat.« Sie schaute noch einmal auf die Liste mit den Anrufen. »Die Telefonate dauerten nie länger als eine Minute!« Hubbi kam ein Gedanke. »Was, wenn die Anrufe nur dazu dienten, einen Treffpunkt auszumachen?«

Tristan machte große Augen. »Zu dem Dario danach hingegangen ist, meinst du?«

Hubbi nickte. »Das würde auch die Zeit erklären. Dario ist immer erst losgegangen, als es dunkel wurde. Damit niemand ihn sah.«

»Nur wohin?« Tristan schnaufte frustriert. »Wenn er ein Handy hätte, könnte ich das problemlos herausfinden.«

»Na, tolle Wurst!«

Bei dem Wort *Wurst* hob Meter den Kopf und bellte leise.

»Schon gut, es ging nicht um echte Wurst!«, rief Hubbi ihm zu. Der Dackel schaute beleidigt und legte sich wieder hin.

Hubbi rieb sich die Augen. »Ich glaube, ich bin zu müde für das hier. Ich muss ins Bett.« Sie stand auf. »Kommst du mit?«

Tristan schaute nicht von seinem Monitor auf. »Gleich. Ich will noch eine Sache checken.«

Hubbi gähnte. »Na gut, bis gleich.« Sie ging ins Bad, putzte sich die Zähne, zog sich ihr Nachthemd an und war eingeschlafen, bevor ihr Gesicht das Kopfkissen berührte.

Kapitel 15

Der Duft von frischem Kaffee weckte Hubbi am nächsten Morgen. Träge stand sie auf und trat aus dem Schlafzimmer. Der Frühstückstisch war gedeckt, in der Pfanne brutzelten Spiegeleier mit Speck. Doch wo war Tristan?

Sie sah sich suchend um und entdeckte ihn hinter seinem Schreibtisch. Kurz hatte sie das Gefühl, dass er sich nicht bewegt hatte, seit sie ihn dort zurückgelassen hatte. Aber das konnte nicht sein, wer hätte sonst das Frühstück gemacht? Meter? Eine Armee von Weihnachtswichteln?

»Guten Morgen«, murmelte sie und gähnte. »Du bist schon wieder wach?«

»Hab nicht geschlafen«, sagte er.

»Was? Wieso nicht?«

Er schaute auf und wirkte erstaunlich ausgeruht. »Keine Sorge, mir geht es gut. Ich hab mich noch ein bisschen um diesen Frauenarzt gekümmert.« Er stand auf, hob die Arme über den Kopf und streckte sich. »Hast du Hunger?«

»Und wie!«

»Dann setz dich.« Tristan ging währenddessen zum

Herd, füllte zwei Teller und brachte sie zum Tisch. Hubbi machte sich sofort über das Essen her.

»Wow, lecker!«, entfuhr es ihr zwischen zwei Bissen. »Und was hast du herausgefunden?«

Tristan schmierte gerade Leberwurst auf eine Brötchenhälfte. Prompt tauchte Meter neben ihm auf. Er schmiegte sich an Tristans nackte Wade und schaute ihn so treudoof an, dass der schließlich einlenkte und ihm eine Scheibe Fleischwurst gab.

»Ich glaube, ich habe den Grund für seine Stippvisite in unserem schönen Dorf gefunden«, sagte Tristan.

»Ach ja?«

»Er hat eine Großtante. Eine von der Sorte, bei deren Tod man einen ordentlichen Batzen Geld erbt.«

»Oh.« Hubbi konnte ihre Enttäuschung kaum verbergen. Sie hatte so fest geglaubt, dass Norbert etwas mit Darios Tod zu tun haben könnte.

»Sie lebt in einem Altenheim in Fröndenberg«, fügte Tristan hinzu.

Hubbi stutzte. »In Fröndenberg? Das ist aber ganz schön weit weg von Affeln. Warum wohnt er nicht dort?«

Tristan zuckte mit den Schultern. »Vielleicht gefällt es ihm in Affeln besser.«

Hubbi schaute ihn schräg an. »Genau. Wegen unseren weltbekannten Kulturdenkmälern und der einmaligen Landschaft, oder wie?«

»Das war jedenfalls die einzige Verbindung zum Sauerland, die ich finden konnte.«

»Und was hast du sonst noch über ihn in Erfahrung bringen können?«

Tristan biss in sein Brötchen. Er kaute und schluckte, bevor er antwortete. »Nichts Besonderes. Seit 20 Jahren verheiratet, zwei Kinder im Teenageralter, hatte erst eine Praxis im Saarland, mittlerweile in Drensteinfurt im Münsterland. Er ist Mitglied bei der Freiwilligen Feuerwehr, spielt in seiner Freizeit Tennis, reist gerne, zuletzt nach Singapur, Japan, Thailand. Ein ganz normaler Typ, soweit ich das sehe.«

»Mit einer Vorliebe für Asien, wie mir scheint.« Hubbi kaute andächtig. Sie dachte an das Gespräch mit den Beckers in ihrer Kneipe zurück. »Dario war auch ein Jahr in Asien. Vielleicht ist das die Verbindung zwischen den beiden.«

»Ich war auch schon mal in Thailand. Trotzdem kannte ich weder Dario noch diesen Frauenarzt.«

Hubbi schaute ihren Mann erstaunt an. »Du warst mal in Thailand? Das wusste ich gar nicht.«

»Ein Monat Backpacking mit einem Kumpel direkt nach dem Abi.« Er öffnete ein Glas Marmelade und schmierte sich damit ein Brötchen. »Das haben damals alle gemacht. War aber nicht so toll dort, muss ich sagen.«

»Ah.« Während Hubbi zuhörte, spürte sie Verunsicherung in sich aufsteigen und sie fragte sich, woran das lag. Weil Tristans Reise noch etwas war, was sie nicht von ihm wusste? Oder war sie neidisch, weil sie selber alle Gelegenheiten für einen längeren Auslandsaufenthalt in den Wind geschlagen hatte? Anders als ihre Schulfreunde war sie weder auf einem Schüleraustausch gewesen noch hatte sie ein Auslandsjahr im Studium angestrebt oder war generell für längere Zeit gereist. Hatte sie dadurch etwas in ihrem Leben verpasst?

»Aber das ist ja jetzt nicht so wichtig«, holte Tristan sie aus ihren deprimierenden Grübeleien zurück in die Gegenwart. »Ich kann diesem Norbert gerne noch ein bisschen mehr auf den Zahn fühlen.«

Hubbi stand auf und ging zu Tristan. Sie setzte sich auf seinen Schoß und legte die Arme um seinen Hals. »Was würde ich bloß ohne dich machen?«

Er grinste schelmisch. »Unmengen hässliche Kissen und Handtaschen kaufen und dich mit deiner Mutter darüber streiten, wann du dein Zimmer endlich mal wieder aufräumst.«

»Haha«, sagte Hubbi trocken. »Ich hatte sowieso vor, von zu Hause auszuziehen. Dass ich dich getroffen habe und du noch Platz in deiner Wohnung hattest, war purer Zufall.«

»Ach ja?« Er grinste noch breiter. »Und ich dachte, du hättest dich so wohlgefühlt mit deinen Backstreet-Boys-Postern.«

Hubbi knuffte ihn in die Brust und küsste ihn anschließend lange auf den Mund. Als sie sich von ihm löste, sah sie ihm tief in die Augen. Der Zeitpunkt erschien ihr passend, um wieder auf das Hausthema zu sprechen zu kommen. »Meine Eltern greifen uns vielleicht finanziell unter die Arme, wenn wir ein Haus kaufen möchten.«

Tristans Lächeln verschwand. »Du willst wirklich deine Mutter um Hilfe bitten? Hast du schon vergessen, wie sie das vor unserer Hochzeit ausgenutzt hat? Und das alles nur für ein paar Zimmer mehr?«

Hubbi stand von seinem Schoß auf. »Du machst es dir und uns mit deinen moralischen Ansprüchen ganz schön schwer, merkst du das eigentlich?«

Tristan erhob sich ebenfalls und begann damit, den Tisch abzuräumen. »Ich möchte nun mal kein Haus um jeden Preis.«

Hubbi hob ergeben die Hände. »Was willst du dann?«

Er stellte die Teller ab und schaute Hubbi an. »Mit dir zusammen sein. Es geht uns doch gut hier. Die Wohnung ist zwar klein, aber ich finde nicht, dass uns das stört. Dich etwa?«

»Im Moment vielleicht nicht, aber was, wenn wir irgendwann mal mehr Platz brauchen?«

Tristan starrte sie an. »Bist du etwa …?«

»Jetzt fang du nicht auch noch damit an!«, blaffte Hubbi ihn unfreundlicher an als gewollt. »Ich bin nicht schwanger. Noch nicht.«

Tristan schaute noch immer entgeistert. »Willst du etwa bald ein Kind?«

Hubbi schüttelte den Kopf vor lauter Verwirrung. »Nein. Ja. Ach, ich weiß es nicht. Ich weiß nur, dass sich jeder in unserem Alter ein Haus kauft. Und ich möchte nicht wieder diejenige sein, die den Anschluss verpasst.« Ihre Worte überraschten Hubbi selber. Stimmte das? War es nicht nur die Sehnsucht nach Stabilität, wegen der sie nach einem Eigenheim suchte? War ihr auch die Meinung anderer wichtig?

Tristan guckte verblüfft. »Daher weht also der Wind. Und ich dachte, es würde dich nicht jucken, was die anderen von dir denken. Dass du über dem stehst, was die Leute von dir erwarten.«

»Dann tue ich das eben nicht! Na und?!« Hubbi bemerkte, dass sie die Hände zu Fäusten geballt hatte. Tristans Fragerei hatte ihr plötzlich etwas klargemacht: Sie wollte nicht mehr die Versagerin mit den Gewichtsproblemen sein, die ihr Studium vermasselt hatte und die von ihrer Jugendliebe für eine andere verlassen worden war. Die ewige, erfolglose Kneipenwirtin. Wenigstens einmal wollte sie etwas in den Augen der anderen richtig machen und ja, sie sehnte sich auch nach Anerkennung. Und wenn es nur vorübergehend war.

Wütend über sich selber, Tristan und die ganze Welt machte sie auf dem Absatz kehrt und ging ins Badezimmer, wo sie eine lange, heiße Dusche nahm. Doch als sie fertig war, fuhren ihre Gedanken und Gefühle noch immer Achterbahn.

Als sie aus dem Badezimmer trat, saß Tristan bereits wieder hinter seinem Computer. Er hatte sich Kopfhörer aufgesetzt und schaute auf den Bildschirm. Hubbi ging leise ins Schlafzimmer und zog sich dicke Sachen an. Anschließend trat sie mit Meter hinaus in den weißen, stillen Wintermorgen.

Kapitel 16

Hubbi brauchte eine geschlagene halbe Stunde, um ihren Caddy von Eis und Schnee zu befreien. Sie war seit Tagen nicht mehr damit gefahren, aber heute war ihr nicht nach laufen. Während sie schwitzte und ächzte, tollte Meter vergnügt im Schnee.

Endlich hatte sie es geschafft und setzte sich hinter das Steuer. Meter hüpfte über ihre Beine auf den Beifahrersitz.

»Dann lass uns mal losfahren«, sagte sie und drehte den Zündschlüssel.

Der alte Wagen gab nur ein röchelndes Stottern von sich. Hubbi fluchte leise und versuchte es noch einmal, doch beim zweiten Mal blieb der Motor vollkommen stumm.

»Verflixt und zugenäht!«, rief sie nun laut und trommelte auf das Armaturenbrett ein. Bestimmt lag es an der Batterie! Im vergangenen Winter hatte sie bei besonders niedrigen Temperaturen schon geschwächelt, aber da hatte Hubbi das Problem verdrängt. Das konnte sie nun wohl nicht mehr.

Kurz zog sie in Erwägung, sich Tristans Wagen zu leihen. Aber erstens hatte sie keine Lust, noch ein weiteres Auto freizuschaufeln, und zweitens wollte sie ihm aus dem Weg gehen. Zumindest, bis sich der Aufruhr in ihrem Inneren gelegt hatte. Seufzend stieg Hubbi aus. Meter schaute sie verwundert an, folgte ihr aber.

»Lust auf einen Spaziergang?«

Der Rauhaardackel wedelte freudig mit dem Schwanz.

Hubbi schlug den Weg durch die Hecken ein, den sie am Vortag entdeckt hatte. Meter lief neben ihr her, wobei sein Gang bei dem hohen Schnee eher einem Hüpfen glich. In besonders tiefe Schneewehen sank er schon mal bis zur Nasenspitze ein und Hubbi musste ihn herausheben. Doch auf dem Feldweg war der Schnee bereits platt gefahren. Den Reifenspuren nach von einem Traktor. Und so konnte Meter nahezu mühelos neben ihr herlaufen.

Hubbi legte ein schnelles Tempo vor. Die Anstrengung und die frische Luft taten ihr gut und allmählich kühlten ihre Gefühle ab. Sie ging das Gespräch mit Tristan noch mal in aller Ruhe durch. Wollte sie Kinder? Die Antwort war ihr sofort klar: Ja. Allerdings war sie nicht sicher, ob jetzt schon der richtige Zeitpunkt war. Aber das musste er auch nicht sein. Sie war noch jung und konnte noch ein paar Jahre verstreichen lassen, bevor sie sich an die Familienplanung machte. Sie war noch nicht zu spät dran. Lotte zum Beispiel hatte auch noch keine Kinder, wobei sie und Jonas schon lange darauf hinarbeiteten.

Aber was war mit Tristan? Wie sah er das? Und warum hatten sie noch nie wirklich darüber gesprochen?

Sie beschloss, das so schnell wie möglich nachzuholen.

Und was war mit Tristans Unbehagen, das Geld von Hubbis Eltern anzunehmen? Würden sie damit ihre Seele an den Teufel verkaufen? Sie hatten schon einmal den Fehler gemacht, ihre Mutter um Geld zu bitten. Danach hatte Hannelore sich aufgeführt wie eine Diktatorin. Sogar Hermann hatte sie nicht bremsen können. Wollten sie das tatsächlich noch einmal riskieren? Allerdings wusste Hubbi, dass sie sich ohne fremde Hilfe – sofern sie nicht im Lotto gewannen – niemals ein eigenes Haus leisten konnten.

Das ist doch zum Mäusemelken! Sie blieb stehen und atmete tief durch. Dabei erkannte sie, dass sie während ihrer Grübelei schon ziemlich weit gekommen war. Zu ihrer Linken erstreckten sich Felder und verschneite Wälder. Der Wanderparkplatz war nicht mehr weit entfernt. Noch immer stand dort der schwarze Lkw, daneben parkten ein Kleintransporter und ein roter Jeep. Ein Stück weiter links sah sie den Gasthof von Milena und Hannes Duve.

Vielleicht sollte sie noch einmal mit Norbert sprechen. Wenn sie ihn unerwartet antraf, wäre er vielleicht so überrascht, dass er sich in Widersprüche verwickelte. Noch hatte sie ihn nicht von ihrer Liste der Verdächtigen gestrichen, Tante hin oder her.

Entschlossen nahm sie Meter auf den Arm und stapfte durch das Feld direkt auf den Gasthof zu. Dabei kam ihr ein seltsamer Gedanke: War Norbert womöglich auf dem Weg zum Gasthof über den

Heckenweg gelaufen und hatte Dario ermordet? Aber das würde bedeuten, dass er sich hier auskannte. Sie glaubte nicht, ihn schon einmal in Affeln gesehen zu haben. Zumindest die Stammgäste hätten ihn in dem Fall doch erkannt, oder etwa nicht?

Vermutlich war er auch eher mit dem Auto unterwegs gewesen. Auf welchem Weg sollte er sonst nach Affeln gekommen sein? Einen Bahnhof gab es hier nicht, Busse fuhren nur selten.

Hubbi überquerte die Landstraße. Kahle Pappeln säumten die Zufahrt, die leicht bergauf über einen Bach führte und perfekt geräumt war. Bei dem Gebäude handelte es sich um ein altes, lang gezogenes Fachwerkhaus, das früher mal ein Bauernhof war. In einer der ehemaligen Stallungen war ein kleiner Bauernladen untergebracht.

Hubbi betrat das Foyer, was nur aus einem schmalen Flur und einem kleinen Tisch bestand. Sie drückte auf die Tischklingel und wartete. Kurz darauf kam die Inhaberin die Treppe herunter. Sie trug einen Kittel und hatte offenbar gerade geputzt.

»Hubbi, hallo«, grüßte sie.

»Hallo, Milena. Ist Norbert da?« Sie spähte die Treppe hinauf, wo die Gästezimmer lagen.

Milena schüttelte den Kopf. »Leider nein. Er ist vor einer halben Stunde losgefahren.«

»Oh, schade, weißt du zufällig, wohin?«

»Zu seiner Tante nach Fröndenberg.«

Hubbi biss sich auf die Zunge. »Ach ja, stimmt.«

»Er sagt, es geht ihr nicht gut. Bisher war er jeden Tag bei ihr. Er hofft, dass sie Weihnachten noch erlebt.«

Hubbi nickte. Also stimmte das mit der Tante doch. »Verstehe. Die Fahrt durchs Hönnetal jeden Tag muss doch grausam sein. Warum hat er sich nicht in Fröndenberg ein Zimmer genommen?«

»Er sagt, er findet Affeln schön.« Milena rollte mit den Augen. »Offenbar hat unser Dorf einen Charme, der uns entgeht.«

Hubbi lachte höflich. »So muss es wohl sein. Danke, Milena, und frohe Weihnachten.« Damit verabschiedete sie sich.

Sie nahm den direkten Weg ins Dorf. Die Straße war freigeschoben und gestreut, sodass Meter alleine laufen konnte. Nur einmal fuhr ein Auto so nah an ihr vorbei, dass sie eine ordentliche Portion salzigen Schneematsch abbekam.

»Hey, du Idiot! Pass doch auf!«, schrie sie dem Autofahrer hinterher. Hubbi schnaubte. Es frustrierte sie, dass sie sich so sehr auf Norbert versteift hatte. Dass er am Abend von Darios Tod aufgetaucht war, war purer Zufall. Genauso wie die Tatsache, dass er eine alte Analogkamera besaß.

Hubbi überlegte, wie sie weiter vorgehen sollte. Sie musste sich in Darios Haus umsehen. Nur wie? Einbrechen? Es wäre nicht das erste Mal gewesen, dass Hubbi sich illegalerweise Zutritt zu einer fremden Wohnung verschafft hätte. Darauf war sie nicht besonders stolz, aber sie hatte immer gute Gründe dafür gehabt. Doch Darios Haus war gerade das Zentrum des dörflichen Interesses. Außerdem gab es da noch den neugierigen Wolfgang nebenan. Die Chancen, unbeobachtet in Darios Haus eindringen zu können, standen also schlecht.

Hubbi zog sich die Mütze tief ins Gesicht und stapfte trotzdem weiter. Gerade als sie die Straße überqueren wollte, fiel ihr Blick auf den Wanderparkplatz. Von da aus konnte man drei verschiedene Wanderrouten einschlagen, die besonders bei den Touristen aus dem Ruhrgebiet sehr beliebt waren.

Über den Heckenweg hinter ihrem Haus war der Parkplatz genauso gut zu erreichen wie der Gasthof. Ob sich Dario in der Sturmnacht dort mit jemandem getroffen hatte? Hubbi beschloss, sich kurz auf dem Parkplatz umzusehen.

Der Schneefall hatte aufgehört, dafür war es jetzt kälter. Hubbis Füße waren zu Eisbrocken gefroren, als sie bei dem Parkplatz ankam. Zu ihrer Rechten, auf der anderen Seite der Landstraße, sah sie das Feld mit ihren Fußstapfen. Ein Stück weiter entfernt erkannte sie unter der dicken Schneedecke einen schmalen Pfad. Wenn Dario hier hochgelaufen war, um jemanden zu treffen, hätte er sicher den genommen.

Sie wandte sich dem Parkplatz zu. Dort stand nur ein grauer Kleinwagen mit einem örtlichen Kennzeichen. Zur Sicherheit fotografierte Hubbi das Kennzeichen und schickte das Bild Tristan. Der schwarze Lkw, der vorhin noch dort gestanden hatte, war verschwunden und hatte ein dunkles Quadrat auf dem Boden hinterlassen. Auch der Kleintransporter und der rote Jeep waren weg. Hubbi ärgerte sich, dass sie sich die Kennzeichen nicht vorhin aufgeschrieben hatte.

So ganz genau wusste sie nicht, wonach sie suchte, also lief sie den Parkplatz ab und hielt nach Hinweisen

Ausschau. Sie kletterte außerdem hinter die Leitplanke. Von einigen unschönen Situationen auf Autobahnrastplätzen wusste sie, dass Menschen dort gerne ihre Abfälle entsorgten. Da sie unter der Schneedecke zunächst nichts erkennen konnte, fuhr sie mit ihren Schuhen durch den Schnee.

»Igitt!«, entfuhr es ihr, als sie in eine McDonalds-Tüte trat und roter Ketchup unter ihren Schuhsohlen hervorquoll. Da der noch nicht gefroren war, konnte die Tüte nicht besonders lange hier liegen.

Meter war von dem Fund begeistert, und ehe Hubbi ihn davon abhalten konnte, hatte er die Pommes, die zu dem Ketchup gehörten und nun im Schnee verteilt lagen, auch schon verspeist. Die Babywindel, die direkt daneben lag, tastete er zum Glück nicht an.

Angeekelt kletterte Hubbi wieder über die Leitplanke. Der Parkplatz verfügte über keinen Mülleimer. Es gab lediglich ein Hinweisschild, auf dem die Wanderrouten beschrieben wurden. Hubbi umrundete das Schild, doch auch dahinter fand sie nichts, was ihr weiterhalf.

»Fehlanzeige«, murmelte sie und verließ den Parkplatz. Meter rannte neben ihr her und leckte sich noch immer Ketchup von der Schnauze.

Kapitel 17

Bald darauf kamen sie bei Darios Haus an. Es wirkte verlassen und auch bei Wolfgang schien niemand zu Hause zu sein.

Hubbi konnte ihr Glück kaum fassen. Eine bessere Gelegenheit, sich in das Haus zu schleichen, würde sie wohl kaum bekommen. Doch gerade, als sie das Grundstück betrat, öffnete sich die Haustür.

»Sie können denen sagen, dass wir das Geld sofort besorgen können. Es ist kein Problem. Unsere Bank hat uns das Okay gegeben.« Thomas Grimm sah Rosalie Heyne eindringlich an. Seine Frau stand direkt hinter ihm, ihr Gesicht spiegelte Furcht und Aufregung wieder.

»Ich werde den Beckers Ihr Angebot unterbreiten«, antwortete Rosalie kühl.

»Sagen Sie ihnen auch, dass wir für die ... ähm ... Probleme, die mein Vater verursacht hat, aufkommen werden.«

»Finanziell, meinen Sie?«

Thomas nickte heftig. Da entdeckte er Hubbi und erstarrte. Die Überraschung auf seinem Gesicht wandelte sich augenblicklich in Feindseligkeit. »Ich wusste nicht, dass Sie noch einen Termin mit einem Interessenten haben«, sagte er zu Rosalie.

Die ließ sich nicht aus der Fassung bringen. »Nun ja, Sie müssen ja nicht alles wissen«, entgegnete sie mit einem süßlichen Lächeln und schüttelte erst Vera und danach Thomas die Hand. »Ich werde mit den Verkäufern reden und mich bei Ihnen melden.« Dann wandte sie sich von dem Paar ab, daraufhin kamen die beiden die drei Treppenstufen herunter.

»Du kannst einpacken«, raunte Thomas Hubbi zu, als er an ihr vorbeiging. Hubbi musste sich zusammenreißen, um darauf nichts zu erwidern.

»Es wäre besser gewesen, wenn du einen Termin mit mir vereinbart hättest.« Rosalie stand noch immer vor der geöffneten Haustür und sah zu Hubbi herunter. Die kam näher.

»Entschuldige, es war eine spontane Idee.«

Rosalie lächelte dünn. »Ich habe noch ein paar Minuten Zeit. Womit kann ich dir helfen?«

»Können wir vielleicht reingehen? Ich friere.«

Rosalie nickte. »In Ordnung.«

Sie betraten den Flur und Rosalie schloss die Tür. Meter wälzte sich sofort auf dem abgetretenen Läufer. »Hör auf damit!«, fauchte Hubbi und wollte ihn hochheben.

»Lass ihn ruhig«, beschwichtige Rosalie sie. »Das alte Ding werden die neuen Besitzer wohl kaum behalten wollen.«

Hubbi richtete sich wieder auf und sah dabei zu, wie Meter die Eisklumpen aus seinem Fell rubbelte.

»Gibt es etwas Neues von den Beckers?«, fragte

Hubbi vorsichtig.

»Du meinst, ob sie schon wissen, wem sie das Haus verkaufen sollen? Nein.«

»Aber Thomas Grimm ist noch im Rennen? Trotz des Vorfalls bei der Besichtigung?«

»Wenn ich den Beckers sein Angebot unterbreite, wird er das wohl wieder sein. Wenn man genug Geld hat, lässt das schnell einige Bedenken verblassen.«

»Hm, leider«, meinte Hubbi.

Rosalie legte den Kopf schief und betrachtete Hubbi. »Sicher wäre es ihnen lieber, die Grimms wären nicht die Höchstbietenden.«

»Von welcher Summe sprechen wir denn?«

Rosalie nannte eine Zahl, bei der es Hubbi in den Ohren klingelte. »Das kann nicht deren Ernst sein! Das ist ja fast doppelt so viel wie beim letzten Mal! So viel ist das Haus nie im Leben wert!«

»Wir reden hier ja auch vom Preis, nicht vom Wert.«

Hubbi schluckte. »So viel bekommen Tristan und ich niemals zusammen.«

»Schade. Ich glaube, Darios Eltern mögen dich.«

»Ich gucke mal, was ich machen kann.« Vielleicht ließ sich Tristan ja doch noch auf das Angebot ihrer Eltern ein. Viel Hoffnung hatte sie jedoch nicht.

Rosalie lächelte zufrieden. »Tu das.« Sie schaute auf ihre Armbanduhr. »Ich muss jetzt leider los.«

»Ich hatte gehofft, ich könnte mir das Haus noch ein wenig genauer ansehen«, sagte Hubbi schnell. »Gestern hatte ich gar nicht genug Zeit dafür.«

Rosalie zögerte, dann löste sie einen Schlüssel von ihrem Schlüsselbund und reichte ihn Hubbi. »Wirf ihn nachher in meinen Briefkasten.«

Hubbi konnte ihr Glück kaum fassen: Sie konnte sich hier ungestört umsehen und musste dafür weder das Gesetz brechen noch durch irgendwelche zertrümmerten Fenster einsteigen! Sie bemühte sich um eine gelassene Miene. »Danke, mache ich.«

Als die Tür hinter der Maklerin zufiel, wagte Hubbi einen Seufzer.

Meter schaute sie fragend an.

»Na komm, steh auf, ich brauche deine Spürnase.«

Der Dackel stand schwanzwedelnd auf. Hubbi beschloss, sich zunächst einmal in Darios Schlafzimmer umzusehen. Ihrer Erfahrung nach bewahrten die Menschen dort oft die Dinge auf, die ihnen am wichtigsten waren.

Es war ein schmuckloser Raum, mit heruntergelassenen Jalousien vor den Fenstern, einem einseitig bezogenen Doppelbett und einer nackten Glühbirne, die alles in grelles Licht tauchte. Die oberste Schublade einer schlichten Holzkommode stand offen und gab weiße Baumwollunterhosen preis. Peinlich berührt wandte sich Hubbi ab und trat an den Kleiderschrank. Er war ein monströses Ding, das die komplette Wand in Beschlag nahm. Die Tür des Schranks stand einen Spaltbreit offen.

Beherzt zog sie die Tür auf. Dahinter verbargen sich eine Kleiderstange und ein paar Fächer, alle so gut wie leer. Hubbi nahm ein T-Shirt heraus und betrachtete es: Es war schlicht und grau und hätte sie es in einem Geschäft gesehen, hätte sie sofort gedacht, dass es ihr niemals passen würde. Sie schaute auf das Etikett und stellte überrascht fest, dass es sich um ein T-Shirt aus der Kinderabteilung in Größe 158 handelte. Stirnrunzelnd zog sie andere Kleidungsstücke heraus, allesamt schlichte Jeans, T-Shirts und Sweatshirts in derselben Größe. Sogar die Unterwäsche hatte diese Größe.

Nachdenklich hängte Hubbi die Sachen zurück. Dario war klein für einen Mann, das war ihr schon aufgefallen, als sie ihn gefunden hatte. Offenbar so klein, dass er in der Kinderabteilung hatte einkaufen müssen.

Hubbi schloss den Schrank und öffnete die nächste Tür. »Oh Gott«, entfuhr es ihr. Anders als zuvor strotzte diese Seite nur so vor Farben und Texturen. Sie sah etwas pink Glitzerndes, etwas im Leopardenprint, etwas Durchsichtiges mit Blumenprint und etwas Knappes mit Pailletten darin. Alles Frauenkleider.

Mit pochendem Herzen ging sie die Kleidungsstücke durch. Die meisten davon waren ziemlich sexy: hautenge Nylon-Leggins, knappe BHs, durchsichtige Negligés, Bikinis, die mehr ein Hauch von Nichts denn vernünftige Badebekleidung waren. Sogar das Business-Kostüm war zu knapp, um als seriös durchzugehen.

Und alle waren in verschiedenen Größen. Was hatte das zu bedeuten? Hatte Dario die Sachen getragen? In dem Fall müssten sie aber alle gleich groß sein.

Und dann waren da einige Teile, die Hubbi wirklich das Blut in den Adern gefrieren ließen: rosafarbene Nachthemden und knappe Minikleidchen mit einem niedlichen Blumendruck. Jeweils in zweifacher Ausführung und noch mit Preisschildern dran.

Hubbi betrachtete die Schrankseite ein wenig länger. Ihr war mulmig zumute. Was hatte das zu bedeuten? Für wen brauchte Dario die Kleider? Hielt er womöglich Frauen oder junge Mädchen in seinem Haus gefangen? War das der Grund für seine Zurückgezogenheit und seine nächtlichen Ausflüge? Sofort dachte sie an Rosalies Töchter.

Voller Furcht suchte Hubbi den Raum nach einem Geheimversteck ab, einer Tür hinter dem Schrank oder einer Luke im Boden. Doch sie wurde nicht fündig und trat schließlich in den Flur.

Vielleicht genügt es ihm einfach, Mädchenklamotten zu besitzen, versuchte Hubbi, sich zu beruhigen. Das musste ja nicht gleich bedeuten, dass er weiterging und Frauen oder Kinder entführte. Doch so ganz verschwanden ihre Bedenken nicht.

Darios Arbeitszimmer befand sich gleich nebenan. Ein Raum mit einem grünen Teppich und einer hellblauen Tapete mit Wölkchenmuster. Die einzigen Möbel waren ein grauer Rollcontainer sowie ein Schreibtisch aus Buchenholz und ein Drehstuhl. Auch hier suchte Hubbi jede Ecke nach einem geheimen Verlies ab, jedoch vergeblich. Das ungute Gefühl blieb allerdings, als sie sich an den Schreibtisch setzte.

Darauf standen lediglich ein Telefon und ein Kaffeebecher. Sie nahm den Hörer ab und drückte auf die Wahlwiederholung. »Guten Tag, Sie sind verbunden mit dem Anrufbeantworter von Fred und Elvira Becker«, hörte sie eine bekannte Stimme. »Leider sind wir nicht zu Hause, aber Sie können uns gern eine Nachricht nach dem Piepton hinterlassen.«

Hubbi legte auf und wandte sich dem Container zu. Vielleicht entdeckte sie darin ja Darios Fotos oder die Negative. Doch die Fächer waren nahezu leer. Sie fand lediglich einen Ordner, in dem Dario offenbar alle Rechnung und Unterlagen zum Haus aufbewahrt hatte. Dort könnte sie womöglich einen Hinweis auf einen versteckten Raum finden. Wenn Dario etwas hatte umbauen lassen oder es selber getan hatte, musste es doch irgendwo Handwerkerquittungen oder Rechnungen für die Materialien geben.

Fast eine Stunde versenkte sie sich in dem Ordner, fand jedoch nichts Verdächtiges. Die einzigen Veränderungen am Haus, die Dario nach seinem Einzug vorgenommen hatte, waren, das Telefonkabel ins Arbeitszimmer verlegen zu lassen sowie einen neuen Kühlschrank zu beschaffen. Dann gab es noch eine Rechnung von einem Möbelhaus: Er hatte einen Katzenkratzbaum gekauft. Außerdem hatte er viel Geld für Filmrollen ausgegeben.

Da kam Hubbi ein Gedanke: Wo war Darios Kamera? Und das ganze Zubehör wie Objektive, leere Filmrollen und was man nicht alles brauchte. In seinem Büro war davon keine Spur.

Er musste diese Sachen also woanders im Haus aufbewahrt haben.

Im Keller! Vielleicht besaß er wirklich eine Dunkelkammer, dann war die sicher im Keller, wo es weniger Fenster gab, die man abdunkeln musste.

Hubbi legte den Ordner zurück und sah sich noch einmal um, ob sie auch keine Spuren hinterlassen hatte. Dann lief sie die Treppe hinunter in den Keller und schaltete das Licht ein.

Vor den Scherben der zerbrochenen Fensterscheibe blieb sie stehen. Das offene Loch war provisorisch mit einem Stück Pappe abgedeckt worden. Wenn sie nur wüsste, wer hier eingebrochen war.

Hubbi wandte sich der Tür zu ihrer Rechten zu. Sie war nicht abgeschlossen. Hubbi spähte hinein und tastete nach einem Lichtschalter. Unter der Decke sprang klickend eine Neonröhre an und erhellte eine Waschmaschine, ein Waschbecken und einen Trockner. Auch hier fand sie kein Versteck.

Sie verließ den Raum und schaute in den nächsten, der offenbar eine Vorratskammer darstellte. Es gab Dosensuppen und Nudeltüten, Katzenfutter und Streu, Klopapierpackungen und Schokoladenriegel.

Hubbis Magen knurrte. Sie zuckte die Achseln und nahm sich einen der Riegel. Dario würde sie wohl kaum vermissen. Meter warf sie ein Katzenleckerli hin, das der erst misstrauisch beäugte, dann aber hungrig verschlang.

Kauend verließ sie den Raum und wandte sich dem dritten Kellerabteil zu. »Bingo!«, rief sie, als sie die Tische mit den Wannen, die quer durch den Raum gespannten Wäscheleinen und die Rotlichtlampe in der Ecke sah. Sie stopfte die Verpackung des Schokoriegels in ihre Jackentasche, dann durchsuchte sie den Raum.

Auf einem Tisch stand ein Gerät, das sich bei näherer Betrachtung als eine Art Scheinwerfer entpuppte. Die Lampe hing an einer Stange, die man rauf- und runterfahren konnte. In der Ecke standen Flaschen mit Warnzeichen darauf. Hubbi trat an das Regal und betrachtete die Etiketten: Adox Neutol, Fomaspeed Variant, Ilford Ilfostop, Adox Adofix. Und dann war da noch eine Flasche, die ihr bekannt vorkam.

»Noch mehr flüssiges Silikon?«, murmelte sie. Es war genau die gleiche Flasche, die auch in dem Paket gewesen war. Ob Dario all das Zeug für seine Fotoentwicklung brauchte?

Sie machte vorsichtshalber ein Bild von den Etiketten, bevor sie weiter nach den Fotos suchte. Unten im Regal fand sie eine Tasche. Sie zog sie heraus und öffnete sie: Sie enthielt Kabel, Ersatzfilme und ein mächtig langes Objektiv. Nur das Fach für die Kamera war leer.

Wo war die Kamera? Bewahrte Dario sie woanders auf? Oder war sie bei dem Einbruch gestohlen worden?

Hatte sie mit ihrer Vermutung, dass die Kamera aus Norberts Tasche Dario gehörte, doch richtig gelegen?

Sie richtete sich auf und schaute sich um: Wo lagerte Dario die fertigen Abzüge? Leider gab es in dem Raum nicht mehr besonders viele Regale, von Schubladen ganz zu schweigen. Hubbi suchte sie alle ab, aber nirgends wurde sie fündig.

In diesem Moment klingelte es an der Haustür.

Kapitel 18

Hubbi sprang auf und löschte das Licht. Dann hastete sie nach oben. War Rosalie zurückgekommen? Wie sollte sie ihr erklären, dass sie immer noch da war?

Doch vor der Tür stand niemand Geringeres als Wolfgang Grimm.

»Hubbi?«, fragte er überrascht. Seine Augen wurden schmal. »Bist du allein hier?«

Hubbi nickte. »Rosalie musste los, ich soll ihr den Schlüssel vorbeibringen.«

Wolfgang legte den Kopf schief. Hubbi wusste, was er dachte: Gab es zwischen Hubbi und der Maklerin etwa eine geheime Absprache?

»Wissen die Beckers darüber Bescheid?«

Hubbi ging einen Schritt auf Wolfgang zu, sodass der zurückweichen musste, und zog die Tür hinter sich zu. »Was willst du hier?«, fragte sie, ohne auf Wolfgangs Frage einzugehen. »Wen hast du in Darios Haus erwartet?«

»Ich habe Licht im Obergeschoss bemerkt und wollte nach dem Rechten schauen.« Er setzte eine Unschuldsmiene auf.

»Du bist ja ein sehr aufmerksamer Nachbar.«

»Es ist mir zumindest nicht egal, was in meiner Nachbarschaft vorgeht.«

»Und wer sich dort herumtreibt«, fügte Hubbi hinzu. »Geschweige denn, wer dort lebt.«

Wolfgang starrte sie kühl an. »Da hast du allerdings recht.«

»Und Dario hat dir gar nicht gefallen, woll?« Die Luft war eiskalt und weit und breit war niemand zu sehen. Auch Lotte schien nicht daheim zu sein. Hubbi dachte ängstlich, dass ihr Wolfgang trotz seines Alters körperlich überlegen war. Doch sie ließ sich ihr Unbehagen nicht anmerken.

»Daraus habe ich nie einen Hehl gemacht.«

»Nur wegen seiner Katze? Weil sie in deinen Garten geschissen hat?«

Wolfgang rümpfte die Nase. »Das war nur der Tropfen, der das Fass zum Überlaufen gebracht hat. Dario passte einfach nicht zu uns. So eine perverse Sau können wir hier nicht gebrauchen.«

Hubbi sog scharf sie Luft ein. »Wieso pervers? Hast du ihn mal bei irgendwas beobachtet?«

Wolfgang zögerte. »Das nicht. Aber der muss doch pervers gewesen sein. War ständig nachts unterwegs und dann diese Frauenkleider ...«

Hubbi beschloss, weiterzubluffen. »Er hat Frauenkleider getragen?«

Wolfgang schaute zur Seite. Seine Selbstsicherheit bekam Risse. »Ich schätze schon, wofür hat er die denn sonst alle bestellt?«

»Woher weißt du, was er bestellt hat?«, bohrte Hubbi weiter. So langsam bekam sie Zweifel, ob sie so einen

Nachbarn würde ertragen können.

Nun war Wolfgang sein Unbehagen deutlich anzusehen. »Na ja, einmal hat der Postbote versehentlich ein Paket für ihn bei uns abgegeben …«

»Und du hast es geöffnet?«, fragte Hubbi streng und ignorierte dabei die Tatsache, dass sie dasselbe getan hatte. *Aber da war Dario ja längst tot und ich habe es nur getan, um seinen Mörder zu finden,* redete sie sich ein.

»Aus Versehen!«

Hubbi setzte einen verächtlichen Blick auf. »Schon mal was von Briefgeheimnis gehört?«

»Soll er halt seine Post selber in Empfang nehmen«, brummte Wolfgang und lief rot an. »Von da an hatte ich jedenfalls ein Auge auf ihn. Der Kerl war ein Perverser, ich sag's dir.«

Hubbi rieb sich die Hände. Ihr war kalt. Meter drängte sich Wärme suchend an ihr Bein. »Sicher wolltest du auch wissen, wohin er nachts verschwindet, was?«

»Wollte ich tatsächlich«, gab er unumwunden zu, was Hubbi stutzig machte.

»Und?«

Der alte Mann zuckte die Achseln. »Ich weiß es nicht. Er hat jedes Mal einen anderen Weg eingeschlagen.«

»Bist du ihm nicht gefolgt?«

»Hab's versucht. Ein paar Mal hat er mich bemerkt, danach war er vorsichtig und hat mich immer irgendwie abgehängt.«

Hubbi wunderte sich noch immer, wieso er das so freimütig erzählte. »Was glaubst du denn, wo er nachts war?«

Wolfgang trat einen Schritt auf sie zu. Hubbis erster Reflex war es, zurückzuweichen, doch sie riss sich zusammen. Sie wollte ihm ihre Angst nicht zeigen.

»Er hat sich irgendwo in einer dunklen Ecke versteckt und in fremde Fenster geschaut, das glaube ich. Hat den Frauen beim Umziehen zugeschaut und bei wer weiß was noch allem.«

Hubbi runzelte die Stirn. Wo war da die Verbindung zu Darios abendlichen Anrufen? Hatte er vielleicht bei den Frauen, die er beobachten wollte, vorher angerufen? Um sicherzugehen, dass sie zu Hause waren? Möglicherweise wollte er die Frauen auch fotografieren so wie im Fitnessstudio. »Hatte er seine Kamera dabei?«

»Seine Kamera?«

»Wenn er abends loszog.«

Wolfgang zögerte. »Ach, das alte Ding. Nein, eigentlich nicht. Tagsüber war er aber öfter mal damit unterwegs.«

Hubbi seufzte frustriert.

»Worauf willst du hinaus? Denkst du, er hat auch noch Fotos von den Frauen gemacht?«

»Ohne Kamera wohl kaum.«

»Vielleicht hatte er so eine kleine Kamera. Oder er hat sein Handy benutzt.«

Hubbi ging nicht darauf ein. Mittlerweile glaubte sie kaum noch, dass Dario eine Digitalkamera besessen hatte.

Wolfgang legte den Kopf schief. »Warum willst *du* eigentlich so viel über Dario wissen? Und jetzt erzähl mir nicht, weil er tot vor deiner Tür lag.«

Hubbi zuckte zusammen. Sie hatte ihren

Mordverdacht sogar vor ihren Stammgästen geheim halten können. Und nun sollte ausgerechnet dieser alte Widerling ihr auf die Schliche gekommen sein?

Ihr Zögern stachelte Wolfgang noch an. »Du willst herumerzählen, dass in diesem Haus ein Perverser gewohnt hat, woll? Ein Pädophiler oder so. Damit Thomas und Vera es sich noch mal anders überlegen und du dir das Haus krallen kannst. Hab ich recht?«

Hubbi klappte der Unterkiefer herunter. Traute er ihr tatsächlich so einen böswilligen Plan zu?

Wolfgang verstand Hubbis Reaktion jedoch als Zustimmung. »Ha! Wusste ich es doch! Du bist genau wie deine Mutter: eine üble Tratschtante!«

Erleichtert darüber, dass Wolfgang ihr wahres Motiv nicht erraten hatte, schnappte Hubbi gespielt nach Luft. »Ist dein Sohn denn so viel besser? Wenigstens habe ich Darios Katze nicht vergiftet. Und ich bin auch nicht bei ihm eingestiegen!«

»Mit der Katze hatte Thomas nichts zu tun, das war ich ganz alleine!«

»Aber beim Einbruch hat er geholfen, oder wie?«

Wolfgang funkelte sie an. Hubbi dachte an Edeltrauds Erzählung und bekam auf einmal Angst vor ihm. Sie warf einen schnellen Blick über seine Schulter zu Lottes Haus. Dort war alles dunkel. Würde jemand ihre Hilfeschreie hören, falls Wolfgang sie angriff?

»Weder ich noch Thomas sind hier eingebrochen«, zischte er.

»Wer sollte sonst einen Grund dafür gehabt haben, hm?« Hubbi reckte ihr Kinn vor und hoffte, dass sie mutiger aussah, als sie sich fühlte.

»Tja, wer weiß schon, warum der Kerl es auf Dario abgesehen hatte.«

Hubbi runzelte die Stirn. »Der Kerl?«

Wolfgang fuhr zusammen und wich einen Schritt zurück. »Was?«

Seine Reaktion verlieh ihr neuen Mut. »Der Kerl? Woher weißt du, dass es ein Mann war?«

Wolfgang starrte sie an, dann lachte er spöttisch. »Weil ich ihn gesehen habe.«

Hubbis ganzer Körper begann zu kribbeln. »Tatsächlich? Wie sah er denn aus?«

»Als ob ich dir noch was erzählen würde«, sagte Wolfgang und wandte sich zum Gehen.

Hubbi sah ihre Felle davonschwimmen. Wolfgang hatte den Einbrecher gesehen, der womöglich Dario auf dem Gewissen hatte. In ihrem Kopf startete ein Film: Der Mann hatte Dario aufgelauert. Er wusste, wo er in dieser stürmischen Nacht hinwollte. Sie hatten gestritten. Als Dario dem Fremden den Rücken zudrehte, um nach Hause zu gehen, hatte der rotgesehen und Dario mit der Dachschindel eins übergezogen. Danach war er in Darios Haus eingebrochen und hatte dort nach etwas gesucht, vielleicht sogar etwas gestohlen.

»Warte!«, rief sie Wolfgang hinterher.

Er blieb nicht stehen, sondern hob nur winkend die Hand. »Ich hole mir doch nicht wegen einer neunmalklugen Göre den Tod.«

»Ich verzichte auf das Haus, wenn du mir mehr über den Einbrecher erzählst.« Das war Hubbi nur so herausgerutscht. Doch im selben Augenblick wusste sie, dass sie das Richtige tat: Sie würden sich das Haus ohne die massive Hilfe ihrer Eltern oder ihrer Patentante niemals leisten können und Tristan stand sowieso nicht zu einhundert Prozent hinter dem Plan. Außerdem ahnte Hubbi mittlerweile, dass ihr ein Nachbar wie Wolfgang das Leben zur Hölle machen konnte, Traumhaus hin oder her. Das Angebot zeigte Wirkung: Wolfgang blieb stehen und drehte sich langsam zu ihr herum. »Habe ich darauf dein Wort?«

Hubbi nickte.

Er kam zu ihr zurück. Sein Grinsen konnte er nur schwer verbergen. »Na schön. Was möchtest du wissen?«

»Erzähl mir einfach alles von Anfang an.«

»Gut. Also, um kurz nach Mitternacht sind Hiltrud und ich ins Bett gegangen. Ich konnte nicht schlafen, weil sie geschnarcht hat. Da bin ich irgendwann aufgestanden, um mir Ohrenstöpsel aus der Küche zu holen. Aus dem Fenster hab ich das Licht der Taschenlampe gesehen.«

Hubbi fragte sich, ob Wolfgang sie anlog oder ob Edeltrauds Informationen falsch waren. Hiltrud war tatsächlich mit ihrem Mann in das gemeinsame Ehebett gegangen? Und was war mit ihren Schlafproblemen? Oder hatte sie doch die Tabletten genommen?

»Um welche Uhrzeit war das?«

Wolfgang zuckte mit den Schultern. »Weiß nicht, hab nicht auf die Uhr gesehen.«

Hubbi nickte enttäuscht. Ob er tatsächlich mehr als zwei Stunden wachgelegen hatte? »Und weiter?«

»Ich bin also raus …«

»Stürmte es schon?«

»Lässt du mich jetzt mal ausreden?«

Hubbi hob entschuldigend die Hände. »Tut mir leid. Red weiter.«

»Es war schon ganz schön windig, ja. Wäre das Licht nicht gewesen, wäre ich jedenfalls nicht mehr freiwillig vor die Tür gegangen. Also, ich bin raus und hab über die Hecke geschaut. Dachte, Dario wäre zurück, und hab mich gewundert, was er da noch in seinem Garten treibt. Da hab ich den Kerl gesehen. Er ist gerade aus dem kaputten Kellerfenster geklettert.«

»Konntest du sein Gesicht sehen?«, fragte Hubbi aufgeregt.

Wolfgang nickte.

»Und? Kanntest du ihn?« Dafür, dass er reden wollte, musste sie ihm die Details ganz schön aus der Nase ziehen.

»Nee. Noch nie gesehen.«

Der Einbrecher stammte demnach nicht zwingend aus dem Dorf. *Das wäre auch zu schön gewesen,* dachte Hubbi. »Wie sah er denn aus?«

»Dünn und mittelgroß, so zwischen 40 und 50 Jahre alt. Trug so eine Jacke, wie ich sie vor 30 Jahren besessen hab. Ach ja und er hatte keine Mütze auf, was mich gewundert hat. Hab noch gedacht, dass er doch arg frieren muss, vor allem wegen seiner Halbglatze.«

Hubbi holte tief Luft. Das konnte nur Norbert sein. Ob sie Wolfgang ein Foto von dem Frauenarzt zeigen sollte? Aber dann würde er den Braten vielleicht riechen. »Warum hast du nicht die Polizei gerufen?«

Wolfgang schaute auf den Boden. »Die hatten bei

178

dem Wetter bestimmt anderes zu tun«, murmelte er, aber Hubbi wusste, dass er die Beamten auch bei schönstem Frühlingswetter nicht alarmiert hätte. Bestimmt hatte er gedacht, es geschehe Dario recht.

»Hatte er etwas dabei?«, fragte sie weiter.

»Eine Umhängetasche.«

Nun war sich Hubbi sicher, dass Wolfgang tatsächlich Norbert gesehen hatte. »Wohin ist er danach gegangen? Ist er in ein Auto gestiegen?«

Wolfgang schüttelte den Kopf. »Er ist durchs Gartentor und dann die Straße runter gelaufen, Richtung Kirche.«

»Ist dir sonst noch etwas aufgefallen?«

Wolfgang verdrehte die Augen. »Nee. Es war eiskalt und hat gestürmt, als wären wir in Sibirien. Ich hab gemacht, dass ich schnell wieder in mein warmes Bett komme.«

Hubbi betrachtete ihn genau und versuchte zu ergründen, ob er log oder die Wahrheit sagte.

»Du hältst dich doch an die Abmachung, oder?«, fragte er, als sie nichts mehr sagte.

Hubbi nickte schweren Herzens. »Natürlich.«

»Sehr gut.« Wolfgang grinste breit. »Einen schönen Tag noch.« Er drehte sich um und ging davon.

»Moment noch!«, rief Hubbi ihm hinterher.

Genervt drehte er sich um. »Was ist denn noch?«

»Du warst doch bestimmt früher öfter mal in dem Haus, oder? Ich meine, als es noch nicht Dario gehört hat.«

»Öfter? Es gab 'ne Zeit, da bin ich da täglich ein und aus gegangen. Wieso?«

»Weißt du, ob es außer den drei Kellerräumen noch einen Raum gibt?«

Wolfgang sah sie an, als wäre sie verrückt. »Wie? Noch einen Raum? Nee.«

»Und so was wie einen Wandschrank? Im Obergeschoss zum Beispiel?«

»Du warst doch gerade selber drin, was fragst du mich da?«

Hubbi kam sich ziemlich paranoid vor. Aber die Angst, ein geheimes Verlies zu übersehen, in dem eine junge Frau vergessen dahinvegetierte, machte ihr zu viel Angst. »Hat Dario, seitdem er hier wohnte, eigentlich irgendwelche größeren Umbauten gemacht?«

»Nein. Worauf willst du mit deiner Fragerei hinaus?«

»Ähm ...«, sagte Hubbi, dann riss sie gespielt die Augen auf und griff in ihre Tasche. Sie holte ihr Handy heraus, tat so, als nehme sie einen Anruf entgegen, und hielt sich das Gerät ans Ohr. »Hallo? Ja, bin gleich da.« Sie legte die Hand über das Display. »Ich muss los«, flüsterte sie und machte, dass sie wegkam.

Als sie außer Sichtweite war, blieb sie stehen. Nachdenklich betrachtete sie das Smartphone in ihrer Hand. *Sicher ist sicher*, dachte sie. Sie unterdrückte ihre Rufnummer und wählte die Nummer der örtlichen Polizei.

»Cramer«, meldete sich eine vertraute Stimme.

Hubbi hielt die Luft an. Kevin? Sie schaute auf das Handy-Display: Nein, sie hatte nicht zufällig Kevins Privatnummer gewählt, sondern wirklich die der Dienststelle. Wieso ging er ran? War er nicht krank zu Hause? Oder war er der Einzige, der noch nicht krank

180

genug war?

Sie räusperte sich. »Ich möchte etwas melden, eine Entführung«, sagte sie mit verstellter Stimme. Zur Sicherheit ließ sie das R ordentlich rollen.

Kevin nieste, dann folgte ein Hustenanfall. »Eine was?«

»Kidnapping. Ich glaube, eine junge Frau wird in einem Haus festgehalten.«

Es wurde still in der Leitung. Hubbi lauschte gespannt.

»Hubbi, bist du das?«

Sie ballte die Hände zu Fäusten, offenbar hatte Kevin nichts an den Ohren. »Das Haus von Dario Becker in Affeln. Es gibt womöglich einen versteckten Raum, kommen Sie schnell«, sagte sie hastig, noch immer mit verstellter Stimme, dann legte sie auf und hoffte, dass ihr Plan aufging.

Kapitel 19

Hubbi wartete versteckt hinter einem Baum, bis die Polizei eintraf. Es waren zwei Autos mit Blaulicht. Aus ihnen sprangen vier bewaffnete Polizisten sowie einer mit einem Spürhund. Als sie in Darios Haus verschwanden, atmete Hubbi erleichtert auf. Auf dem Heimweg brachte sie noch schnell den Schlüssel bei Rosalie vorbei.

Sie fror erbärmlich, als sie endlich ihre Haustür aufschloss. Behagliche Wärme und der Duft von Plätzchen und Kerzen schlugen ihr entgegen. Schnell zog sie ihre mittlerweile durchnässten Stiefel und die Socken aus und schlüpfte in ihre flauschigen Pantoffeln. Zuletzt trocknete sie Meter ab. Der Dackel lief schnurstracks zu Tristan, der in der Küche stand. Er trug eine Schürze und knetete Teig.

»Na, seid ihr wieder da?« Tristan bückte sich und kraulte Meter unter dem Kinn. Dann griff er in eine Schublade und warf ihm ein Hundeleckerli zu.

»Seit wann kannst du backen?«, fragte sie verwundert.

»Nur weil ich es nicht oft tue, heißt das nicht, dass ich es nicht kann«, entgegnete er, während er sich die

Hände wusch.

Hubbi horchte auf die Untertöne in seiner Stimme, konnte aber keine Spur von Verärgerung erkennen. *Zum Glück ist Tristan nicht nachtragend.* Sie trat neben ihn und gab ihm einen Kuss. Sie betrachtete sein Werk: Tristan hatte Teig ausgerollt und kleine Schneemänner, Christbäume und Rentiere ausgestochen. Ein Blech kühlte bereits ab, eins war im Ofen.

»Wenn du möchtest, kannst du schon ein paar Plätzchen verzieren«, sagte er und deutete auf eine Kiste mit bunter Lebensmittelfarbe und Zuckerstreuseln.

»Mit Vergnügen!«

Hubbi band sich eine Schürze um, wusch sich die Hände und stellte das Tablett auf den Esstisch.

»Ey, nicht naschen!« Tristan grinste.

»Hafifdoganiff!« Hastig schluckte Hubbi den Keks herunter. Er schmeckte fantastisch. Da Tristan sie noch beobachtete, griff sie artig nach dem Zuckerguss und begann damit, die Plätzchen sorgfältig zu bepinseln. Erst als er wieder wegsah, steckte sie sich schnell noch einen schiefen Nikolaus in den Mund.

»Wie war dein Tag?«, fragte Tristan.

»Ereignisreich«, sagte Hubbi und war froh, dass ihr Streit vom Morgen offenbar vergessen war. »Wir werden Darios Haus nicht kaufen.«

Tristan hielt mit dem Ausstechen inne und sah sie an. »Woher kommt der plötzliche Sinneswandel?«

»Ich habe es Wolfgang Grimm versprochen.«

Tristan blinzelte irritiert. »Wieso das?« Jetzt lehnte er sich mit der Hüfte gegen die Arbeitsfläche und ließ sie nicht aus den Augen.

»Puh, das ist eine lange Geschichte.«

»Kein Problem, ich habe noch einen Kilo Teig im Kühlschrank.«

Hubbi gab sich geschlagen. Während Tristan den Backofen stetig mit neuen Keksen befüllte und Hubbi die fertigen im Akkord verzierte, erzählte sie von ihrer Wanderung, dem Besuch in Darios Haus und dem Gespräch mit Wolfgang Grimm.

»Denkst du, Dario hat die Frauenkleider selber getragen?« Tristan schaute sie ungläubig an.

»Das hoffe ich. Aber ich kann es mir nicht so richtig vorstellen.«

»Wieso?«, hakte Tristan nach.

»Weil alle anderen Möglichkeiten schrecklich wären.« Sie erzählte von den unterschiedlichen Größen, ihrer Suche nach einem Geheimverlies und ihrem Anruf bei der Polizei.

»Du hast wahrscheinlich das Richtige getan«, sagte Tristan nach kurzer Überlegung.

»Das will ich hoffen.« Hubbi malte einem Schneemann eine irre Grimasse. Den würde sie Edeltraud schenken.

»Und was hältst du von Wolfgangs Beschreibung des Einbrechers?«, fragte Tristan. Er öffnete den Backofen und tauschte ein Blech mit fertigen Plätzchen gegen ein neues aus. Wärme strömte in den ohnehin schon gut geheizten Raum. Hubbi wischte sich über die Stirn. Nach der Kälte draußen konnte es ihr gerade gar nicht warm genug sein. »Könnte es denn Zufall sein, dass er ausgerechnet Norbert beschreibt?«

»Vielleicht hat er Norbert irgendwo gesehen und ihn

aus dem Gedächtnis beschrieben. Oder …« Hubbi zögerte. »Oder ich möchte einfach glauben, dass es Norbert war.« Sie drückte einem Rentier eine rote Zuckerperle auf die Nase und seufzte dabei tief. Ihr Blick flog zur Uhr. In zwei Stunden musste sie in die Nuckelpinne, dabei war ihr heute mehr denn je nach einem ruhigen Abend zusammen mit Tristan.

»Das sehe ich anders«, sagte Tristan mit fester Stimme.

Überrascht sah Hubbi zu ihm. »Wie meinst du das?«

»Ich habe heute in dem Altenheim angerufen, in dem seine Tante wohnt. Er hat sie offenbar zuletzt vor zwei Jahren zu ihrem Geburtstag im April besucht. Die nette Schwester meinte zwar, dass er einmal im Monat anrufen und nach ihrem Zustand fragen würde – der übrigens sehr gut ist –, mehr aber auch nicht.«

Hubbi sog scharf die Luft ein. »Also ist das mit seiner Tante nur ein Vorwand?«

Tristan nickte. »Sieht ganz danach aus.«

»Wusste ich es doch!« Hubbi war froh, dass ihre Intuition sie nicht im Stich gelassen hatte. Um besser nachdenken zu können, schob sie sich einen Keks in den Mund und kaute langsam. »Wir müssen irgendwie herausfinden, was Norbert in Darios Haus gesucht hat.«

»Wenn er etwas geklaut hat, hat er es höchstwahrscheinlich noch bei sich.«

»Morgen fahre ich zu Norbert in den Gasthof«, sagte Hubbi. »Ich denke mir etwas aus, lenke ihn ab und durchsuche sein Zimmer.«

»Klingt kein bisschen durchdacht«, bemerkte Tristan trocken.

»Wahrscheinlich werde ich ein bisschen improvisieren müssen«, meinte Hubbi.

Tristan hob eine Augenbraue. »Wie so was bei dir aussieht, weiß ich. Da komme ich besser mit.«

»Gut. Wir müssen sowieso dein Auto nehmen, weil der Caddy nicht anspringt.« Sie steckte sich noch ein Rentier in den Mund. Der Hunger wurde dadurch allerdings nicht weniger.

»Bestimmt die Batterie. Ich kümmere mich da drum.« Tristan nahm Hubbi das Blech mit den zur Hälfte verzierten Plätzchen weg.

»Hey, was soll das?«

»Im Kühlschrank ist noch Lasagne von heute Mittag.«

Hubbi rollte mit den Augen, trotzdem wärmte sie die Lasagne in der Mikrowelle auf und setzte sich, da der Esstisch voller Plätzchen stand, zum Essen auf die Couch.

Währenddessen druckte Tristan etwas aus und kam mit den Blättern zu ihr. »Möchtest du bis dahin vielleicht erfahren, was ich noch so herausbekommen habe?«

»Unbedingt.«

»Das Kennzeichen, das du mir geschickt hast, gehört diesem Mann: Sören Kroll.« Er schob ihr eine Kopie eines Führerscheines hin. Der Abgelichtete schaute mürrisch in die Kamera.

»Kommt mir irgendwie bekannt vor«, sagte Hubbi und neigte den Kopf.

»Er arbeitete als Gabelstaplerfahrer in einer Firma in Altena«, erzählte Tristan. Er nannte auch den Namen der Firma, doch das half Hubbis Gedächtnis nicht auf die Sprünge.

Während sie kaute, betrachtete sie den Führerschein eingehender. »Er hat einen Lkw-Führerschein«, sagte sie nachdenklich.

»Den brauchte er bis vor einem halben Jahr auch«, sagte Tristan. »Damals hat er als Fahrer für ein Transportunternehmen gearbeitet.«

Da fiel bei Hubbi der Groschen. »Der Kerl war an dem Sturmabend in der Kneipe! Er hat auf einen Anruf gewartet. Als der nicht kam, ist er gegangen.«

»Das kann jetzt wirklich kein Zufall mehr sein«, sagte Tristan.

Hubbi sah zur Wanduhr und ballte die Fäuste. »Am liebsten würde ich sofort zu ihm fahren, aber ich muss gleich die Kneipe öffnen.«

Tristan legte ihr eine Hand auf den Unterarm. »Wir fahren morgen früh gemeinsam hin. Er wird uns schon nicht davonlaufen. Schließlich hat er keine Ahnung, dass wir von ihm wissen.«

Hubbi nickte langsam. »Hoffen wir mal, dass das stimmt.« Sie legte das Besteck auf den leeren Teller und stand auf, um alles in die Spülmaschine zu räumen. »Ach so, da ist noch was.« Sie zog ihr Handy aus der Tasche und klickte sich zu dem Foto aus Darios Dunkelkammer. Dann zeigte sie es Tristan. »Kannst du mal nachsehen, wofür man diese Chemikalien braucht?«

Tristan nahm ihr das Handy ab. »Klar doch. Ich schicke mir das Foto eben.«

Hubbi drückte ihm einen Kuss auf die Lippen. »Danke.«

»Bist du traurig, dass aus dem Haus nichts wird?«,

fragte Tristan sanft und hielt sie fest.

Hubbi schaute in seine grünen Augen und dachte sorgfältig über die Frage nach. »Eigentlich nicht. Ich hätte zwar gerne etwas Eigenes, aber nicht, wenn wir uns deshalb ständig streiten. Das ist es mir nicht wert.«

Tristan grinste schief. »Du weißt nicht, wie froh ich darüber bin.«

Hubbi löste sich von ihm und ging ins Badezimmer, um sich für ihren Abend in der Kneipe frisch zu machen. Dabei dachte sie darüber nach, wieso sie Wolfgang so schnell dieses Versprechen geben konnte: weil ihr das Haus eben doch nicht so wichtig war, wie sie geglaubt hatte. Und die Meinung der anderen auch nicht. Und ganz bestimmt wollte sie sich nicht wegen eines Hauses mit Tristan überwerfen. Irgendwann wäre er bereit dazu, und so lange konnte sie warten.

Kapitel 20

»Zwei Polizeiautos, ein Suchhund und sogar ein vermummter Kerl mit einer Maschinenpistole! Zuerst dachte ich, da wird ein Film gedreht!« Berthold schüttelte ungläubig den Kopf und trank einen Schluck Bier. Karl-Heinz und Gerda schauten ihn mit offenen Mündern an.

»Vielleicht versteckt sich da drin ein Drogenbaron«, wisperte Gerda ehrfürchtig.

»Na sicher!«, polterte Karl-Heinz los. »So einer aus Mexiko. Die tauchen ja gerne mal in Käffern im Sauerland unter, weiß doch jeder.« Er lachte lautstark über seinen eigenen Witz.

Gerda zog den Kopf ein. Statt zu antworten, schob sie sich eine Handvoll gesalzener Erdnüsse in den Mund.

»Von wegen Drogenbaron«, widersprach Berthold. »Ich hab natürlich nachgefragt, was da los ist.« Er zwinkerte. »Zum Glück war Kevin bei der Aktion dabei.«

Hubbi spitzte die Ohren, während sie Gläser spülte. Doch Berthold redete nicht weiter, sondern schien die Aufmerksamkeit seiner Zuhörer zu genießen.

»Nun lass dir doch nicht jedes Wort aus der Nase

ziehen!«, blaffte Karl-Heinz ihn an.

»Kevin meinte, sie hätten einen anonymen Anruf bekommen, dass es in dem Haus ein verstecktes Verlies gibt mit einem Entführungsopfer.«

Hubbi schaute auf. Sie wunderte sich, dass Kevin so bereitwillig davon erzählt hatte. Andererseits genoss er es, mit seinen Einsätzen zu protzen. Und Kidnapping kam in Affeln nicht gerade jeden Tag vor.

»Haben sie das Verlies gefunden?«, fragte Gerda atemlos.

Berthold schüttelte den Kopf. »Die waren eine Stunde da drin, haben das ganze Haus auf den Kopf gestellt. Nichts.«

Gerda wirkte enttäuscht. Karl-Heinz verdrehte die Augen. »Da hat sich bestimmt jemand einen Scherz mit denen erlaubt. Geheimverliese! Und das in Affeln! Pah!«

»Interessiert dich das nicht?«, wandte sich Berthold nun an Hubbi.

»Doch, doch, natürlich! Ich bin froh, dass sie nichts gefunden haben. Stellt euch das mal vor: Die Frau hätte da schon seit drei Tagen drin gesessen, womöglich ohne Essen und Trinken.«

Karl-Heinz kniff die Augen zusammen. »Frau? Welche Frau?«

Hubbi starrte ihn an. Sie hatte sich verplappert! In diesem Moment ertönte zum Glück die Klingel über der Tür und kündigte einen neuen Gast an.

»Lotte!« Hubbi trat hinter dem Tresen hervor, ging zu ihrer Freundin und umarmte sie. Dabei warf sie einen kurzen Blick zu den Stammgästen. Karl-Heinz schien seinen Argwohn wohl schon wieder vergessen zu haben.

»Du hast uns doch in die Nuckelpinne eingeladen«, sagte Lotte, während sie sich aus Schal, Mantel und Mütze schälte. »Hier sind wir.«

Hubbi wandte sich an Lottes Begleitung. »Klara, schön, dass du mitgekommen bist.«

Klara lächelte breit. Sie trug eine hautenge, schwarze Jeans, einen ebenso engen Pullover mit tiefem Ausschnitt, der ihre trainierte Figur betonte, und Sneakers. Ihre Augen waren dunkel geschminkt und sie roch nach einem angenehm schweren Parfum.

»Willst du uns nicht vorstellen?«, rief Karl-Heinz. Er und Berthold lächelten so aufgeregt wie kleine Kinder vor der Bescherung an Heiligabend, Gerda schaute eher argwöhnisch drein.

»Klara, das sind Karl-Heinz, Berthold und Gerda, meine treuesten Gäste.«

»Hier, setz dich«, sagte Karl-Heinz und sprang geradezu von seinem Barhocker.

»Oh, sehr nett«, sagte Klara. »Aber ich denke, wir nehmen lieber die Eckbank. Oder, Lotte?«

Lotte nickte. »Gibt es dieses Jahr wieder Glühwein?«, wollte sie wissen.

»Nein«, sagte Hubbi zerknirscht.

»Aber Grog!«, rief Berthold.

»Auch nicht mehr. Der Rum ist leer«, erinnerte sie ihn.

»Schade«, sagte Klara.

Karl-Heinz, der sich gerade wieder auf seinen Hocker gesetzt hatte, stand abermals auf. »Ich hab noch eine Flasche zu Hause, ich hole sie schnell.« Dann zog er sich die Jacke an und verschwand.

»Ts«, machte Hubbi leise und wechselte einen vielsagenden Blick mit Lotte, die nur grinste. Klara verstand es offenbar, den Männern den Kopf zu verdrehen, selbst wenn sie es noch nicht einmal darauf anzulegen schien.

»Wir nehmen erst mal ein Bier«, sagte Lotte und Klara nickte zustimmend.

Hubbi holte die Getränke.

»Sag mal, weißt du zufällig, was da heute bei Darios Haus los war?«, fragte Lotte. »Das war ja wie in einem Spielfilm!«

»Es gab einen Tipp, dass es in dem Haus ein geheimes Verlies geben könnte. Und dass vielleicht noch jemand darin gefangen halten wird«, rief Berthold.

»Einen Tipp?«, fragte Lotte und sah Hubbi mit erhobenen Augenbrauen an. Die zuckte kaum merklich die Achseln und setzte eine Unschuldsmiene auf, allerdings wusste sie, dass Lotte sie durchschaute.

»Es wurde aber nichts gefunden«, erzählte Berthold weiter.

»Hier ist ja was los«, sagte Klara und nippte an ihrem Pils.

»Dieser Dario Becker hatte es anscheinend faustdick hinter den Ohren«, sagte Berthold, angefeuert von Klaras Interesse. »Er hat sich mal in einer Umkleidekabine eines Fitnessstudios versteckt, um die nackten Frauen zu fotografieren.«

»Weiß ich«, sagte Klara.

»Ach so«, sagte Berthold enttäuscht.

Hubbi und Lotte schauten Klara verdutzt an.

»Woher denn?«, wollte Lotte wissen.

»Ich war dabei«, antwortete die lapidar.

»Du warst was?«, fragte Lotte.

Hubbi machte große Augen, Berthold hingegen war rot angelaufen. Offenbar war es ihm peinlich, dass er über etwas tratschen wollte, von dem Klara persönlich betroffen war.

»Das war vielleicht was! Er hatte sich in einem Spind versteckt und oben durch den Schlitz fotografiert. Doch dann hat Rosalie aus Versehen seine statt ihrer Tür geöffnet.«

»Rosalie?«, fragte Hubbi. »Rosalie Heyne?«

Klara nickte. »Ich dachte mir schon, dass ihr wisst, wen ich meine. Hier auf dem Dorf sind ja alle irgendwie miteinander verwandt oder verschwägert.« Dabei grinste sie.

»Also kennt ihr euch vom Sport?«, fragte Hubbi.

»Genau. Später hab ich ihr ein paar Privatstunden gegeben, und mittlerweile unternehmen wir auch mal was zusammen.«

Hubbi wusste nicht, was sie von dieser neuen Information halten sollte. Rosalie war eines der Opfer von Darios Spanneraktion gewesen. Warum hatte sie das Hubbi gegenüber nicht erwähnt, als sie von Dario erzählt hatte? War es ihr peinlich? Oder hatte sie es bewusst verschwiegen?

»Rosalie wollte die anderen Frauen davon überzeugen, Anzeige zu erstatten. Der Betreiber des Studios hat sich quergestellt und allen zwei Jahre Mitgliedschaft geschenkt. Alle sind eingeknickt, nur Rosalie nicht. Sie wollte dagegen vorgehen, aber ich konnte es ihr ausreden. Es hätte ja doch nichts gebracht.« Bei den letzten Worten legte sich ein Schatten über Klaras hübsches Gesicht. »Dieser Dario wäre damit durchgekommen.«

»Kein Wunder, dass Dario ermor...«, begann Lotte und korrigierte sich hastig: »so unbeliebt im Dorf war.«

Hubbi bemühte sich um eine neutrale Miene.

In diesem Moment ging die Tür auf und ein verschneiter, aber vor Stolz strahlender Karl-Heinz trat ein. In jeder Hand hielt er eine Flasche Hochprozentigen.

»Da bin ich wieder!«, verkündeter er unnötigerweise und hatte dabei nur Augen für Klara. »Rum hatte ich leider nur noch eine halbvolle Flasche, aber dafür hab ich das hier gefunden.« Er hielt ihr die zweite Flasche hin.

»Amaretto«, las Klara vom Etikett der Flasche ab. Sie lächelte. »Oh, wie lecker! Ihr müsst den mal in heißer Milch oder in Apfelsaft probieren.«

Karl-Heinz lief rot an und stellte die Flaschen vor Klara auf den Tisch. Dabei erinnerte er Hubbi stark an Meter, wenn der irgendwo einen halbverwesten Vogel fand und ihn stolz seinem Frauchen präsentierte. Als hätte Meter ihre Gedanken gehört, hob er schläfrig den Kopf, schaute sie an und wedelte kurz mit dem Schwanz, bevor er das Nickerchen auf seinem Platz neben der Heizung fortsetzte.

Karl-Heinz stand noch immer mitten im Raum und himmelte Klara an. So hatte Hubbi ihn bisher noch nie erlebt. Als die Situation anfing, unangenehm zu werden, nahm Hubbi die Flaschen an sich. »Ich gucke mal, was ich daraus machen kann«, sagte sie und ging in den Lagerraum.

Sie fand eine Flasche Apfelsaft und mixte zwei Gläser mit Amaretto. Danach bereitete sie noch drei Tassen Grog zu und brachte alles zu ihren Gästen.

Die hatten in ihrer Abwesenheit den frei stehenden Tisch in die Mitte des Raumes geschoben und alle Stühle und Hocker darum angeordnet. Lotte, Klara, Gerda und Berthold saßen auf Stühlen um den Tisch, Karl-Heinz hatte sich in Ermangelung eines fünften Stuhls den Barhocker herangezogen und saß neben Klara. Hubbi bemerkte amüsiert, dass er von seinem erhöhten Sitzplatz aus einen perfekten Blick in Klaras Dekolleté hatte. Als er merkte, dass sie ihn erwischt hatte, schaute er schnell weg.

»Ein paar Kunden habe ich schon und es werden immer mehr«, erzählte Klara gerade, während Hubbi die Getränke verteilte. Alle nippten an ihren Gläsern.

»Unser Berthold hier könnte deine Hilfe sicher auch gebrauchen.« Grinsend beugte sich Karl-Heinz zu Berthold herunter und klopfte ihm auf seinen Kugelbauch.

»Haha«, sagte der pikiert und machte eine wegwerfende Handbewegung.

»Es gibt für jeden Fitnesszustand und jedes Alter die passenden Übungen«, meinte Klara.

»Guck, sogar für dich«, meinte Berthold nun an Karl-Heinz gewandt.

»Hey, ich angle, das ist auch Sport!«

»Ja klar.« Berthold schnaufte. »Wenn du mal was fangen würdest, vielleicht, aber du sitzt ja nur am Ufer herum und starrst Löcher in die Luft!«

»Von wegen! Ich zeig dir gleich mal, was man für Muckis davon bekommt!« Karl-Heinz ballte die Fäuste.

Jetzt wurde es Hubbi zu bunt. Auf eine Kneipenschlägerei hatte sie heute keine Lust. »Wer möchte Nachschub?«, fragte sie so laut, dass sie den Disput der beiden Männer übertönte.

»Ich!«, rief Klara. »Aber dieses Mal einen Grog, bitte.«

Die anderen bestellten ebenfalls Grog. Hubbi bereitete die Bestellung zu, danach war die Flasche von Karl-Heinz leer. Als sie zum Tisch kam, hatten sich die Gemüter immerhin wieder beruhigt. Karl-Heinz erzählte gerade vom letzten Schützenfest und alle lachten über seine Anekdoten.

Zufrieden trat Hubbi hinter die Theke und wusch die benutzten Gläser ab. Dabei grübelte sie darüber nach, was Klara zuvor erzählt hatte. Rosalie hatte also nicht nur ein ungutes Gefühl bei Dario gehabt, wenn er in der Nähe ihrer Töchter war. Sie wusste ganz genau, wozu er in der Lage war.

War das Grund genug, ihn zu ermorden? Wollte sie sich an ihm rächen, weil er sie heimlich nackt fotografiert hatte? Oder hatte sie sich Sorgen gemacht, wie weit er wohl bei ihren Töchtern gehen würde? Hatte sie womöglich Wind von dem Inhalt seines Kleiderschrankes bekommen und war in Panik geraten?

Hubbi dachte noch mal an die Gespräche mit Rosalie zurück und fragte sich, ob sie sie wohl falsch eingeschätzt hatte.

Die Türklingel riss sie aus ihren Gedanken. Schneeflocken stoben zusammen mit dem neuen Gast herein.

»Norbert!«, rief Berthold erfreut.

Der Frauenarzt lächelte schüchtern. Seine Wangen und seine Nase waren vor Kälte gerötet.

»Siehst ja aus wie ein Schneemann«, sagte Karl-Heinz.

»Mein Auto ist nicht angesprungen, da bin ich gelaufen.« Er zog sich die Jacke aus und hängte seinen Hut an den Haken neben der Tür. Aufgeregt bemerkte Hubbi, dass er wieder seine Tasche dabeihatte.

»Armer Kerl«, meinte Karl-Heinz. »Hol dir 'nen Hocker und setz dich zu uns.«

Norbert nickte dankbar, grüßte in die Runde und schaute zum ersten Mal die anderen Gäste an. Dann erstarrte er, als er Klara und Lotte sah. »Ähm, also, ich …«

Hubbi sah erstaunt, wie er rot anlief. Sie hätte von einem Gynäkologen nicht erwartet, dass ihn zwei gut aussehende junge Frauen in Verlegenheit brachten. Aber vielleicht war er privat ja schüchtern.

»Nun komm schon«, meinte Karl-Heinz und rutschte von seinem Hocker, um einen für Norbert zu holen. »Die Mädels beißen nicht.«

Gerda fühlte sich offenbar angesprochen. Sie grinste verschmitzt und klimperte mit den Wimpern, aber Norbert hatte nur Augen für Klara und Lotte. Hubbi tat Gerda irgendwie leid.

»Klara, Lotte, das ist Norbert«, stellte Karl-Heinz sie einander vor. »Der Arzt, dem die Frauen vertrauen!« Er lachte schallend und auch Berthold fiel mit ein.

Norbert setzte sich neben Karl-Heinz. Seine Tasche

stellte er neben Meters Körbchen an der Wand ab. Zwar in seiner Nähe, doch nicht in seinem direkten Blickfeld. Hubbi musste einen Weg finden, heimlich dranzukommen.

»Was darf es denn sein?«, fragte sie den neuen Gast.

»Ähm, was trinken die anderen denn?«

»Grog ist leider alle«, antwortete Hubbi. »Ich hätte noch Amaretto mit Apfelsaft oder eben Bier, Cola, Fanta, Wasser …«

»Wasser? Unser Norbert will sich doch nicht waschen, woll?« Karl-Heinz lachte und klopfte seinem neuen Sitznachbarn so heftig auf den Rücken, dass der fast kopfüber von seinem Barhocker kippte.

»Ein Pils, bitte«, antwortete Norbert. »Und eine Runde für alle.«

»Hört, hört!« Karl-Heinz wollte wieder losklopfen, aber Norbert hob abwehrend die Hand.

»Für mich nicht«, sagte Klara und stand abrupt auf. Hubbi fiel auf, dass sie ziemlich blass im Gesicht war. Vielleicht war ihr der Grog nicht bekommen.

»Och, bleib noch ein bisschen!«, bat Karl-Heinz.

»Es ist doch gerade so lustig«, pflichtete ihm Berthold bei.

»Ich muss morgen leider früh raus«, meinte Klara und ging zur Garderobe.

Lotte wechselte einen Blick mit Hubbi und zuckte die Achseln. Dann stand sie ebenfalls auf. »Was kriegst du von uns?«, rief sie ihr zu, während sie in ihre Jacke schlüpfte. Klara war bereits nach draußen gegangen. Lotte wirkte besorgt.

»Das übernehme ich«, sagte Karl-Heinz.

»Danke, Kalle!« Lotte warf ihm eine Kusshand zu, bevor sie Klara folgte.

Die drei Männer schauten ihnen trübselig hinterher. Gerda warf derweil Norbert heimliche Blicke zu, während sie unentwegt Erdnüsse kaute.

»Sind die beiden öfter hier?«, fragte Norbert irgendwann.

Hubbi hatte die Getränke fertig und servierte sie.

»Lotte ist eine Einheimische, und Klara wohnt erst seit Kurzem hier«, antwortete Karl-Heinz. »Woll, Hubbi?«

Hubbi nickte.

Karl-Heinz stieß Norbert in die Rippen. »Diese Neue ist ein heißer Feger, was?«

Norbert nickte und trank von seinem Bier. »Gibt es hier im Ort eine Werkstatt?«, wechselte er abrupt das Thema, wofür Hubbi ihm insgeheim dankte. »Mein Auto springt seit heute früh nicht mehr an.«

»Im Nachbarort«, antwortete Berthold. »Wenn du möchtest, bringe ich dich morgen früh hin.«

»Das wäre nett. Und was ist mit einem Computerspezialisten? Ähm, mein Laptop macht mir in letzter Zeit Probleme.«

»Na, da bist du hier richtig«, sagte Karl-Heinz. »Unsere Wirtin ist zufällig mit so einem verheiratet.«

Hubbi musste sich auf die Zunge beißen, um nicht direkt loszujubeln. Wenn Norbert den Laptop zu Tristan brachte, bekam sie vielleicht die Möglichkeit, in seine Tasche zu sehen und nach der Kamera suchen, die er vielleicht aus Darios Haus gestohlen hatte. Tristan konnte zudem heimlich auf dem Computer nach

Beweisen suchen. Wenn sie die Verbindung zwischen Norbert und Dario fänden, hätten sie den Fall bestimmt bald gelöst.

Sie atmete kurz durch, um sich zu beruhigen. Sie sollte nicht zu euphorisch rüberkommen. »Klar, der guckt sich das bestimmt an. Berthold kann dich ja morgen auf dem Rückweg von der Werkstatt bei uns absetzen.«

Norbert strahlte. »Perfekt, so machen wir es.«

Kapitel 21

Obwohl sie nur fünf Stunden geschlafen hatte, als ihr Hahnenwecker am nächsten Morgen um sieben Uhr krähte, strotzte Hubbi nur so vor Energie. Sie brachte den Hahn mit einem gezielten Handkantenschlag zum Schweigen und schwang die Beine aus dem Bett.

Tristan grunzte etwas, drehte sich zur Wand und zog sich die Decke über die Ohren.

»Guten Morgen!« Hubbi ging zum Fenster und zog die Vorhänge beiseite. Eine dicke, fluffige Schneedecke verwischte die Konturen des Gartens. Es schneite noch immer.

»Hey, was soll das? Ich will noch weiterschlafen«, beschwerte sich Tristan.

»Wenn du nicht wissen willst, was ich für eine Überraschung für dich habe, bitteschön«, entgegnete Hubbi.

Zu gerne hätte sie Tristan schon nachts von ihrem Coup mit Norbert erzählt. Wann genau die beiden Männer zur Werkstatt aufbrechen wollten, hatten sie zwar nicht gesagt, und wie lange es dauern würde, stand auch in den Sternen, doch wenn Norbert bei ihr auftauchte, wollte sie bereit sein.

Hubbi musste lächeln, als sie daran dachte, dass sie womöglich heute schon Darios Mörder überführen würde. Kurz schoss ihr sogar die Hoffnung durch den Kopf, dass die Beckers ihr als Dankeschön das Haus schenken könnten. Doch dann erinnerte sie sich wieder an das Versprechen, das sie Wolfgang gegeben hatte.

»Was für eine Überraschung?« Tristan hatte sich zu ihr umgedreht, machte aber keine Anstalten, aus dem kuschelig warmen Bett aufzustehen.

Hubbi stemmte die Hände in die Hüften. »Dafür musst du erst mal aufstehen.«

Tristan schnaufte und wollte sich wieder wegdrehen. »Dann halt nicht«, murmelte er.

Kurzerhand zog sich Hubbi ihr Schlafshirt über den Kopf. Tristan bekam große Augen.

»Ich könnte es dir unter der Dusche erzählen«, gurrte sie.

Sauber und glücklich stiegen die beiden später aus der Dusche. Im Schlafzimmer zog Hubbi eine Jeans, einen dunkelgrünen Kapuzenpullover mit der Aufschrift *Merry Christmas* und dicke Socken über. Sie band ihre Haare zu einem Pferdeschwanz.

Während sie sich anzog, schielte sie zu Tristan, der das Gleiche tat. Seine dunklen Locken glänzten nass und sie roch sein Aftershave. Eine Welle des Glücks durchflutete sie. Ihn nach all der Enttäuschung darüber, dass sie nach ihrem gescheiterten Studium wieder in ihr Heimatkaff zurückkehren musste, zu treffen, war das Beste, was ihr je passiert war. Ein Leben ohne ihn konnte sie sich nicht mehr vorstellen. Umso drängender war die Kinderfrage.

Hubbi nahm allen Mut zusammen und räusperte sich. »Möchtest du Kinder? Irgendwann mal, meine ich.«

Tristan, der sich gerade seine Jeans zuknöpfte, hielt inne und schaute sie an.

Hubbi spürte, wie ihr Herz raste. Was, wenn er nein sagte? Würde sie damit klarkommen? Oder wäre das das Ende ihrer Ehe?

»Na klar«, sagte er da. »Und du?«

Eine Last fiel von Hubbis Schultern. Sie nickte heftig. »Ich denke schon.«

Tristan lächelte ihr liebevoll zu und Hubbi spürte den starken Drang, in seine Arme zu fallen und ihm die Hose wieder aufzuknöpfen.

Da klingelte es an der Haustür.

Hubbi stolperte durch die Wohnung. Tristan folgte ihr, während er sich einen Pullover überzog.

Bevor sie die Tür öffnete, atmete Hubbi tief durch. »Berthold?«, grüßte sie.

»Hallo, Hubbi, Tristan.«

Sie streckte den Kopf zur Tür heraus und sah sich um. »Bist du alleine? Wo ist Norbert?«

Jetzt erst sah sie Bertholds Gesichtsausdruck. Er war kreidebleich.

»Ist etwas passiert?«

Er nickte. »Etwas Schreckliches. Kommt mit.«

»Was denn?«, wollte Hubbi wissen, doch Berthold lief schon zu seinem Auto und stieg ein. Hubbi wechselte einen Blick mit Tristan, der genauso beunruhigt wirkte, wie sie sich fühlte. Schnell zogen sie sich etwas über und folgten Berthold zu seinem Wagen.

»Was ist denn los?«, fragte Tristan vom Rücksitz. Er hielt Meter auf dem Schoß.

Berthold wendete den Wagen und gab so heftig Gas, dass die Reifen auf der verschneiten Straße durchdrehten. Erschrocken hielt sich Hubbi am Griff über dem Seitenfenster fest. Berthold war eigentlich ein besonnener Autofahrer. Er fluchte leise, während er zurücksetzte und erneut anfuhr. Diesmal mit mehr Erfolg.

»Berthold, was ist los?«, fragte Hubbi noch einmal. »So langsam bekomme ich Angst. Wohin fahren wir denn?«

»Fast wäre ich das gewesen«, murmelte er.

»Was denn?« Hubbi wurde angst und bange.

»Ich wollte gerade auf den Hof fahren, da kam mir Milena Duve mit ihrem Range Rover entgegen. Ich hätte ihn auch nicht gesehen.«

Hubbi schwante Böses. In diesem Moment kam der Gasthof in Sicht. Auf der Straße davor parkten Polizeiautos, Blaulicht zuckte über den unberührten Schnee auf den Feldern.

Hubbi schluckte schwer. Berthold fuhr so nah wie möglich heran und parkte am Straßenrand.

»Was ist passiert, Berthold? Raus mit der Sprache!«

Zum ersten Mal sah Berthold sie direkt an. »Ich wollte Norbert abholen, um mit ihm zur Werkstatt zu fahren«, begann er. »Ich kam her. Milena hat mir noch gewunken, da fuhr sie auf einmal über etwas. Ihr Auto hat einen richtigen Satz gemacht.«

Hubbi ahnte, was nun kam, sie musste trotzdem fragen: »Was lag dort?«

»Norbert.«

»Scheiße«, entfuhr es Hubbi. Sie starrte aus dem Fenster, sah die Beamten von der Spurensicherung, Polizisten in Uniform und Zivil, Milena, die sich weinend in die Arme ihres Mannes schmiegte. Weiter hinten parkte der Leichenwagen. Die Bahre mit dem dunkelblauen Plastiksack wurde gerade bereit gemacht.

»Wir sind ausgestiegen und haben nachgesehen«, fuhr Berthold tonlos fort. »Sie ist ihm über die Brust gefahren. Er war tot.«

Der Schock ließ allmählich nach und Hubbis analytischer Verstand übernahm. »War er schon tot, bevor sie ihn überfahren hat?«

Berthold zuckte hilflos mit den Schultern. »Ich weiß es nicht. Ich kenne mich doch nicht aus mit so was.«

»Ist dir noch etwas aufgefallen?«

Berthold schüttelte langsam den Kopf. »Es war alles so furchtbar. Beinahe wäre ich über ihn gefahren.« Er starrte blicklos aus dem Fenster.

Hubbi schnallte sich ab und öffnete die Beifahrertür.

»Wo willst du hin?«, fragte Tristan.

»Na, wohin wohl?«

Er stieg ebenfalls aus und folgte ihr, Meter behielt er auf dem Arm. Der Dackel bellte aufgeregt und wollte runter, doch gegen Tristan hatte er keine Chance.

»Hi, Kevin«, sagte Hubbi.

Kevin zuckte zusammen und drehte sich um. Er sah noch miserabler aus als beim letzten Mal. Seine Augen waren blutunterlaufen, seine Nase knallrot, die Haut um die Nasenlöcher schälte sich. Sein Husten klang, als hätte er Nägel in den Bronchien.

»Meine Mutter würde sagen, du gehörst ins Bett«, meinte Hubbi.

»Meine sagt das auch, aber ich werde hier nun mal gebraucht«, antwortete Kevin und hustete erneut.

Wenn sich Hubbi so umschaute, bezweifelte sie das. Neben Kevin waren noch fünf andere Polizisten vor Ort, außerdem die Kriminaltechniker. Jeder hatte etwas zu tun, nur Kevin nicht. Hubbi ahnte, dass er wieder zum Aufpassen eingeteilt war.

»Ich kannte den Toten«, sagte Hubbi. Sie hoffte, dass er ihr im Gegenzug auch ein paar polizeiinterne Infos gab.

Kevin machte große Augen. »Ach so? Woher?«

»Er war mein Gast in der Nuckelpinne.«

»Sieh an.« Kevin bekam große Augen. Er zog einen verknitterten Block und einen Stift aus der Tasche. »Wann hast du ihn denn zuletzt gesehen?« Er war sicher froh, nun auch etwas zu den Ermittlungen beitragen zu können.

»Gestern Abend. Um halb zwei ist er gegangen.«

»Wie ging es ihm da?«

»Na ja, er war ganz schön betrunken.« Hubbi erinnerte sich daran, wie Karl-Heinz, Berthold und Norbert zusammen Weihnachtslieder gesungen hatten, während sich Gerda dazu im Takt auf die Schenkel geklopft hatte. Der Abend war ziemlich lustig gewesen. Außerdem hatten die Gäste alle ordentlich gebechert und ihr damit einen stattlichen Umsatz beschert.

»Du hast ihn einfach bei dem Wetter volltrunken gehen lassen?«, wollte Kevin mit einem hörbaren Vorwurf in der Stimme wissen. »Warum hast du ihm kein Taxi gerufen?«

»Ich habe es ihm angeboten«, verteidigte sich Hubbi. »Aber er meinte, die frische Luft täte ihm gut.« Das schlechte Gewissen nagte an ihr. Hätte sie auf das Taxi bestehen sollen?

»Ich hab ihn noch bis zum Ortsausgang begleitet«, sagte Berthold.

Hubbi drehte sich um. Sie hatte nicht mitbekommen, dass er ausgestiegen und ihnen gefolgt war.

»Trotzdem«, brummte Kevin und machte sich eine Notiz.

»Was ist denn passiert?«, fragte Hubbi.

»Er wurde überfahren«, antwortete Kevin knapp.

»Milena Duve hat ihn nicht gesehen?«

»Nein.«

»Wieso nicht?«

Kevin zögerte und schaute zu seinen Kollegen, aber die waren alle beschäftigt und beachteten ihn nicht. »Herr Schlieper war bereits tot. Er war zugeschneit.«

Berthold sog scharf die Luft ein.

»Woran ist er denn dann gestorben?«, fragte Hubbi weiter.

»Schädelfraktur. Ist wohl ausgerutscht und auf den Hinterkopf gefallen.«

Hubbi wechselte einen kurzen Blick mit Tristan. Er nickte knapp. Noch ein Unfall?

»Habt ihr das Milena schon gesagt?« Sie schaute zu der Gastwirtin, die noch immer schluchzend dastand und die grausige Szene betrachtete. Norbert wurde gerade in einen Leichensack verpackt und auf eine Bahre gehoben.

»Ja, aber sie denkt trotzdem, sie sei schuld an seinem Tod.« Kevin schnalzte mit der Zunge.

Hubbi schaute zu der Stelle, an der Norbert gelegen hatte: Es war direkt an der Einfahrt neben einer Mauer und an einer schwer einsehbaren Stelle. Milena hätte kaum eine Chance gehabt, ihn dort zu sehen – auch bei besserem Wetter nicht.

»Er ist also gestürzt, als er auf dem Nachhauseweg war«, überlegte Hubbi.

»Vermutlich«,« sagte Kevin.

»Norbert hatte eine Tasche dabei«, sagte Hubbi. »Lag die neben ihm?«

»Nein. Wieso fragst du? Was hatte er da drin?« Er wirkte nun misstrauisch.

Hubbi winkte ab. »Ach, ich wollte nur sichergehen, dass er nicht ausgeraubt wurde.«

Kevin tippte mit der Spitze des Stifts auf den Block. Er schien zu überlegen, was er Hubbi noch fragen könnte, aber ihm fiel zum Glück nichts ein.

Schweigend beobachteten sie, wie der Leichenwagen abfuhr und die Kriminaltechniker und die Polizisten zusammenpackten. Zuletzt verabschiedete sich Kevin.

»Meld dich endlich krank«, riet Hubbi ihm.

»Wieso? Mir geht es schon viel besser«, röchelte er und stieg in den Streifenwagen. Seine Kollegin, eine Blondine mit strengem Blick, verzog angeekelt das Gesicht.

Sie fuhren davon, im gleichen Moment führte Hannes Milena ins Haus.

»Ich weiß ja nicht, wie es euch geht, aber ich brauche jetzt erst mal einen Schnaps«, sagte Berthold.

Hubbi holte ihren Schlüsselbund heraus und gab ihm den Kneipenschlüssel. »Geht aufs Haus. Leg den Schlüssel danach einfach unter die Mülltonne.«

Berthold lächelte erleichtert. »Danke.« Er stieg ins Auto und brauste los.

»Das war nie im Leben ein Unfall«, flüsterte Tristan Hubbi zu, sobald Berthold verschwunden war.

»Sehe ich auch so.« Hubbi sah zur Pension. »Du schaust dir den Tatort an und ich durchsuche sein Zimmer.«

»Denkst du, Milena lässt dich da einfach so rein?« Er setzte Meter ab, der ihn vorwurfsvoll anbellte und anschließend damit begann, den Boden abzuschnüffeln.

»Lass mich mal machen.« Hubbi zwinkerte ihm zu und lief zur Tür.

Kapitel 22

Bevor sie die Pension betrat, klopfte sich Hubbi sorgsam den Schnee von den. Drinnen war nur das Ticken einer Wanduhr mit einem Wildschweinmotiv darauf zu hören.

Hubbi räusperte sich und schaute sich um. Im Frühstücksraum war ein Tisch für eine Person gedeckt. Wahrscheinlich für Norbert.

Hubbi hustete erneut, erhielt jedoch keine Reaktion.

»Milena? Bist du da? Hannes?«

Im Obergeschoss hörte sie Schritte. Kurz darauf kam Hannes die Treppe herunter. Draußen hatte er noch so gefasst gewirkt, jetzt war er blass und bewegte sich fahrig. Hubbi schätzte, dass der Schock bei ihm mit einer gewissen Verzögerung eingesetzt hatte.

»Hubbi?«, fragte er verwirrt.

»Wie geht es Milena?«

»Ich weiß es nicht«, sagte Hannes eine Spur leiser. »So hab ich sie noch nie erlebt. Sie redet kaum.« Er senkte die Stimme. »Ich mache mir Sorgen um das Baby.«

»Sollte sie nicht zu einem Arzt gehen?«, fragte Hubbi.

»Das will Milena nicht. Sie denkt, es geht ihr gut.« Er

seufzte.

Oben auf der Treppe ertönten Schritte. »Hallo, Hubbi.« Milenas Miene war starr, das Lächeln wirkte unecht. »Was tust du hier?«

»Es ist wegen Norbert ...« Hektisch suchte Hubbi nach einer Erklärung. »Er hat etwas in der Kneipe vergessen ...«

»Ach ja?«, fragte Milena. Schwang da eine Spur von Misstrauen mit? »Was denn?«

Ja, was? Hubbi durchwühlte ihre Jackentaschen. Da umschlossen ihre Finger auf einmal etwas Festes, Rechteckiges. Sie zog es heraus: Darios Reisepass, den sie in seinem Bücherregal gefunden hatte.

Das ist es!

Hubbi hielt den Pass in die Höhe. »Seinen Pass. Ich schätze, seine Angehörigen werden den noch brauchen.«

Hannes streckte die Hand aus. »Oh, natürlich. Ich lege ihn zu seinen Sachen.«

Hubbi biss sich auf die Lippen. »Ich will euch wirklich keine Umstände machen.« Sie schaute zu Milena hoch, die noch immer wie eine Salzsäule auf der Treppe stand. Plötzlich gaben ihre Beine unter ihr nach und sie musste sich am Geländer festhalten.

»Millie!«, rief Hannes und eilte ihr zur Hilfe. Im letzten Moment konnte er sie auffangen.

»Zimmer fünf«, sagte er. »Raus findest du ja alleine.« Dann zog er seine Frau auf die Beine und half ihr die Treppe hinauf.

Mit angehaltenem Atem wartete Hubbi darauf, bis sie oben eine Tür ins Schloss fallen hörte. Danach ging sie die Treppe hinauf zu dem Zimmer mit der Nummer fünf. Es war nicht abgeschlossen.

Sie trat ein und zog die Tür hinter sich zu. Das Zimmer war gemütlich eingerichtet. Das Bett und der Schrank waren aus altem Holz und mit Schnitzereien verziert. Im Kontrast dazu hing ein Druck von Andy Warhol an der Wand und die Deckenlampe erinnerte Hubbi stark an den Todesstern aus Star Wars.

Sie ließ den Blick durch den Raum wandern. Wo war die Tasche bloß? Auf dem Nachttisch lag ein Thriller. Auf dem Schreibtisch aus poliertem Stahl und Glas entdeckte Hubbi eine Gynäkologen-Fachzeitschrift sowie eine Zeitung vom Vortag. Ihr Blick fiel auf den Schrank. Sie öffnete ihn.

Keine Tasche. Dafür entdeckte Hubbi zwei Hemden in dezenten Blautönen, ein Jackett, einen Pullover, drei Hosen … und einen Pelzmantel.

Mit gerunzelter Stirn zog Hubbi den Mantel aus dem Schrank. Sie konnte sich kaum vorstellen, dass Norbert so etwas trug. Als sie auf das Preisschild schaute, erkannte sie, dass es ein Frauenmantel war. Nagelneu und 399 Euro teuer, wie das Preisschild verriet.

Hubbi hängte den Mantel zurück. Eine Ahnung beschlich sie. Sie ging die restlichen Kleidungsstücke durch und fand sie bestätigt: Eine Bluse und eine Jeans für Frauen waren ebenfalls nagelneu. In der Unterwäscheschublade entdeckte sie schwarze Spitzendessous.

Ratlos ließ sie sich auf das Bett sinken und starrte in den geöffneten Kleiderschrank. Konnte es ein Zufall sein, dass Norbert genau wie Dario Frauenkleidung besaß? Allerdings gab es einen Unterschied zwischen den beiden: Norbert war verheiratet, Dario hingegen hatte noch nicht einmal eine Freundin. Es war also gut möglich, dass Norbert die Kleidungsstücke für seine Frau gekauft hatte. Welche Frau freute sich nicht über einen schicken Pelzmantel unter dem Weihnachtsbaum?

Hubbi fand diese Erklärung plausibel. Dennoch blieb eine Spur Zweifel, als sie aufstand und die Türen des Schrankes zudrückte.

»Warum guckst du in seinen Schrank?«

Hubbi fuhr erschrocken herum. Hannes stand in der Tür. Sie hatte ihn nicht kommen hören.

»Ich dachte, da drin ist vielleicht seine Tasche«, sagte Hubbi schnell. »Norbert hatte gestern Abend eine Tasche dabei. Da wollte ich den Reisepass reinlegen.«

»Ach ja, die Tasche hatte er immer dabei«, sagte Hannes.

»Lag sie nicht bei seiner Leiche?«

Hannes schüttelte den Kopf. »Nicht, dass ich wüsste«, sagte er.

»Ihr habt die Tasche also nirgends gesehen?«, hakte Hubbi nach.

»Nein«, sagte Hannes, nun etwas ungeduldig. »Leg den Pass doch einfach auf den Schreibtisch. Bis seine Familie kommt, lassen wir alles so, wie es ist.«

Widerstrebend legte Hubbi Darios Pass auf den Tisch. »Wie geht es Milena?«

»Ich fahre gleich mit ihr ins Krankenhaus. Wahrscheinlich hat sie einen Schock.« Hannes stellte sich seitlich in die Tür. Hubbi verstand den Wink: Sie sollte gehen.

Bevor sie das Zimmer verließ, warf sie einen Blick zurück: Wo war die verdammte Tasche?

Draußen an der Stelle, wo Norbert gestorben war, warteten Tristan und Meter auf Hubbi.

»Und?«, wollte Tristan wissen. »Hast du was gefunden?«

Hubbi schüttelte den Kopf. »Die Tasche war nicht in seinem Zimmer. Entweder er hat sie unterwegs irgendwo verloren …«

»Oder der Mörder hat sie mitgenommen«, vollendete Tristan ihren Satz.

»Mörder? Du hast also tatsächlich was gefunden?«, fragte Hubbi.

»Komm mit«, raunte Tristan ihr zu. Er führte sie ein Stück die Straße entlang. Hier verlief die Fahrbahn nah am Straßengraben entlang, der heute zwar verschneit, aber Hubbis Erinnerung nach ziemlich steil und tief war. Den Hang hinunter erkannte sie Spuren im Schnee.

»Wart ihr das?«

Tristan nickte. Er ging vor und streckte ihr die Hand entgegen. »Komm, ich helfe dir.« Unten angekommen deutete Tristan auf etwas. »Meter hat das entdeckt.«

Hubbi beugte sich hinunter und kniff die Augen zusammen. Es handelte sich um einen länglichen, grauen Stein. »Ein Stück Asphalt aus der Straße vielleicht?«

»Guck dir mal die Ecke da an.«

Hubbi betrachtete die spitze Ecke des Steins, auf die Tristan zeigte. »Blut!«, entfuhr es ihr.

»Auch ohne Labor würde ich meine Hand dafür ins Feuer legen, dass das Norberts Blut ist. Meter ist schnurstracks hier hingelaufen, nachdem er an der Stelle geschnüffelt hatte, wo Norbert gelegen hat.«

Hubbi schaute ihren Dackel an, der stolz mit dem Schwanz wedelte. Er steckte so tief im Schnee, dass seine kurzen Beinchen nicht zu sehen waren. »Hast du gut gemacht.« Das Wedeln wurde stärker.

»Ich habe schon alles fotografiert«, sagte Tristan.

Sie hob den Stein hoch und wickelte ihn in ein Taschentuch. Dann schob sie ihn in die Tasche ihres Mantels.

»Denkst du, es war derselbe Mörder wie bei Dario?«, fragte Tristan, als sie wieder aus dem Graben geklettert waren.

»Mein Gefühl sagt ja.« Sie erzählte von den Frauenklamotten in Darios Schrank. »Es könnte natürlich auch nur Zufall sein, dass beide Mordopfer Frauenkleider besaßen.«

»Das wäre aber ein großer Zufall«, meinte Tristan. »Wer wusste von Norberts Anwesenheit im Dorf?«, fragte Tristan, während sie zu Fuß nach Hause liefen.

»Hm. Die Duves. Er war in der Kneipe, also auch meine Gäste. Wolfgang hat ihn beim Einbruch gesehen, vielleicht wusste er auch, wo er wohnte. Oh!« Sie blieb stehen.

»Was ist?«

»Sören Kroll. Er war an dem Abend des Schneesturms ebenfalls in der Nuckelpinne.«

Tristan sah sie an. »Noch so ein Zufall?«

»Das finden wir jetzt heraus.«

Kapitel 23

Bei Sören Krolls Heim handelte es sich um ein weinrot gestrichenes, kleines Arbeiterhäuschen, das sich eng an eine Hauptstraße schmiegte. Die Fenster im Erdgeschoss waren etwa auf Straßenniveau, was wirkte, als sei der Bürgersteig um das Haus herum gebaut worden. Nebenan und gegenüber befanden sich Fabriken, aus denen laute Maschinengeräusche drangen. In Altena gab es viele solcher Nachbarschaften.

Der graue Kleinwagen neben dem Haus verriet Hubbi, dass sie richtig waren. Es war derselbe, den sie auf dem Wanderparkplatz gesehen und fotografiert hatte.

Tristan hatte die Batterie des Caddys getauscht und nun lief er wieder, als wäre nichts gewesen, wie Hubbi auf der Fahrt hierher erfreut festgestellt hatte. Sie stiegen aus dem Wagen und klingelten an der Haustür, an der ein Kranz aus echten Tannenzweigen hing. Kurz darauf schwang die Tür auf und eine Frau streckte den Kopf heraus. Sie hatte eine hellbraune Wuschelfrisur, trug eine rote Brille und eine Schürze. Es roch nach Essen und Hubbi wurde hungrig. Meter jaulte begierig.

»Ja?« Die Frau schaute sie fragend an.

»Wohnt hier Sören Kroll?«, fragte Hubbi.

Die Augen der Frau wurden schmal. »Wieso? Hat er Ärger?«

Hubbi fragte sich, wieso die Frau bei unbekanntem Besuch gleich mit Ärger rechnete. Vielleicht hatte sie das bei ihrem Mann schon öfter erlebt.

»Nein«, sagte Hubbi lächelnd. »Wir wollen nur kurz mit ihm sprechen. Er war vor einigen Tagen in meiner Kneipe und da …« Wieder hatte sie sich keinen Plan zurechtgelegt. Hubbi ärgerte sich über sich selber.

»Einer der Gäste hat in die Kasse gegriffen und ist abgehauen«, sprang Tristan ihr zur Seite. »Vielleicht hat Herr Kroll etwas gesehen und kann uns weiterhelfen. Es handelt sich um ziemlich viel Geld.«

Die Frau musterte sie nachdenklich. »Ich hole ihn«, sagte sie und schloss die Tür.

»Danke«, flüsterte Hubbi.

Tristan grinste sie an. »Und wie machen wir jetzt weiter? Willst du ihn direkt fragen, ob er zufällig heute Nacht jemanden ermordet hat?«

»Ähm, ich …«, begann Hubbi, doch da wurde die Tür wieder geöffnet. Statt der Frau stand ihnen Sören Kroll gegenüber. Er trug eine Jeans, die unter seinem Bauch von einem Ledergürtel oben gehalten wurde, sowie ein kariertes Flanellhemd, das so rot war wie sein Bart. Seine Füße steckten in ausgetretenen Pantoffeln, die wie tote Pudel aussahen. Meter bellte sie sofort erschrocken an.

»Ja?«, fragte er vorsichtig.

Hubbi setzte ihr strahlendstes Lächeln auf. Sie wollte

ihn mit Freundlichkeit entwaffnen und zum Reden bringen, ehe er verstand, wie ihm geschah. »Erinnern Sie sich an mich? Ich bin Huberta Dötsch, die Inhaberin der Nuckelpinne.« Sie streckte Sören die Hand hin, der sie zögerlich ergriff und schüttelte.

»Ja, ich erkenne Sie. Sie sind wegen eines Diebs hier?«

»Genau.« Hubbi fröstelte und zog die Jacke enger um ihre Schultern. »Können wir vielleicht drinnen weiterreden?«

»Ähm …« Sören sah seine Frau an. Die nickte schließlich.

Sie folgten den Krolls durch einen Flur, der so schmal war, dass ein Klaustrophobiker wohl schreiend davongelaufen wäre. Spätestens aber, wenn er das Wohnzimmer gesehen hätte. Darin stand ein Sofa gegenüber von einer Schrankwand mit Fernseher. Mit dem kleinen Couchtisch war der Raum komplett ausgefüllt. Aus einem der beiden winzigen Fenster konnte Hubbi direkt auf den Bordstein sehen. Gerade liefen zwei Paar Beine vorüber.

Hubbi musste tief einatmen. Sie fühlte sich eingesperrt. Vielleicht wären sie doch besser vor der Tür stehen geblieben.

»Setzen Sie sich«, sagte Frau Kroll, aber ihr Tonfall klang wenig einladend.

Hubbi und Tristan ließen sich auf die Couch fallen. Meter sprang auf Hubbis Schoß und sie hielt ihn fest. Die Krolls blieben stehen. Jetzt fühlte sich Hubbi noch unbehaglicher, regelrecht eingezwängt. Gleichzeitig musste sie das Geschick der Krolls bewundern: Sie wussten, wie sie jemanden einschüchterten. Doch davon würde sie sich nicht beeindrucken lassen.

»Also?«, fragte Frau Kroll. »Was ist jetzt mit diesem Dieb?«

Hubbi sah Sören an. »Erinnern Sie sich an den Abend in der Nuckelpinne?«

»Ja, sicher. War ja das erste und letzte Mal bisher.«

»Der Mann, der bei Ihnen am Tisch saß …«

Er nickte.

»Kannten Sie den?«, fuhr Hubbi fort.

Sören schüttelte den Kopf. »Nee, hab den vorher noch nie gesehen.«

»Und danach?«, fragte Hubbi weiter. »Sind Sie ihm noch mal begegnet?«

»Ist das der Dieb?«, mischte sich Frau Kroll ein.

»Möglicherweise.« Hubbi blieb vage und wandte sich an Sören. »Vielleicht auf dem Wanderparkplatz in der Nähe vom Gasthof Duve in Affeln?«

Sörens Blick flammte auf und Hubbi wusste, dass sie ins Schwarze getroffen hatte. »Nein.«

»Was ist mit dem Parkplatz?«, fragte seine Frau nun. »Warum fragen Sie überhaupt, ob Sören diesen Kerl danach noch mal getroffen hat? Denken Sie, er steckt mit dem unter einer Decke?« Sie trat einen Schritt auf Hubbi und Tristan zu, wodurch sie nun trotz ihrer geringen Größe ziemlich bedrohlich wirkte.

»Das denken wir ganz und gar nicht.« Tristan hob beschwichtigend die Hände. Meter knurrte leise.

»Woher wissen Sie überhaupt, wo wir wohnen?« Sie stemmte die Arme in die Hüfte.

»Über das Telefonbuch«, log Tristan. Er warf Hubbi einen flüchtigen Blick zu und sie verstand: Es war Zeit, zu gehen.

Doch nun erwachte Sören aus seiner Schockstarre. »Ich habe Ihnen meinen Namen nie genannt.«

Tristan stand auf und zog Hubbi mit sich hoch. Meter hüpfte knurrend auf den Boden. Die Krolls wichen einen Schritt zurück.

Hubbi beschloss, die Strategie zu wechseln. »Er hat meine gesamten Monatseinnahmen gestohlen«, sagte sie nun mit zitternder Stimme. *Hoffentlich kriege ich ein paar Tränen herausgequetscht,* dachte sie und verzog das Gesicht. »Das Jahr war so schon schwer genug für mich, aber ohne das Geld kann ich die Pacht nicht bezahlen, dann muss ich aufgeben. Und die Polizei will mir nicht helfen.«

Tristan spielte mit und legte ihr tröstend einen Arm um die Schultern. Sören und seine Frau sahen sie verwirrt an, als wüssten sie nicht, was sie davon halten sollten. Doch noch war die Feindseligkeit der Frau nicht verpufft.

»Das ist doch nicht unser Problem«, blaffte sie Hubbi an.

»Es ist eine Frage des Anstands, in so einem Fall zu helfen, wenn man kann, finden Sie nicht?« Tristans Stimme war aus Eis.

»Der Typ …«, begann Sören, doch seine Frau brachte ihn mit einer Geste zum Schweigen.

»Wir sagen jetzt nichts mehr dazu. Die Polizei kann sich gerne bei uns melden, dann machen wir eine Aussage.« Sie verschränkte die Arme vor der Brust und funkelte ihn böse an.

Hubbi schaute noch einmal zu Sören, doch der

presste die Lippen aufeinander und starrte auf den Orientteppich.

»Jetzt gehen Sie bitte«, sagte Frau Kroll.

Das ließen sich Hubbi und Tristan nicht zweimal sagen.

Draußen vor der Tür atmete Hubbi auf. »Was für eine Höhle«, sagte sie, während sie zum Caddy liefen.

»Ich hatte ein wenig Platzangst«, gab Tristan zu. »Wieso hat Sören Kroll so gemauert?«

Hubbi ging das Gespräch in Gedanken noch einmal durch. »Bis ich den Parkplatz erwähnt habe, schien er ganz zugänglich zu sein.«

»Also ist dort etwas passiert oder er hat etwas gesehen«, führte Tristan ihre Gedanken fort. »Ob er Norbert dort gesehen hat?«

»Ich glaube schon«, sagte Hubbi. »Auf jeden Fall hat er gelogen.«

»Und was machen wir jetzt mit ihm?«

Hubbi schloss den Caddy auf und stieg ein. Tristan setzte sich mit Meter auf den Beifahrersitz.

»Wir könnten versuchen, ihn alleine zu erwischen. Seine Frau ist zu clever. Die hält ihren Mann schon davon ab, zu viel zu sagen. Vielleicht bringen wir ihn ohne sie eher zum Reden.«

»Also müssen wir ihn wohl beschatten«, sagte Tristan.

Hubbi startete den Motor und fuhr los. »Zuerst holen wir uns aber etwas zu essen, sonst kann ich das nicht.«

Tristan seufzte. »So hatte ich mir den Abend nicht vorgestellt.«

»Ach komm, das wird lustig. Oh, guck mal, eine

Dönerbude.«

Kapitel 24

»Puh, die scharfe Sauce hat es aber in sich.« Tristan hechelte, sein Gesicht war knallrot.

»Sonst magst du es doch scharf«, entgegnete Hubbi kauend.

»Aber nicht so, dass es mir den Gaumen wegätzt.« Er ließ den Döner sinken und trank einen tiefen Schluck aus seiner Coladose.

Hubbi gab ein paar Stücke des fettigen Fleisches an Meter ab, der in Tristans Fußraum saß und eifrig kaute. Dann schielte sie zu Tristans Döner. »Isst du das noch?«

Ihr Mann schaute sie ungläubig an. »Echt jetzt?«

Hubbi zuckte die Achseln. »Ich habe halt Hunger.«

Tristan reichte ihr den Rest seines Döners und Hubbi biss freudig hinein.

»Find den gar nicht so scharf.«

»Na denn, guten Appetit.« Er wischte sich den Mund mit einer Papierserviette ab und schaute aus dem Fenster. Sie hatten auf dem Fabrikgelände gegenüber von Sörens Haus geparkt, halb versteckt hinter einer Mauer. Vor zehn Minuten hatten sie die beiden durch ein Fenster im Obergeschoss beobachten können.

»Was, wenn sie gleich gemeinsam in den

Weihnachtsurlaub fahren?«, meinte Tristan. »Wollen wir ihnen dann auch folgen?«

»Glaub ich nicht«, entgegnete Hubbi. Sie hatte den Döner verspeist und war nun tatsächlich satt.

»Auch wenn sie nur einkaufen fahren«, redete Tristan weiter. »Wir können sie nicht tagelang beschatten.«

»Wir sitzen gerade mal eine halbe Stunde hier, und du willst schon die Flinte ins Korn werfen?«

Er hob entschuldigend die Schultern. »Ich finde eben, der Plan ist nicht ganz ausgereift.«

Hubbi seufzte. Er hatte ja recht. Wenn sie Pech hatten, würden sie ewig auf ihre Chance warten müssen. Ihr Blick flog zur Uhr auf dem Armaturenbrett: schon halb fünf. Viel Zeit hatten sie nicht mehr, bis sie die Nuckelpinne öffnen musste. So kurz vor Weihnachten waren die Leute immer in bester Trinklaune, den Abend wollte sie nicht ausfallen lassen. »Was sollen wir sonst tun?«

»Wir könnten doch morgen wiederkommen«, schlug Tristan vor.

»Und was, wenn sie wirklich in den Urlaub fahren? Oder noch schlimmer: wenn Sören tatsächlich der Mörder ist und Beweise vernichten will?«

Tristan legte den Kopf schief. »Und was, wenn wir uns verrennen? Wenn der Mörder jemand anderes ist?«

»An wen denkst du?«

»Wolfgang Grimm und Rosalie Heyne stehen auf meiner Liste ganz oben. Beide hatten mehrere Motive und konnten Dario nicht leiden. Wolfgang hat kein richtiges Alibi, er hat sogar zugegeben, nachts draußen gewesen zu sein. Und Rosalies Alibi kennen wir nicht.«

Hubbi dachte über Tristans Einwand nach, während sie das Haus der Krolls weiter beobachtete. Im Wohnzimmer ging das Licht an. Die Frau setzte sich aufs Sofa und schaltete den Fernseher ein.

»Aber was ist mit Norbert? Woher hätten Rosalie und Wolfgang von ihm wissen können? Und davon, dass er bei Milena gewohnt hat?«

Tristan schnalzte mit der Zunge. »Das wäre nicht so schwer. Denk an den Dorffunk. Ein mysteriöser Tourist so kurz vor Weihnachten? So was spricht sich herum. Wolfgang hat ihn vielleicht gesehen und wiedererkannt. Vielleicht war er auch nicht der Einzige, der den Einbruch beobachtet hat. Falls Rosalie Dario erschlagen hat, hat sie vielleicht erst vor seinem Haus auf ihn gewartet und gesehen, wie Norbert durch das Kellerfenster eingestiegen ist. Zu dumm, dass wir nicht wissen, was er dort wollte. Das könnte ein Hinweis auf den Mörder sein.«

»Hm«, machte Hubbi nachdenklich. »Was auch immer das war: Der Mörder wollte es sich vermutlich von Norbert zurückholen, und als der sich geweigert hat, hat er oder sie ihn auch erschlagen.«

»Klingt einleuchtend.« Tristan trank einen Schluck Cola. Im Wagen wurde es langsam kalt. »Und wo wir schon bei Motiven wären: Was für einen Grund sollte denn Sören haben, die beiden Männer zu ermorden?«

»Tja«, sagte Hubbi und zog die Schultern hoch, um sich im Kragen ihres Mantels zu vergraben. »Das müssen wir noch herausfinden.«

Schweigend beobachteten sie weiter das Haus. Frau Kroll zappte durch die Programme, bis sie an etwas hängen blieb, das Hubbi bekannt vorkam: ein uralter Weihnachtsfilm aus ihrer Kindheit. Plötzlich fühlte Hubbi die starke Sehnsucht nach ihrem gemütlichen Zuhause in sich aufsteigen. Sie würde sich jetzt so gerne mit Tristan auf die Couch lümmeln, Spritzgebäck knabbern und schnulzige Weihnachtsfilme gucken. Wieso bloß steckte sie ihre Nase immer wieder in fremde Angelegenheiten? Natürlich durfte ein Mord nicht ungesühnt bleiben, aber warum meinte sie mal wieder, die Recherche höchstpersönlich erledigen zu müssen? Die Antwort wurde ihr sofort klar: weil die Chancen, dass die Polizei den Fall ernst nahm, ziemlich schlecht standen. Allen voran Kevin würde ihr Steine in den Weg legen, immerhin war er beim Fund von Darios Leiche der verantwortliche Polizist gewesen. Es würde aussehen, als hätte er gepfuscht. Er würde Hubbis Beweise und ihre Vermutungen herunterspielen und ihr damit die Glaubwürdigkeit nehmen. Sie musste den Mörder also selber finden und ihm die Tat auch nachweisen.

»Woran denkst du?«, fragte Tristan sanft.

Hubbi blinzelte und schaute ihn an. »Ach …«

»Bereust du dein Versprechen gegenüber Wolfgang schon?«

Hubbi brauchte einen Moment, um zu verstehen, was er meinte. »Dass ich auf das Haus verzichte? Ein bisschen.«

Tristan sah sie nachdenklich an. »Wir könnten in eine größere Wohnung umziehen. Fürs Erste.«

»Eigentlich mag ich unsere Wohnung. Sie ist halt nur so winzig.«

»Ich mag sie auch.«

Hubbi lächelte ihn an. »Es ist schon alles gut, so wie es ist.«

»Finde ich auch.« Tristan beugte sich zu ihr, um sie zu küssen, da nahm Hubbi etwas aus dem Augenwinkel wahr.

»Sören! Er will wegfahren!« Hubbi startete den Motor. Nicht auszudenken, wenn sie ihn verpasst hätte! Sie folgten dem grauen Kleinwagen in einigem Abstand. Sören steuerte eindeutig auf Affeln zu. »Er will Beweise vernichten«, murmelte Hubbi.

»Oder er kennt jemanden in Affeln, den er jetzt besuchen will«, meinte Tristan trocken. »Vielleicht ist ihm auch nach einem gemütlichen Abend in der Nuckelpinne.«

Hubbi warf Tristan einen ungläubigen Blick zu. »Veräppeln kann ich mich allein.«

»Wieso findest du das so abwegig? Vielleicht möchte er mit dir sprechen. Dir alles erzählen.«

Hubbi sah Tristan triumphierend an. »Das werden wir ja sehen.«

Tatsächlich fuhr Sören an der Nuckelpinne vorbei und wieder raus aus dem Dorf, einen Hügel hinauf und an verschneiten Feldern vorbei. Mittlerweile war es dunkel. Gruselige Erinnerungen wurden in Hubbi wach: Hier hatte sie einst eine verkohlte Leiche im noch glühenden Osterfeuer gefunden. Sie ignorierte die Enge in ihrer Brust und konzentrierte sich auf die Rücklichter von Sörens Auto, die in der Ferne kaum noch zu erkennen waren.

»Fahr doch nicht so schnell!« Tristan klammerte sich

am Türgriff fest, als Hubbi einen Gang herunterschaltete. Der Caddy bockte, der Motor heulte auf, dann griffen die Reifen und Hubbi konnte langsam, aber sicher beschleunigen.

»Sonst verliere ich ihn aber!«

»Wenn wir ihm zu nahe kommen, bemerkt er uns!«

»Dann schalte ich eben die Scheinwerfer aus.«

»Du spinnst ja wohl!«

Hubbi verdrehte die Augen. »Willst du fahren?«

»Schon gut.«

»Mist, er hat uns bemerkt«, sagte sie, als das Auto anhielt. Sofort schaltete sie doch das Licht aus, ging vom Gas und ließ den Caddy am Wegesrand ausrollen, bis er zum Stehen kam. Gespannt beobachteten sie Sören, der aus seinem Wagen stieg, sich umschaute und dann in einem Feldweg verschwand.

»Lust auf einen Waldspaziergang?«, fragte Hubbi.

»Eher nicht«, brummte Tristan, schnallte sich aber ab und stieg aus. Meter hüpfte auf den Boden und schnüffelte sofort alles ab.

»Da sind Reifenspuren«, flüsterte Hubbi und zeigte auf den Weg.

»Ganz schön breit«, meinte Tristan. »Sieht mir eher nach einem Lkw oder etwas Ähnlichem aus.«

Im Wald vor ihnen heulte ein Motor auf. Erschrocken schaute sich Hubbi um und sah Lichter hinter den Bäumen.

»Ich schätze, gleich wissen wir, was die Spuren verursacht hat.« Kaum hatte Tristan das gesagt, tauchte vor ihnen ein Lkw auf. »Runter«, zischte Tristan und schubste Hubbi in den Graben. Sie landete unsanft auf der Seite, ihr Gesicht versank im Schnee. Während sie sich die kalten Flocken aus den Augen rieb, sah sie den Lastwagen: Er war komplett schwarz ohne Aufdruck. Am Steuer saß Sören und starrte auf den verschneiten Weg.

»Den Lkw hab ich schon mal gesehen«, sagte Hubbi aufgeregt.

»Ach ja? Und wo?«

»Auf dem Wanderparkplatz.«

»Wo auch Sörens Auto stand?«

Hubbi nickte. Sie sahen dem Lkw hinterher. Was hatte Sören wohl um die Zeit mit einem Lkw vor? Als die Lichtkegel der Scheinwerfer auf ihren blauen Wagen fielen, hielt der Lkw abrupt an.

Mit angehaltenem Atem beobachtete Hubbi, wie Sören wieder anfuhr. Es knallte.

»Er hat mein Auto gerammt!«, rief Hubbi fassungslos.

Sören setzte zurück und gab wieder Gas. Es schepperte erneut, als der Lkw frontal auf den Caddy traf. Der kippte in eine Schneewehe. Die beiden rechten Räder hingen in der Luft. Der Kotflügel war verbeult und verzogen.

Geschockt sah Hubbi zu, wie Sören seinen Lastwagen abermals zurücksetzte, anfuhr und davonbrauste.

»Das glaube ich jetzt nicht!« Hubbi rappelte sich auf. »Dieses Arschloch!« Sie trat in die Schneewehe vor sich. Meter feuerte sie bellend an.

»Fluchen und toben hilft uns jetzt auch nicht weiter.« Tristan kletterte auf den Weg und reichte Hubbi die Hand, um ihr zu helfen.

»Ach ja? Und was sollen wir stattdessen tun? Sören

ist auf und davon und wir können ihm nicht folgen. Wir kommen nicht einmal nach Hause!« Wieder musste sie zu ihrem armen Auto sehen. Sie hatte den Caddy zusammen mit der Kneipe von ihrem Opa geerbt. Mit dem Caddy hatte sie schon so viel erlebt, dass er ihr ans Herz gewachsen war. Viel mehr, als sie es jemals von einem Auto erwartet hätte.

»Durch Rumstehen holen wir ihn tatsächlich nicht ein.« Tristan lief los.

»Willst du ihm etwa zu Fuß verfolgen?«, rief Hubbi ihm hinterher.

Meter drehte sich einmal um die eigene Achse und wetzte Tristan dann hinterher. Offenbar dachte er, Tristan wollte mit ihm Fangen spielen.

»Hey, das war nur ein Witz!« Keuchend folgte Hubbi ihrem Ehemann. Ihr Gesicht war eiskalt, aber unter ihren dicken Klamotten begann sie allmählich, vor Anstrengung zu schwitzen. »Warte doch!« Was hatte er vor? Wollte er sie hier zurücklassen?

Da sah sie, wie Tristan neben Sörens Auto stehen blieb. Er zog am Türgriff und die Fahrertür schwang auf.

Hubbi kam schwer atmend bei ihm an. »Woher wusstest du, dass der Wagen nicht abgeschlossen ist?« Sie hielt sich am Autodach fest und versuchte, wieder zu Atem zu kommen.

»Es hat nicht geblinkt.« Tristan machte eine galante Geste. »Nach dir.«

»Geblinkt?« Hubbi setzte sich hinter das Steuer. Dass Tristan ihr das Fahren überließ, hatte einen guten Grund: Hubbi hatte einen Bleifuß und generell einen sehr riskanten Fahrstil. Heute war das genau das, was sie brauchten.

»Die meisten neueren Autos haben doch eine Fernbedienung. Wenn man sie auf- oder zuschließt, blinken kurz die Lichter«, erklärte er.

»Ach so«, murmelte Hubbi. Ihr Caddy konnte so etwas natürlich nicht, weshalb sie nicht einmal daran gedacht hatte. Sie runzelte die Stirn und tastet mit der Rechten nach dem Zündschloss. »Unglaublich, er hat sogar den Schlüssel stecken lassen.«

Tristan zuckte grinsend die Achseln. »Er hatte es verdammt eilig. Worauf wartest du noch?«

Hubbi ließ den Wagen an. Das kleine Gefährt ließ sich erstaunlich gut wenden. Schon bald fuhren sie den Weg zurück, den sie gekommen waren. Den Caddy ließen sie schweren Herzens zurück. Sie würden sich später um ihn kümmern. Jetzt musste sie erst mal Sören einholen.

An der nächsten Kreuzung hielten sie an. »Wohin jetzt?«, fragte Hubbi und schaute hektisch von rechts nach links.

»Links«, sagte Tristan entschieden. »Guck mal, die Reifenspuren.«

Hubbi nickte und bog ebenfalls nach links ab. Kurz darauf kam der Lastwagen in Sicht.

»Wo will er bloß hin?«, murmelte Tristan. Sie folgten der langen, geschwungenen Landstraße nach Küntrop.

Hubbi umklammerte das Lenkrad und starrte aus dem Fenster. Auf keinen Fall durften sie den Lkw aus den Augen verlieren. »Werden wir ja gleich sehen.«

Sie passierten Küntrop und folgten Sören nach

Neuenrade. Kurz vor der Stadt bog er rechts ab und fuhr am Freibad vorbei.

Die Straßen wurden einsamer und sie vergrößerte den Abstand zu dem Lkw.

»So verlierst du ihn«, flüsterte Tristan.

»Ich glaube, ich weiß, wo er hinwill.« Sie parkte den Kleinwagen neben einem verlassen wirkenden Fabrikgebäude. Einen abgelegeneren Ort gab es kaum. Perfekt, um ein Fahrzeug in der Größe eines Lkws zu verstecken.

»Was hast du vor?«

»Ab hier gehen wir zu Fuß.«

Tristan trug Meter auf dem Arm. Hier gab es keine Straßenlampen und der Schnee lag knöchelhoch. Hubbi und Tristan folgten in den Reifenspuren des Lkws.

»Wo sind wir?«, fragte Tristan atemlos.

»Warst du noch nie hier?« Hubbi sah ihn grinsend von der Seite an.

»Wieso sollte ich?«

»Na, zum Schwimmen im Sommer.«

»Am Freibad sind wir doch gerade vorbeigefahren.«

Hubbi schmunzelte. »Da hinten liegt ein Baggersee. Eigentlich darf man dort nicht baden, aber die Leute tun es trotzdem.«

»Glaubst du etwa, Sören möchte eine Runde schwimmen?«

Sie sah die Bremslichter des Lkws rot aufleuchten. »Los, wir müssen uns beeilen.« Sie beschleunigte ihren Schritt. Ihr Herz raste.

»Er hält an«, flüsterte Tristan und zog Hubbi hinter einen Busch. Meter knurrte leise.

Sie beobachteten, wie Sören ausstieg. Auf seinem Gesicht lag ein gehetzter, fast verängstigter Ausdruck. Er trug Wollhandschuhe. Mit der Rechten umklammerte er ein Taschentuch. Damit reinigte er den Türgriff auf der Fahrerseite, danach ging er um den Lastwagen herum und tat dasselbe mit den Griffen der Ladetüren und auf der Beifahrerseite. Zuletzt stieg er wieder ein, ließ allerdings die Tür offen.

»Was sollte das?«, flüsterte Tristan.

»Ich glaube, er hat seine Fingerabdrücke abgewischt.«

»Aber wieso …?«

Ehe Tristan antworten konnte, begann der Lkw, langsam aber sicher auf das steile Ufer des Baggersees zuzurollen.

»Er will ihn versenken!« Tristan sprang auf. Sören kletterte aus dem Fahrerhaus und lief direkt auf sie zu. In der Dunkelheit sah er sie offenbar nicht. Tristan reagierte blitzschnell und warf sich auf ihn. Sören schrie erschrocken auf, als er auf dem Boden landete. Bevor er sich wehren konnte, hatte Tristan ihn auf den Bauch gedreht und seine Arme hinter dem Rücken fixiert. Er zog seinen Gürtel aus den Hosenschlaufen und fesselte damit Sörens Handgelenke.

Hubbis Blick flog zu dem Lkw. Der rollte immer schneller auf das Ufer zu. Nur noch wenige Sekunden und er würde ins Wasser stürzen.

Ohne lange nachzudenken, sprintete sie los. Hinter sich hörte sie Tristan erschrocken nach ihr rufen, doch sie konzentrierte sich einzig und allein auf ihr Ziel: die offene Fahrertür. Endlich berührten ihre Finger das eiskalte Metall. Sie hielt sich fest und zog sich in das

Fahrerhaus. Durch die Windschutzscheibe sah sie das dunkle Wasser auf sie zurasen.

Hektisch tastete sie nach dem Griff der Handbremse. Wo war er nur? Wieso hatte sie nicht darüber nachgedacht, dass so ein Lkw von innen womöglich anders aufgebaut war als ein stinknormaler Pkw? Doch da fand sie den Griff und zog so fest an ihm, wie sie konnte.

Der Lastwagen kam rutschend zum Stehen. Nur wenige Zentimeter vor der Klippe.

Hubbi starrte auf das Wasser und holte rasselnd Luft. Erst jetzt traute sie sich endlich, wieder zu atmen. Ihr wurde schlagartig bewusst, in was für eine Gefahr sie sich gebracht hatte. Ihr ganzer Körper begann zu zittern.

»Spinnst du jetzt total?« Tristan zog sie aus dem Fahrerhaus. Er nahm sie in die Arme und drückte sie fest an sich. »Du hättest sterben können.«

Hubbi schluckte. Ihr Mund war trocken. »Da hab ich wohl noch mal Glück gehabt.« Sie versuchte zu lächeln, aber es gelang ihr nicht. Genauso wenig, wie sie ihr Zittern unter Kontrolle halten konnte. Damit Tristan es nicht bemerkte, löste sie sich von ihm und stieg wieder in das Fahrerhaus.

»Was hast du denn jetzt vor?«

»Ich will einen besseren Parkplatz finden.«

Kapitel 25

»Was ist in dem Lkw?« Hubbis Gesicht war nur wenige Zentimeter von Sörens entfernt. Sie hatte sich so weit beruhigt, dass sie nicht mehr zitterte.

Tristan hielt ihn an seinen gefesselten Handgelenken fest und stand so dicht hinter ihm, dass er nicht weglaufen konnte.

»Ich weiß es nicht!«

»Wieso wolltest du ihn dann im Baggersee versenken?« Aus Gründen der Einschüchterung war Hubbi dazu übergegangen, Sören zu duzen.

»Weil ich nicht wusste, was ich sonst damit machen sollte.«

Hubbi runzelte die Stirn. »Das verstehe ich nicht.«

Sören seufzte tief. »Der Lkw gehört nicht mir. Ich habe ihn nur jeden Tag an eine andere Stelle gefahren.«

»Das musst du uns erklären«, sagte Hubbi.

»Erst müsst ihr mich losbinden.«

Tristan tauschte einen Blick mit Hubbi, die leicht nickte, und löste den Gürtel. Sören rieb sich die Handgelenke und sah zu dem Lkw, der ein Stück entfernt von der Wasserkante im Schnee stand.

»Ich hab von dir gehört«, sagte er zu Hubbi. »Du bist

diese Detektivin. Als ihr bei mir vor der Tür gestanden habt, wusste ich sofort, dass du mich verdächtigst. Aber ich habe damit nichts zu tun.«

Hubbi beschloss, die Ahnungslose zu spielen. »Womit hast du nichts zu tun?«

»Mit dem Tod von Dario Becker. Ehrlich, ich kannte den Kerl nicht. Ich habe nur jeden Tag seinen Lastwagen umgeparkt und ihn danach angerufen und die Koordinaten durchgegeben. Ohne die Todesanzeige in der Zeitung würde ich noch nicht einmal seinen Namen kennen.«

Hubbi schaute Tristan an, der genauso verwirrt wirkte, wie sie sich fühlte. »Das hast du in Darios Auftrag getan? Wieso kanntest du ihn dann nicht?«

Er zuckte die Achseln. »Ich hab ihn nie persönlich gesehen. Keine Ahnung, wie er auf mich gekommen ist. Er hat mich irgendwann einfach angerufen und mir einen Job angeboten. Mein Lohn lag am letzten jedes Monats im Handschuhfach des Lastwagens – zusammen mit einer neuen SIM-Karte. Es war so viel, dass es mir ehrlich gesagt egal war, woher es kam.«

»Aber du bist schon auf den Gedanken gekommen, dass du damit womöglich eine Straftat unterstützt, oder?«, fragte Tristan scharf. »In dem Lastwagen hätte ja auch jemand eingesperrt sein können!«

Sören zuckte zusammen. »Nee, das glaub ich nicht. Dann hätte ich doch was gehört. Ich wollte nachgucken, aber ich hab keinen Schlüssel für den Laderaum. Hab's sogar mit einem Brecheisen versucht, aber das nützt nix.«

Hubbi fuhr es kalt den Rücken herunter. Sie musste

wieder an die Kleider in Darios Schrank denken. Ihr Blick flog zu dem Lkw. Hätten die Menschen vier Tage da drin überlebt? Bei der Kälte? »Vielleicht hast du nur deshalb nichts gehört, weil die Gefangenen betäubt waren.«

Sörens Augen weiteten sich vor Schreck.

Hubbi sah, wie Tristan die Fäuste ballte. »Wir müssen da rein«, sagte sie an ihn gewandt.

Gemeinsam gingen sie zu den Türen des Lastwagens. Tristan rüttelte daran. Hubbi sah die Kratzer und Beulen. Sören sagte also die Wahrheit. »So kommen wir nicht weiter. Dafür brauchen wir was Stärkeres als ein Brecheisen.«

»An was denkst du?«

»Papas Werkstatt.«

Tristan nickte und packte Sören am Arm. »Du fährst, ich passe auf.«

Hubbi folgte ihnen in Sörens Kleinwagen. Im Konvoi steuerten sie Hubbis Elternhaus an. Hermann war zwar kein Automechaniker, aber er hatte sich im Laufe der Jahre eine kleine Werkstatt angelegt. Und die brauchten sie jetzt.

Ein Stück von Hubbis Elternhaus entfernt blieben sie stehen. Durch das Küchenfenster drang Licht. Hubbi erkannte Hannelores unverkennbare Silhouette. Sie stöhnte auf und stieg aus.

»Und jetzt?«, fragte Tristan, als Hubbi neben den Lkw getreten war.

»Mama ist zu Hause.«

Tristan nickte. »Das habe ich schon vermutet. Das ist ein Problem.«

Nachdenklich schaute Hubbi zu dem Fenster. Hermann kam gerade in die Küche, sagte etwas zu ihrer Mutter und verschwand wieder.

»Kannst du mit einem Schneidbrenner umgehen?«, wollte sie von Tristan wissen.

Tristan schüttelte den Kopf und sah Sören an.

»Ich auch nicht«, sagte der.

»Dann brauchen wir Papa. Aber dafür müssen wir erst mal Mama loswerden, damit sie uns nicht bemerkt.« Hubbi holte ihr Handy aus der Tasche und wählte die Nummer ihrer Mutter. Durch das Küchenfenster sah sie, wie Hannelore innehielt, sich die Hände an der Schürze abwischte und nach etwas griff. Offenbar ihr Handy. Sie zog die Augenbrauen hoch und hielt es sich ans Ohr.

»Hubbi, hallo«, grüßte ihre Mutter. »Was gibt es? Ich koche gerade.«

»Mama«, sagte Hubbi in gespielter Atemlosigkeit. »Ich stehe hier gerade vor dem Haus von Michaela und Jens.«

Hannelore richtete sich auf. »Wem?«

»Michaela und Jens Zimmermann.« Die beiden waren in Affeln für ihre filmreifen Ehestreitigkeiten bekannt, das würde sicher das Interesse ihrer Mutter wecken.

»Ja und?«

»Das Fenster ist offen und die beiden streiten lautstark. Würde mich nicht wundern, wenn gleich mal wieder Jens' Klamotten auf den Gehsteig fliegen.« Eine ähnliche Aktion hatte im Sommer für wochenlangen Gesprächsstoff im Dorf gesorgt.

Mit einer Hand band Hannelore ihre Schürze los.

»Hm, ist ja interessant. Ich wollte sowieso noch einen kleinen Abendspaziergang machen, da kann ich mir das ja mal angucken.«

Hubbi legte auf und grinste. Auf die Neugier ihrer Mutter war Verlass. Natürlich wollte sie dieses Spektakel nicht verpassen.

»Lügen fällt dir nicht gerade schwer, was?«, fragte Sören.

Hubbi grinste ihn schief an. »Gehört zum Handwerk. Und jetzt versteckt euch.« Sie duckten sich hinter den Lkw und sahen zu, wie Hannelore vor ihrem eingeschneiten Auto am Straßenrand stehen blieb, kurz mit sich zu ringen schien und am Ende zu Fuß davoneilte.

»Wir sollten fertig sein, bevor sie zurückkommt«, sagte Tristan.

Sie liefen über die Straße und Hubbi klingelte an der Haustür. Drinnen hörte sie Schritte, dann wurde die Tür geöffnet und Hermann schaute sie verdutzt an. »Ach, ihr seid es. Ich dachte, Hannelore hätte etwas vergessen. Sie ist so plötzlich verschwunden, ohne mir zu sagen, warum.«

»Weil ich sie angerufen habe und ihr erzählt habe, bei Zimmermanns würden die Fetzen fliegen.«

Seine Augenbrauen wanderten in die Höhe. Natürlich hatte er ihren Trick sofort durchschaut.

»Wir brauchen deine Hilfe.« Sie erklärte Hermann kurz und knapp die Situation, berichtete von dem geheimnisvollen Lkw und sogar von ihrem Mordverdacht.

»Und ihr wollt nun was von mir?«

»Dass du die Ladetür des Lastwagens aufschweißt«, sagte Tristan.

Er schaute von einem zum anderen, wohl um sicherzustellen, dass sie ihn nicht veralberten. Schließlich nickte er. »Fahrt den Lastwagen rückwärts vor die Garage, so nah es geht. Wenn wir Glück haben, bekommen die Nachbarn nichts mit.«

»Könnt ihr das hier nicht alleine machen?«, fragte Sören, als sie zurück zum Lkw gingen. »Meine Frau fragt sich bestimmt schon, wo ich bleibe. Ich habe ihr erzählt, ich wollte nur mal schnell Chips im Supermarkt kaufen.«

»Das ist nicht unser Problem.« Hubbi schaute ihn kalt an. »Los jetzt. Du willst doch sicher auch wissen, was drin ist, oder?«

Sören schaute sie unsicher an, schließlich nickte er. »Damit ihr mir glaubt, dass ich mit der Sache nichts zu tun habe.«

Er parkte den Lkw mit der Rückseite so dicht vor der Garage, dass man sich gerade noch hindurchzwängen konnte.

»Wir müssen uns beeilen«, sagte Hubbi zu den drei Männern. »Ewig bleibt Mama nicht weg.«

Hermann untersuchte bereits das Schloss der Ladetür. »Ich könnte es öffnen«, sagte er. »Aber danach wäre es kaputt.« Er schaute Sören an. »Wäre das schlimm?«

Sören zuckte nur die Schultern und schaute unsicher durch den Schlitz zwischen Hausmauer und Lkw. »Ist ja nicht meiner.«

Hermann nickte. »In Ordnung.« Er setzte sich ein

dunkles Visier auf, nahm seinen Schneidbrenner und trat an den Lastwagen. »Geht ein Stück zur Seite.«

Hubbi, Tristan und Sören drückten sich an die Garagenwand, als Hermann damit begann, ein Loch in das Metall des Lastwagens zu schneiden. Funken flogen und die ganze Angelegenheit war lauter, als Hubbi erwartet hatte.

»Ich stehe wohl besser draußen Schmiere«, flüsterte sie Tristan zu und schlüpfte hinaus. Zum Glück konnte sie weit und breit niemanden sehen. Sogar die Nachbarn von gegenüber, die sonst immer sehr interessiert am Geschehen der Straße waren, schienen nichts mitbekommen zu haben. Die Jalousien waren heruntergelassen.

Hubbi atmete tief ein und versuchte, ihr wild pochendes Herz zu beruhigen. Hoffentlich entdeckten sie in dem Lastwagen nicht wirklich einen Menschen. Wenn das so wäre, würde sie sich nie verzeihen können, dass sie nach dem Mord an Dario die Polizei nicht eher eingeschaltet hatte.

Aber hätte das etwas geändert? Bis sie die Beamten, die ja allesamt krank im Bett lagen, mobilisiert und von ihrem Mordverdacht überzeugt hätte, wären auch ein paar Tage ins Land gezogen. Außerdem hatte sie Sören und den Lastwagen nur durch Zufall entdeckt. Der Polizei wäre das womöglich nicht gelungen.

Der Schneidbrenner rauschte und knackte. Hubbi schaute durch den Schlitz zwischen Hauswand und Lastwagen. »Wie weit ist Papa?«, fragte sie Tristan.

»Fast fertig, würde ich sagen.«

Hubbi nickte zufrieden. Da vibrierte auf einmal ihr

Handy in der Tasche: Es war Hannelore. Hubbi hob ab.

»Was soll das?«, fauchte ihre Mutter, ohne sie zu begrüßen. »Bei Zimmermanns ist alles ruhig. Da liegen keine Klamotten auf der Straße.«

»Oh, dann muss es schon vorbei sein.«

»Ach ja? Ich hab extra bei den Nachbarn geklingelt und gefragt. Es gab überhaupt keinen Ehestreit.«

Hubbi ahnte, dass Hannelores Wut auch daher stammte, dass sie sich in ihrer Not die Blöße gegeben hatte, die Nachbarn zu fragen. Damit hatte sie sich sicher blamiert.

»Vielleicht habe ich da auch was falsch verstanden«, versuchte Hubbi es weiter, doch sogar in ihren Ohren klang diese Ausrede fadenscheinig.

»Du wolltest mir einen Streich spielen, was?« Hannelore keuchte. Sie musste demnach schon auf dem Rückweg sein. Tristan schaute Hubbi ernst an. Sein Blick schien zu fragen, ob sie bald mit der Ankunft einer stinkwütenden Hannelore rechnen mussten. Hubbi nickte.

»Nein, Mama, wirklich, ich habe die beiden gehört. Hätte doch sein können, dass sie wieder eskalieren. Tut mir leid, dass du umsonst losgelaufen bist. Ich muss jetzt aber auch auflegen.« Sie wartete nicht auf eine Antwort, sondern drückte das Gespräch weg. Dann ging sie zu Hermann. Der Schneidbrenner hatte ein kreisrundes Loch um das Schloss geschnitten. Ein Zentimeter fehlte noch.

Angespannt sah Hubbi dabei zu, wie Hermann sich weiter vorarbeitete. Schließlich schaltete er den Schneidbrenner aus und trat einen Schritt zurück. »Das müsste reichen«, sagte er, während er das Visier hochschob. »Sollen wir es sofort öffnen?«

Hubbi schüttelte den Kopf. »Keine Zeit. Mama ist jeden Moment zurück.«

Hermann nickte verstehend und legte sein Werkzeug weg. »Dann solltet ihr sofort verschwinden.«

»Sören«, sagte Hubbi, »du fährst den Lkw, ich komme mit. Tristan nimmt sein Auto.« Sie streckte sich und drückte ihrem Vater einen Kuss auf die Wange.

Hermann sah sie besorgt an. »Du erzählst mir doch, was ihr darin gefunden habt?«

Sie nickte. »Na klar. Danke für deine Hilfe.«

»Pass auf dich auf.«

Kapitel 26

Ohne groß nachzudenken, dirigierte Hubbi Sören zu ihrem Wohnhaus. Zuvor hatte sie Karl-Heinz via Nachricht gebeten, heute ihren Kneipendienst zu übernehmen. Er war sofort aufgebrochen.

Hubbi hoffte, dass sich die Nachbarn so kurz vor Weihnachten nicht über einen Lastwagen vor ihrem Haus wunderten. Zu dieser Jahreszeit sah man ja überall Lieferwagen herumfahren – sogar zu den unmöglichsten Zeiten, weil die Leute Geschenke auf den letzten Drücker bestellten.

Sören parkte den Lastwagen so, dass die Ladeklappe von den anderen Häusern aus nicht zu sehen war. Tristan traf ein, als Hubbi ausstieg.

»Kann ich jetzt gehen?«, fragte Sören. »Meine Frau hat schon fünfmal versucht, mich anzurufen.«

»Willst du denn gar nicht mehr wissen, was in dem Lkw ist?«

»Nee, ich hab für heute genug gesehen.«

Hubbi dachte kurz nach und nickte schließlich. »In Ordnung, du kannst gehen. Wir wissen ja, wo du wohnst.«

»Jaja«, brummte Sören, stieg in seinen Wagen und

brauste davon.

Nun waren Meter, Hubbi und Tristan alleine.

»Sollen wir loslegen?«, fragte er.

Hubbi presste die Lippen aufeinander und nickte. Meter bellte aufgeregt.

Tristan zog die Tür zur Ladefläche auf und Hubbi hielt vor lauter Angst die Luft an. Ein unangenehmer Geruch schlug ihnen entgegen: ein unangenehm chemischer Geruch. *Immerhin kein Verwesungsgeruch,* dachte Hubbi kurz, doch dann kam ihr der Gedanke, dass das nicht unbedingt besser sein musste.

Tristan holte sein Handy hervor und schaltete die Taschenlampe ein.

»Oh mein Gott!«, entfuhr es Hubbi, als das Licht auf zwei bleiche, nackte Körper fiel. Die Frauen lagen auf einem Tisch, um die Hüften waren sie mit Spanngurten wie aus dem Baumarkt festgeschnallt. Sie bewegten sich nicht.

Hubbi hatte das Gefühl, als würde der Boden unter ihren Füßen wegsacken. Zwei Leichen. Das war alles ihre Schuld. Sie hatte mal wieder versucht, alles auf eigene Faust zu machen, und nun waren diese Frauen tot. *Frauen?* Nein, die Körperformen wirkten noch viel zu kindlich. Das waren keine Frauen, sondern Jugendliche. Ihr wurde schwarz vor Augen und die Beine gaben unter ihr nach.

Tristan packte sie geistesgegenwärtig unter den Armen und ließ sie langsam zu Boden gleiten. »Ganz ruhig«, sagte er, doch sie hörte die Aufregung in seiner Stimme.

»Die Mädchen!«, keuchte Hubbi. »Sind sie …?«

»Ich schaue nach.«

Er stieg in den Lastwagen. Der Lichtkegel seiner Handylampe huschte über die bleichen Gestalten, über einen Tisch, auf dem Hubbi zu ihrem Entsetzen weitere Arme und Beine erkannte. Plastikflaschen mit Beschriftungen standen auf dem Boden, Papierzeichnungen und Fotos hingen an den Wänden. Weiter hinten entdeckte sie Lampen, Werkzeuge, Folien. Was hatte Dario den beiden angetan?

Tristan beugte sich über die beiden Körper und untersuchte sie.

»Leben sie noch?«, fragte Hubbi mit erstickter Stimme. Meter leckte ihr tröstend über die Wange.

Tristan schaute sie an und schüttelte den Kopf.

Hubbi wurde schlecht. Gleich würde ihr der Döner hochkommen.

»Sie haben nie gelebt«, antwortete Tristan. »Es sind Puppen.«

Es dauerte eine Weile, bis seine Worte zu ihr durchdrangen. »Puppen?« Die Neugier gab ihr neue Energie und sie schaffte es, sich aufzurichten. Ihre Jacke und die Hose waren vom Sitzen im Schnee durchnässt, sie würde sich gleich umziehen, aber erst wollte sie sich die Sache genauer ansehen.

Sie hob Meter auf die Ladefläche des Lkws und kletterte hinterher. Rechts von sich entdeckte sie einen Schalter und drückte ihn. Surrend sprangen zwei Neonröhren an den Wänden an. Tristan schloss die Ladetüren hinter ihr.

»Wow«, entfuhr es Hubbi. Das hatte nichts mit einer gewöhnlichen Ladefläche zu tun. »Sieht aus wie ein

Labor.«

»Oder eine Werkstatt.«

Hubbi trat näher an die beiden Körper auf den Metalltischen heran und erkannte, was Tristan meinte. »Gummipuppen?«

Er nickte. »Sehen ziemlich echt aus, was?«

Hubbi betrachtete die Puppen. Sie waren lebensgroß, die künstliche Haut hatte einen zarten Alabasterton. Die Gliedmaßen, besonders die Finger, waren detailliert gearbeitet und sahen verdammt echt aus. Die Puppe, die ihr am nächsten lag, spreizte beispielsweise den linken kleinen Finger ab, während die rechte Hand etwas zu greifen schien. Sie betrachtete die Gesichter: rote Lippen, Sommersprossen, man erkannte sogar Mimik. Eine Mischung aus Erstaunen und Freude lag auf dem Gesicht, das ihr merkwürdig bekannt vorkam.

»Augen und Haare fehlen«, sagte Hubbi.

»Die liegen hier.«

Hubbi drehte sich zu Tristan. Der stand an einem Regal, in dem in zwei Kästchen zwei Paar grüne Augäpfel sowie zwei rothaarige Perücken lagen. Sie runzelte die Stirn, während ihr Blick über die Wand flog. Dort hingen Konstruktionsskizzen der zwei Körper. Offenbar hatte Dario seine Puppen akribisch geplant. Sie schob die Blätter zur Seite und fand dahinter zwei Fotos. Sie zeigten ein Zwillingspärchen.

Auf einmal fiel es Hubbi wie Schuppen von den Augen. »Das sind Rosalies Töchter!«

Tristan zuckte zusammen. »Meinst du wirklich?«

Hubbi nickte heftig. Ihr wurde so einiges klar. »Dario hat die beiden verfolgt und fotografiert«, sagte sie, die

Erkenntnis verschlug ihr fast die Sprache. »Um sie nachzubilden.« Ein Verdacht beschlich sie. Sie zog sich ein Paar Einmalhandschuhe an, die sie aus einer Packung im Regal rupfte. Tristan tat es ihr nach. Dann trat sie an die Puppe, die ihr am nächsten lag, und spreizte vorsichtig deren Beine. Tatsächlich war der Bereich dort genauso lebensnah modelliert, wie sie erwartet hatte. Inklusive der passenden Öffnungen. »Als Sexpuppen.«

Tristan verzog angewidert das Gesicht. »Das ist zwar besser als Entführung, aber trotzdem widerlich.«

Er betrachtete die nackten Puppenkörper. Obwohl Hubbi wusste, dass ihr Mann diese Szene genauso anstößig fand wie sie selber, hatte sie auf einmal das starke Bedürfnis, die beiden Puppen bedecken zu müssen. Sie zog ihre Jacke aus und breitete sie so über den Puppen aus, dass zumindest ihr Schambereich und die Brüste bedeckt waren.

»Daran muss er monatelang gearbeitet haben«, murmelte Tristan. »So viel unnötiger Aufwand.«

»Wie meinst du das?«, fragte Hubbi irritiert.

»Na, er brauchte doch eine Vorlage für seine Puppen. Aber anstatt sich wer weiß wie oft auf die Lauer zu legen, um Rosalies Töchter zu fotografieren, hätte er auch irgendwelche Bilder aus dem Internet nehmen können.«

»Offenbar war er von den Zwillingen besessen«, sagte Hubbi. Sie betrachtete den Metalltisch, über dem eine Lampe hing. Dario hatte die einzelnen Teile der Puppen von Hand aus einem Stück Speckstein geschlagen – wie ein Bildhauer. Danach hatte er einen

Abdruck aus Beton gefertigt und die endgültigen Gliedmaßen aus Silikon oder einer Silikonmischung gegossen. Offenbar war Dario ein Perfektionist, denn unter dem Tisch entdeckte Hubbi eine Kiste mit fertigen Silikongliedmaßen, die Darios Ansprüchen wohl nicht genügt hatten.

»Er wollte sie für sich haben«, murmelte sie. »Wer weiß, ob ihm diese Puppen genügt hätten.«

»Du meinst, irgendwann hätte er die beiden vielleicht doch entführt?«

Hubbi nickte ernst. »Könnte sein.«

»Womöglich waren die Zwillinge sogar der Grund, weshalb er ausgerechnet hierher gezogen ist«, überlegte er.

Hubbi sah ihn mit großen Augen an. »Du denkst, er hat die beiden vorher schon einmal gesehen und ihretwegen alles daran gesetzt, das Haus zu kaufen?«

Tristan nickte zaghaft.

Hubbi runzelte die Stirn. »Aber die vielen Frauenkleider in verschiedenen Größen in seinem Schrank … Die waren doch nicht alle für diese beiden Puppen gedacht.«

»Vielleicht macht er ja immer andere Puppen.«

Hubbi machte aus jedem Winkel Fotos von dem Raum und besonders viele von den so verstörend lebensecht wirkenden Puppen. Als sie sich bückte, um die Hand einer Puppe von Nahem abzulichten, stach ihr etwas unter der Liege ins Auge.

»Ich glaub, ich hab was«, sagte sie und kniete sich hin. Sie zog an dem Aktenschrank aus Metall, der unter der Liege mit den Puppen versteckt war. »Verdammt, ist der schwer.«

»Ich helfe dir.« Tristan kroch neben sie und half ihr, den Schrank vorzuziehen. Meter feuerte sie dabei mit lautstarkem Gebell an.

»Pst«, zischte Hubbi. »Du alarmierst ja alle Nachbarn.«

Meter drosselte sein Gebell auf ein gefährliches Knurren.

»Was da wohl drin ist?« Hubbi rüttelte an den Griffen, aber die Schubladen öffneten sich nicht.

»Ich könnte einen Schlüsseldienst rufen.« Tristan hielt bereits sein Handy in der Hand.

»Bestimmt helfen die uns gerne dabei, in einem gestohlenen Lkw mit zwei Sexpuppen einen Aktenschrank zu knacken«, witzelte Hubbi.

»Wir könnten noch mal deinen Papa um Hilfe bitten.«

Hubbi zog den Vorschlag kurz in Erwägung. Mit seinem Schneidbrenner hätte Hermann den Schrank bestimmt in Nullkommanix geöffnet. Allerdings bestand dabei die Gefahr, dass er den Inhalt beschädigte.

»Hm …« Hubbi schaute sich suchend um. In einer Kiste auf dem Tisch entdeckte sie einen Hammer und einen Meißel, mit denen Dario wahrscheinlich den Speckstein bearbeitet hatte. »Damit müsste es gehen.« Hubbi setzte den Meißel an der oberen Schublade an, genau zwischen Schublade und Korpus. Sie zielte mit dem Hammer und schlug dann so fest zu, wie sie konnte. Wenn alles klappte, wie sie sich das vorstellte, würde sie das Schloss auf diese Weise aushebeln.

Es knallte lauter, als sie vermutet hätte, und das Geräusch hallte von den metallenen Wänden wieder. Meter jaulte erschrocken auf und versteckte sich hinter Tristan.

»Und?«

»Eine Delle, mehr nicht«, antwortete Hubbi frustriert.

»Lass mich mal versuchen.« Tristan nahm ihr die Werkzeuge ab. »Vielleicht braucht man ein bisschen mehr Kraft.«

»Aha«, sagte Hubbi trocken, rutschte aber zur Seite und überließ Tristan ihren Platz.

Er setzte den Meißel etwas steiler an, holte weit aus und schlug mit aller Kraft zu. Gerade rechtzeitig schaffte Hubbi es noch, ihrem Dackel die Schlappohren zuzuhalten. Der Knall war ohrenbetäubend.

»Ha!«, rief Tristan triumphierend. Er zog die Schublade auf und griff hinein.

»Bücher?«, fragte Hubbi. Es waren zwei dicke Schinken. Sie blätterte sie auf. »Ein Anatomiebuch?«

»Aber in was für einer Sprache?«, fragte Tristan.

Hubbi betrachtete die eigentümlichen Schriftzeichen. »Chinesisch? Japanisch?« Sie blätterte vor bis zum Anfang. »Ah, hier ist ein Impressum. Und da steht etwas in lateinischen Buchstaben.« Sie kniff die Augen zusammen. »Tokio. Also japanisch.«

Sie legte das Buch zur Seite und blätterte das zweite auf. »Ich schätze, hier drin geht es um Bildhauerei«, sagte sie schließlich, obwohl auch dieses Buch auf Japanisch war.

»Daher hatte Dario wohl sein Wissen«, sagte Tristan. »Wundert mich nicht, in Japan ist das mit den

Sexpuppen eine viel größere Sache als bei uns.«

Hubbi schaute ihn mit großen Augen an. »Ach ja? Woher weißt du denn so was?« Wurde Tristan da tatsächlich ein wenig rot?

Er wandte den Blick ab. »Hab mal so eine Dokumentation im Fernsehen darüber gesehen.«

Hubbi verzichtete auf Nachfragen. »Darios Eltern haben doch gesagt, er sei eine Weile im Ausland gewesen«, sagte sie nachdenklich. Dann fielen ihr die Bücher in seinem Regal ein. »Na klar, er war in Japan! Da hat er bestimmt so eine Puppe gesehen. Und danach hat er angefangen, sie selber anzufertigen.«

»Klingt einleuchtend.« Tristan knackte die mittlere Schublade. »Fotos«, sagte er.

Sie fanden Filmrollen, Negative und Abzüge. Viele davon zeigten die Zwillinge, einige mit ihrer Mutter zusammen. »Kein Wunder, dass Rosalie sich Sorgen gemacht hat«, sagte Hubbi. »Er hat die beiden richtiggehend verfolgt.«

Tristan schaute sie an. »Wenn Rosalie von dieser Sache hier wusste oder die Puppen sogar gesehen hat, wäre das ein astreines Mordmotiv.«

»Stimmt«, sagte Hubbi nachdenklich. »Und Norbert hat sie ermordet, weil er durch seinen Einbruch bei Dario etwas herausgefunden hat. Sie wollte alle Spuren beseitigen.«

»Dafür hätte sie aber auch die Puppen finden müssen.«

»Vielleicht dachte sie, Norbert wüsste, wo sie wären«, mutmaßte Tristan.

Hubbi blätterte die Bilder durch. »Ein Beweis dafür,

dass sie wirklich die Mörderin ist, ist das aber noch nicht.«

»Du hast recht.«

»Oh!« Hubbi zog ein Foto heraus. »Guck mal!« Sie hielt es Tristan hin.

»Wer ist das?«

»Vera Grimm, die Frau von Thomas.« Hubbi betrachtete das Foto genauer. »Sieht so aus, als stünde sie da in Darios Garten. Er hat sie aus seinem Schlafzimmerfenster aus fotografiert.«

»Meinst du, er wollte sie auch in Gummi nachbilden?«

Hubbi blätterte schnell die restlichen Fotos durch. »Das sind die einzigen Bilder. Wenn er sie hätte nachbilden wollen, hätte er dann nicht mehr Material gebraucht?«

»Vielleicht ist noch was auf den Negativen«, meinte Tristan und zog einen Streifen aus einer Papierhülle. Er hielt sie gegen das Licht. »Mist, ich kann die Personen darauf nicht erkennen.«

»Das schauen wir uns später an«, sagte Hubbi und legte die Fotos beiseite und zeigte auf die unterste Schublade. Tristan brach auch sie auf. Darin lag ein dicker Leitz-Ordner. Hubbi zog ihn heraus. *Kunden,* stand auf dem Rücken.

»Kunden?«, fragte Tristan. »Was hat denn das hier zu suchen?«

Hubbi hatte das Gefühl, als wäre sie bis jetzt durch Nebel gelaufen, der sich nun lichtete. Sie schlug sich mit Hand vor die Stirn. »Natürlich! Jetzt ergibt das alles Sinn! Darios Fotos aus dem Fitnessstudio, die vielen verschiedenen Frauenklamotten, dass er sein Haus einfach so bar bezahlen konnte, obwohl sein Unternehmen so eine lächerliche Firmenseite hat!«

Tristan starrte sie verwirrt an. »Würdest du mich bitte einweihen?«

Hubbi schaute ihren Mann triumphierend an. Vor Aufregung war sie ganz zittrig. »Das alles hier«, sie machte eine umfassende Bewegung, »war nicht Darios skurriles Hobby – oder vielleicht nicht nur –, sondern vor allem sein wahres Geschäft. Er hat Sexpuppen nach echten Vorlagen gefertigt und sie verkauft.«

»Sein Importgeschäft war also nur Tarnung?«

»Nicht unbedingt. Er musste die Puppen ja irgendwie verschicken. Also hat er sie als Spielzeug deklariert.«

Tristan betrachtete die beiden fast fertigen Puppen. »Die beiden sind also nicht die ersten.«

Hubbi blätterte den Ordner auf, der zum Bersten voll war. »So viele«, murmelte sie. »Er hat sich ein richtiges Imperium aufgebaut.«

»Würde mich interessieren, wer so eine Puppe bestellt«, meinte Tristan und beugte sich über ihre Schulter, um mitzulesen.

»Guck mal«, sagte Hubbi erstaunt. »Er hat an jede Rechnung ein Foto der fertigen Puppe gehängt.« Sie schauderte. Die Puppen wirkten so unglaublich lebensecht.

Da klopfte es an der Tür der Ladefläche. Tristan und Hubbi zuckten zusammen.

»Hey, du Kasper! Park deine Kiste woanders, das ist meine Einfahrt.«

»Karl-Heinz«, flüsterte Hubbi und hielt sich einen

Finger vor die Lippen, um Tristan zu bedeuten, dass er leise sein sollte.

Meter hielt nichts davon und bellte freudig los.

»Hubbi? Bist du da drin?« Durch das Metall klang seine Stimme gedämpft.

Hubbi öffnete die Ladeklappe.

Karl-Heinz schaute sie entgeistert an. »Was in drei Teufels Namen ist hier los? Was tut ihr da drin?« Dann sah er die beiden Puppen. »Himmelherrgott!«

»Nicht so laut!«, zischte Hubbi. »Komm rein und wir erklären dir alles.«

Karl-Heinz zögerte, den Blick noch immer starr auf die bleichen Gummikörper geheftet.

»Das sind keine Leichen, sondern Sexpuppen«, erklärte Hubbi. »Jetzt steig ein, bevor dich noch einer der Nachbarn hört.«

Zögerlich kletterte Karl-Heinz auf die Ladefläche und stand erst mal nur da, die Arme dicht an den Körper gepresst, und betrachtete die künstlichen Mädchen mit großen Augen.

»Und ich hab gedacht, Norbert erzählt mir nur Märchen. So was gibt es ja wirklich«, sagte er schließlich.

Hubbi horchte auf. »Norbert? Wovon redest du da?«

»Als er letztens so betrunken war, hat er mir erzählt, in Japan gäbe es Puppen, die total echt aussehen und sich auch so anfühlen. Und dass es da ganz normal ist, dass manche Männer mit denen zusammenleben wie mit einer echten Ehefrau. Nur, dass die natürlich nicht für ihn kocht.« Er grinste. »Ich hab gesagt, wäre eigentlich 'ne gute Idee, zumindest müsste man sich nicht das endlose Geschwafel einer echten Ehefrau anhören.«

Hubbi runzelte die Stirn und Karl-Heinz erstarrte.

Abwehrend hob er die Hände. »Ich hab doch nur 'nen Scherz gemacht. Dachte doch, der will mich verarschen.« Sein Grinsen verschwand. »Gehört das alles hier Norbert?«

Auf den Gedanken war Hubbi noch nicht gekommen. Dass Norbert ebenfalls im Thema Gummipuppen drin war, überraschte sie jedoch nur ein wenig. Das könnte die Verbindung zwischen den beiden Toten sein. Womöglich hatten Dario und Norbert zusammengearbeitet.

»Das wissen wir noch nicht«, sagte Hubbi.

Karl-Heinz kniff die Augen zusammen. »Moment. Norbert ist tot. Und dieser seltsame Kerl, dieser Dario Becker, wurde vor unserem Haus gefunden. Von dir.« Er sah Hubbi streng an. »Da ist doch was im Busch, das rieche ich!«

Hubbi seufzte. »Du hast recht«, sagte sie. »Wir glauben, dass Dario und Norbert ermordet wurden. Und dass es womöglich etwas hiermit zu tun hat.« Sie erzählten Karl-Heinz, was sie wussten. Der wirkte immer erstaunter, aber auch immer verärgerter.

»Und du kommst nicht auf die Idee, Berthold, Gerda und mich einzuweihen? Wo wir dir schon bei so vielen Fällen geholfen haben? Die hättest du ohne uns nie im Leben gelöst!«

Hubbi wollte sich gerade verteidigen, da wurde ihr klar, dass Karl-Heinz nicht ganz unrecht hatte. Ihre Stammgäste waren ihr tatsächlich oft eine große Hilfe gewesen. Manchmal waren sie als Hilfsdetektive eingesprungen, aber meistens hatten sie Hubbi schon mit ihrem Wissen über das Dorfleben weiterhelfen können. Wieso hatte sie bloß versucht, die drei bei diesem verzwickten Fall auszuschließen?

»Du hast ja recht«, sagte sie. »Tut mir leid.«

»Hmpf«, schnaubte Karl-Heinz. »Und wie geht es jetzt weiter? Wer ist der Mörder? Wolfgang, sein Sohn oder Rosalie? Oder haben wir noch jemanden vergessen? Vielleicht hat Norbert auch seinen alten Geschäftspartner umgebracht und sein Tod war doch nur ein Unfall.«

»Ausschließen können wir nichts davon«, sagte Tristan.

Hubbi schaute auf die Papiere und Fotos, die sie gefunden hatten. »Vielleicht ist die Antwort irgendwo hier drin versteckt.« Sie nahm die Negative und die unentwickelten Filme in die Hand. »Ich würde zu gerne wissen, was hier drauf ist.«

»In der Drogerie entwickeln sie so was noch, glaube ich«, sagte Karl-Heinz. »Aber da musst du 'ne Weile drauf warten.«

Hubbi lächelte. »Oder wir machen es einfach selber.«

Kapitel 27

»Sie vertraut mir. Warum sollte sie mir den Schlüssel nicht ein zweites Mal geben?« Hubbi schlüpfte in ihre Jeans und dicke Stricksocken. Die letzte Nacht hatte sie kaum schlafen können. Am liebsten wäre sie sofort zu Rosalie gegangen, aber Tristan hatte zurecht eingewandt, dass die Maklerin bei einem nächtlichen Besuch nur Verdacht schöpfen würde. Hubbi hatte letztlich zugestimmt, bis zum nächsten Morgen zu warten.

»Hoffentlich.« Tristan machte gerade das Bett, eine Angewohnheit, die Hubbi beim besten Willen nicht nachvollziehen konnte. Wenn sie sich am Abend reinlegten, wäre es doch eh wieder unordentlich. Und solange Hannelore sich nicht ankündigte, brauchte man es mit der Ordnung wirklich nicht zu übertreiben. »Wie willst du vorgehen?«

Hubbi überlegte. »Ich sage ihr ins Gesicht, was wir gefunden haben. Ihre Reaktion wird sie verraten, da bin ich mir sicher.«

»Mit der Tür ins Haus fallen.« Tristan schmunzelte. »Genau dein Stil.«

Hubbi grinste schief. »Hat bisher immer funktioniert,

oder?«

»Wenn du die Tatsache, dass du kurz darauf meistens in Lebensgefahr geschwebt hast, als Erfolg wertest …«

»Papperlapapp.« Hubbi wischte Tristans Bedenken mit einer Geste beiseite. »Ist trotzdem immer alles gut gegangen.«

Die Belustigung war aus Tristans Gesicht verschwunden. »Ich hab dich gerade erst geheiratet. Da möchte ich nicht bald wieder Witwer sein.«

Nun wurde Hubbi auch ernst. »Ich passe auf mich auf, okay?« Sie ging zu ihm, legte ihm die Arme um den Hals und küsste ihn. »Keine Sorge.«

»Soll ich nicht doch mitkommen?«

Hubbi schüttelte den Kopf. »Nein, dann bekommt sie wirklich noch was mit. Außerdem wird sie wohl kaum bei sich zu Hause im Beisein ihrer Familie versuchen, mir etwas anzutun.« Sie versuchte sich an einem Lächeln, aber Tristan reagierte nicht darauf.

»Na gut. Dann vertreibe ich mir die Zeit mit dem Kundenordner und den Fotos aus dem Lkw.«

Es klingelte an der Tür. Meter lief bellend los. Hubbi folgte ihm.

»Ist ja schon gut«, brummte sie, als der Besucher erneut klingelte. Das konnte nur Hannelore sein. Bestimmt wollte sie Hubbi für ihren Telefonstreich die Leviten lesen. Während Hubbi noch grübelte, wie sie ihre Mutter am schnellsten loswurde, öffnete sie die Tür.

»Karl-Heinz?«

Ihr Vermieter trug dieselben Sachen wie am Vortag

und war noch nicht rasiert. »Morgen auch.« Er ging an ihr vorbei in die Wohnung. Zwischen Esstisch und Couch drehte er sich zu ihr. »Schnappen wir uns jetzt diesen Mörder, oder was?«

»Wir?«

»Morgen, Onkel Kalle«, sagte Tristan.

»Morgen«, brummte Karl-Heinz.

Es klingelte erneut. Hubbi zuckte zusammen. Kam jetzt doch Hannelore? Das wäre ja noch schöner.

Es waren Berthold und Gerda. Während Berthold nach Aftershave duftete, standen Gerdas Haare in alle Richtungen ab.

»Ich hab den beiden Bescheid gesagt«, sagte Karl-Heinz spitz. »Du hättest das bestimmt vergessen, woll?«

Hubbi seufzte und trat zur Seite. »Kommt rein.«

Nun standen die drei Besucher unschlüssig mitten im Raum. Berthold knetete seinen Schal, den er abgenommen hatte. »Ich dachte gleich, dass an diesem Unfall was faul ist. Wen hast du denn in Verdacht?«

»Und wie können wir helfen?«, fragte Gerda.

Hubbi warf einen flüchtigen Blick auf die Uhr. Sie wollte Rosalie abfangen, solange sie noch daheim war.

»Ihr könnt mir helfen.« Tristan knallte den Ordner aus dem Lkw auf den Esstisch. »Wir müssen das hier durcharbeiten. Je schneller, desto besser.«

Berthold wirkte enttäuscht. »Ich dachte, wir sollen jemanden beschatten oder so.«

»Irgendwo in dem Ordner muss ein Hinweis auf den Mörder sein«, sagte Hubbi mit ernster Miene. »Tristan und ich schaffen das alleine nicht.«

Gerda nickte zustimmend, und schließlich schienen

sich auch Berthold und Karl-Heinz mit der Aufgabe anzufreunden.

»Dazu brauche ich aber Kaffee«, sagte Berthold und setzte sich an den Tisch.

Hubbi nickte Tristan dankbar zu und machte sich klammheimlich vom Acker.

Sie beschloss, zu Fuß zu Rosalies Haus zu gehen. Die Sonne ging gerade auf und tauchte die Schneelandschaft in rosafarbenes Licht. Die frische Luft würde ihr den Kopf freiblasen, das konnte sie heute gut gebrauchen. Immerhin wollte sie gleich eine Mörderin überführen. Außerdem freute sich Meter über den morgendlichen Spaziergang.

Hubbi bemerkte, wie ihr Schritt langsamer wurde. Sollte sie das der Polizei überlassen? Sie hatte keine Ahnung, wie Rosalie auf die Vorwürfe reagieren würde. Tristan hatte recht damit, dass sie mehr als einmal in Gefahr geschwebt hatte.

Kurz haderte Hubbi mit ihrem Vorhaben, doch dann ging sie entschlossen weiter. Sie musste wissen, ob Rosalie hinter all dem steckte. Und erst danach würde sie die Polizei einschalten. Außerdem: Was sollte Rosalie schon tun? Tristan wusste, wo Hubbi war und was sie vorhatte. Rosalie konnte nur aufgeben.

Zuversichtlich stapfte Hubbi durch den überfrorenen Schnee. Meter hüpfte aufgeregt neben ihr her. Auch wenn er für einen Hund nur eine halbe Portion war, fühlte sich Hubbi mit ihm an ihrer Seite viel sicherer als allein. Sie würde Rosalie zur Rede stellen, danach wäre sie schlauer.

Bald erreichte sie das Haus der Heynes. In der

Einfahrt schob Rosalie gerade Schnee. Sie trug ein pinkes Stirnband und hatte gerötete Wangen, doch schien ihr die anstrengende Arbeit nichts auszumachen. Hubbi dachte mit schlechtem Gewissen an Klaras Angebot. Vielleicht sollte sie das doch annehmen. Es war wirklich an der Zeit, dass sie etwas für ihre Fitness tat. Außerdem hatte sie noch keinen einzigen Neujahrsvorsatz.

Als die Maklerin Hubbi und Meter bemerkte, guckte sie erst verwundert, doch dann stützte sie sich auf die Schneeschaufel und lächelte. »So früh schon unterwegs?« Sie nickte zu Meter. »Ist der Kleine etwa der Grund dafür?«

Meter knurrte beleidigt und pinkelte aus Rache für den *Kleinen* an einen Blumentopf. Rosalie guckte zwar pikiert, kommentierte es aber nicht.

»Ich wollte dir was erzählen«, sagte Hubbi. »Es geht um Dario.«

Rosalie runzelte die Stirn. »Hat es was mit dem Haus zu tun?«

»Irgendwie schon«, sagte Hubbi. Für die Verkaufsaussichten wäre es sicher nicht von Vorteil, wenn bekannt wurde, dass der vorherige Besitzer Sexpuppen hergestellt hatte.

»Dann komm besser rein.« Rosalie lehnte die Schneeschaufel an die Hauswand und zog ihre Handschuhe aus.

Hubbi schrieb Tristan eine kurze Nachricht, dass sie bei Rosalie angekommen war, und folgte der Maklerin danach ins Haus. Sie wollte gerade in das Büro abbiegen, doch Rosalie winkte sie in den Wohnbereich.

»Ich könnte etwas Warmes vertragen. Was ist mit dir?«

»Gerne.« Sie gingen durch den Flur. Die Küche lag im hinteren Bereich des Hauses, sodass sie an den Schlafzimmern vorbeikamen. Die Zimmertür der Töchter stand offen. Die Zwillinge bewohnten offenbar gemeinsam eine Höhle aus Rosa mit je einem Bett an gegenüberliegenden Zimmerwänden. Überall hingen Poster von Popbands und auf einem der beiden identischen Schreibtische entdeckte Hubbi einen Schminkspiegel und Mascara. Gerne hätte Hubbi sich drinnen länger umgesehen. Es würde sie nicht überraschen, Kleidungsstücke bei ihnen zu finden, die auch bei Dario im Schrank hingen. So wie sie den Toten einschätzte, hatte er viel Wert auf Detailgenauigkeit gelegt. Bestimmt hatte er seine Puppen genauso angezogen wie ihre Vorbilder.

Das nächste Zimmer war eindeutig das Elternschlafzimmer, wie Hubbi nach einem flüchtigen Blick durch den Türschlitz feststellte. Allerdings war nur eine Seite des Betts bezogen. Offenbar schliefen die Eheleute getrennt.

»Kaffee? Kakao? Tee?«, fragte Rosalie über die Schulter, während sie den offenen Wohnbereich betraten. An den Wänden hingen geschmackvolle Kunstdrucke, der Boden war aus dunkelgrauem Sichtestrich. Rosalie deutete auf eine Sitzgruppe mit zwei Stühlen und einer Bank. Auf dem Tisch stand ein Adventskranz in klassischem Rot-Grün.

»Ähm, ich nehme, was du trinkst.«

Rosalie legte ihre Jacke über eine Stuhllehne und machte sich am Küchenschrank zu schaffen. »Grüner

Tee?«

»Hm«, machte Hubbi abwesend. Ihr Blick war auf eine zusammengefaltete Bettdecke gefallen, die hinter dem Sofa lag. Das war also der zweite Schlafplatz. Sie setzte sich auf die Bank, Meter hockte sich auf den Boden, dicht an ihrem Bein.

Rosalie gab Teebeutel in zwei Tassen und kochte Wasser im Wasserkocher auf. Hubbi beobachtete sie dabei. Konnte diese Frau wirklich kaltblütig zwei Menschen ermorden? Allerdings hatte sie die Erfahrung gelehrt, dass man niemandem ansah, wozu er oder sie fähig sein konnte.

»So, dann erzähl mal.« Rosalie setzte sich zu Hubbi und schob ihr eine Tasse Tee zu. Hubbi pustete und nahm einen Schluck. Der Tee schmeckte seltsam. Wie Erde und Blumen. Vorsichtshalber spuckte sie ihn heimlich wieder in die Tasse.

»Weißt du, was Dario beruflich gemacht hat? Genau, meine ich?« Hubbi betrachtete eindringlich Rosalies Gesicht, doch deren Miene verriet keinerlei Unsicherheit.

»Er hatte ein In- und Export-Unternehmen.«

»Welche Waren er versendet hat, weißt du nicht?«

Rosalie runzelte die Stirn. »So genau habe ich mich damit nicht beschäftigt. War es etwas Illegales?« Rosalie schien das Ausmaß von Hubbis Frage nun zu verstehen. Wäre Dario in kriminelle Machenschaften verwickelt, würde womöglich in Kürze die Polizei anrücken und das Haus auf den Kopf stellen. Was den Verkauf auf Eis legen würde.

»Wahrscheinlich«, antwortete Hubbi. Sie konnte sich

kaum vorstellen, dass die Produktion und der Handel dieser Art von Puppen in Deutschland erlaubt war. Vor allem, da sie nach echten Vorbildern gefertigt waren und diese Vorbilder vermutlich nichts davon wussten.

Rosalie lehnte sich vor und musterte Hubbi. »Könntest du bitte mal auf den Punkt kommen. Worum geht es?«

»Ich bin durch Zufall auf einen Lastwagen gestoßen, der Dario gehörte. Es war sozusagen seine Firmenzentrale.« Hubbi war sich bewusst, dass sie die Sache sehr vereinfachte.

»Das verstehe ich nicht.«

»Ich zeig es dir«, sagte Hubbi und zog ihr Handy aus der Jackentasche. Sie suchte ein Foto heraus, auf dem man die Gesichter der Puppen gut erkennen konnte. Dann schob sie Rosalie das Gerät über den Tisch zu.

Die schaute auf das Display. »Lara! Sophie!« Sie sprang auf. Ihr Gesicht war kreidebleich. »Was hat er mit ihnen gemacht? Sind sie tot? Was ist mit ihren Haaren?«

Entweder war Rosalie eine gute Schauspielerin oder ihr Entsetzen war echt. »Das sind nicht deine Töchter. Es sind Puppen. Deshalb ist Dario ihnen ständig gefolgt. Er hat sie fotografiert, damit er sie in seinem Lkw originalgetreu nachbilden konnte.«

Rosalie hielt sich eine Hand an den Kopf. Sie wirkte verwirrt. »Was? Wieso? Wozu?«

»Na ja, was man auf diesen Fotos nicht sieht, ist der Rest der Körper. Dario hat sie, wie soll ich sagen, *überall* sehr detailliert nachgebaut.«

»Was?« Dann schien es ihr klarzuwerden. »Du

meinst, diese Puppen …«

»Es sind Sexpuppen.«

Rosalie schob ruckartig das Smartphone weg, legte die Hand vor den Mund und schüttelte den Kopf. »Ich wusste, dass er etwas Schlimmes mit ihnen vorhatte.«

»Es könnte sein, dass er die beiden Puppen nicht für sich angefertigt hat«, sagte Hubbi.

»Sondern?«

»Er hat solche Puppen verkauft. Daher kam auch sein Reichtum.«

Rosalie umklammerte ihre Teetasse und Hubbi fragte sich unwillkürlich, ob sie sich so nicht die Handflächen verbrannte.

»Wer kauft denn so was?«

»Ich weiß es nicht. Einsame Männer. Menschen mit einem Fetisch, Sammler, keine Ahnung.«

Hubbi betrachtete die Frau nachdenklich. Sie wurde noch immer nicht ganz schlau aus ihr. Ihr Bauchgefühl sagte ihr, dass Rosalie von den Puppen nichts wusste. War damit auch ihr Mordmotiv hinfällig? Oder hatte es ausgereicht, dass Dario ihren Töchtern nachgestellt hatte, um ihn zu ermorden? Was war mit Norbert?

»Es könnte sein, dass dieser Norbert Schlieper, der gestern vor dem Gasthof Duve überfahren wurde, etwas mit Darios Geschäft zu tun hatte«, wagte Hubbi sich weiter vor. Womöglich kannte Rosalie Norbert.

»Du meinst, er hat die Puppen bestellt?«

»Es könnte sein. Oder er war ein Geschäftspartner. Hast du den Mann schon einmal gesehen?« Sie zeigte ihr das Bild von Norberts Homepage.

Rosalie schüttelte den Kopf. Wieder hatte Hubbi das

Gefühl, dass sie ihr glauben konnte.

»Warst du gestern früh zufällig in der Nähe des Gasthofs unterwegs?«

Rosalies Augen wurden schmal und sie ließ sich Zeit mit der Antwort. »Warum redest du wieder um den heißen Brei herum, hm?«

Hubbi wollte etwas erwidern, aber ihr fiel nichts ein. Sie wusste, dass Rosalie sie durchschaut hatte. »Ich habe keine Ahnung, wovon du redest«, lenkte sie dennoch ab.

»Du denkst, dass Dario ermordet wurde. Und dieser Norbert ebenfalls. Und da du mich hier so auffällig ausfragst, willst du sicher wissen, ob ich ein Alibi für die beiden Nächte habe.«

Hubbi beschloss, ihr Versteckspiel aufzugeben. »Und? Hast du?«

»Natürlich! In der Nacht des Sturms habe ich geschlafen – in meinem Bett. Und gestern früh war ich bis halb acht zu Hause und danach bin ich zu einer Hausbesichtigung nach Stockum gefahren. Ich kann dir gerne die Adresse der Verkäufer geben. Natürlich werden mein Mann und die Mädchen dir das bestätigen können.«

Hubbi dachte an die getrennten Betten: Ob ihr Mann wirklich mitbekommen hätte, wenn sie in der Sturmnacht verschwunden wäre? Und Norbert war höchstwahrscheinlich auch nicht morgens, sondern in der Nacht zuvor gestorben.

Rosalie lächelte zufrieden. »Milena Duve hat diesen Mann also aus Versehen überfahren, was?« Sie lachte trocken auf. »Wusstest du eigentlich, dass Milena mal vor Gericht stand? Wegen Körperverletzung? Vielleicht kam Norbert ihr blöd und da hat sie es ihm heimgezahlt.«

Hubbi konnte nicht antworten, so überrascht war sie. Stimmte das? Oder wollte Rosalie damit nur von sich ablenken?

»Aha, das ist dir also neu.« Rosalie setzte sich aufrechter hin. Meter knurrte leise. »Milena wurde zwar freigesprochen, aber nur aus Mangel an Beweisen. Es war danach nicht einfach für sie und ihren Mann, einen Kredit für den alten Bauernhof zu bekommen. Ohne meine Fürsprache hätten sie das nie geschafft.«

Hubbi schluckte. »Davon hatte ich keine Ahnung.«

Rosalie lachte spöttisch. »Dachte ich mir. Vielleicht solltest du dir Milena mal vornehmen, wenn du einen Mörder suchst. Und was Dario angeht: Ich hatte tatsächlich Angst, dass er meinen Töchtern etwas antun könnte. Das hätte jede Mutter. Aber ich habe ihn deshalb noch lange nicht ermordet.« Sie stand auf und nahm Hubbis fast volle Tasse weg. »Du gehst jetzt besser.«

Hubbi stand ebenfalls auf. Sie war verwirrt. Milena hatte sie als Verdächtige nicht auf dem Schirm gehabt. Wenn es stimmte, was Rosalie sagte, sollte sie das schnell ändern. Sie wandte sich zum Gehen, da fiel ihr noch etwas ein. »Ich muss noch einmal in Darios Haus.«

Rosalie seufzte auf. Sie verließ die Küche und kam kurz darauf mit einem Schlüssel zurück. »Hier«, sagte sie und reichte ihn Hubbi. »Hätte ich etwas zu verbergen, würde ich dir den wohl kaum geben, oder?«

»Kann sein«, sagte Hubbi vage und ließ den Schlüssel

schnell in ihrer Jackentasche verschwinden.

»Und jetzt geh bitte, ich muss gleich zu einem Termin«, sagte Rosalie.

Hubbi war froh, als sie schließlich draußen im Schnee stand und die frische Luft einatmete. Auch Meter wirkte erleichtert.

Sie war sich nicht sicher, ob sie diesen Besuch als Erfolg verbuchen sollte. Rosalie hatte sich nicht in die Karten gucken lassen. Ihre Alibis waren dürftig, ihr Motiv hingegen umso stärker. Dario hatte ihre Familie bedroht und Norbert hatte womöglich in der Sache dringesteckt. Aber was war mit Milena? Was Rosalie behauptet hatte, ließ sich leicht nachprüfen. Nur was bedeutete das? Hatte Hubbi schlampig gearbeitet und eine Verdächtige übersehen?

Tief in Gedanken versunken lief sie nach Hause.

Kapitel 28

Hubbi schloss ihre Haustür auf und hielt einen Moment verwirrt inne. Sie hörte Stimmen. Dann erinnerte sie sich daran, dass die Stammgäste Tristan dabei halfen, Darios Ordner durchzusehen.

Hubbi legte ihre Tasche und die Jacke ab. Meter preschte schon einmal vor und lief vor Aufregung einmal um die Menschen herum, die am Küchentisch saßen und über Papieren brüteten.

»Hey«, sagte Tristan und stand auf. Etwas zu schnell, wie Hubbi fand. Er kam zu ihr und drückte sie fest an sich.

»Ich war nur am anderen Ende des Dorfes und nicht auf dem Mond«, nuschelte Hubbi in seinen Pullover.

»Trotzdem bin ich froh, dass du wieder hier bist.« Er drückte sie noch fester und küsste sie aufs Haar.

»Okay, kannst du mich jetzt loslassen? Ich bekomme keine Luft mehr.«

»Oh, Tschuldigung.« Tristan löste seinen Klammergriff, hielt sie aber an den Schultern fest und schaute ihr ins Gesicht. »Wie war es?«

»Verwirrend.«

»Was heißt das? Hast du den Schlüssel?«

Hubbi nickte, dann setzte sie sich zu den anderen an den Tisch und erzählte von dem Gespräch mit Rosalie.

»Dass es in Rosalies Ehe nicht so rosig aussieht«, Berthold unterbrach sich, weil er über seinen eigenen Wortwitz kichern musste. »Na ja, also dass es da nicht so gut läuft, habe ich auch schon gehört. Allerdings würden sich die beiden niemals trennen. Wäre wohl schlecht für ihre Geschäfte, wenn sich die Leute das Maul über sie zerreißen würden.«

»Die Rosalie ist ja auch ein heißer Feger«, fügte Karl-Heinz hinzu. »Was die mit dieser Graupe von Ernst will, haben sich schon damals alle gefragt.«

Hubbi verdrehte die Augen. »Der Zustand ihrer Ehe tut jetzt nichts zur Sache. Die Frage ist doch: Wie stichhaltig sind Rosalies Alibis? Hatte sie eine Gelegenheit, die beiden Männer zu ermorden? Und hat sie es auch getan?«

»Vielleicht war es ja Ernst«, warf Gerda ein. »Oder ihre Töchter.«

Hubbi starrte sie mit offenem Mund an genauso wie die drei Männer.

»Die beiden Mädchen? Die sind wie alt? 15?«, polterte Karl-Heinz los. »Unsinn!«

Hubbi seufzte. »Wir dürfen diese Möglichkeit nicht verwerfen«, sagte sie. »Bei Milena Duve hätte ich auch besser hingucken müssen.« Sie deutete auf die Papiere. »Habt ihr über sie zufällig was in den Sachen gefunden?«

Tristan schüttelte den Kopf. »Dafür haben wir das hier.« Er schob Hubbi einen Ausdruck hin.

Neugierig beugte sich Hubbi über das Blatt und las

vor. »Sehr geehrter Herr Becker, vielen Dank für die Zusendung meines neuen Lieblings. Sie haben wirklich ganze Arbeit geleistet. Die Gesichtszüge gefallen mir außerordentlich gut und die Körperformen sind auch sehr exakt gearbeitet. Sie fühlt sich auch sehr natürlich an und riecht nicht so chemisch, wie ich befürchtet habe. Allerdings bin ich mit der Ausarbeitung der linken Labia majora und der rechten Labia minora nicht zufrieden. Beide entsprechen von der Form und Farbe her nicht dem Vorbild. Anbei finden Sie noch ein paar Fotos, wie es sein sollte. Leider waren die Umstände, unter denen ich sie aufgenommen habe, nicht ideal, darum habe ich Ihnen noch eine Farbpalette mitgesendet. Ich würde Sie bitten, dies zu beheben.« Hubbi schaute auf. »Ein unzufriedener Kunde also.«

»Labia was?«, fragte Berthold. »Was meint er damit?«

»Die Schamlippen«, erklärte Hubbi.

Berthold schaute peinlich berührt zu Boden.

»Da steht dummerweise kein Absender«, fuhr Hubbi ungerührt fort.

Tristan nickte, ein Lächeln auf den Lippen. »Das ist richtig. Zum Glück hat Dario großen Wert auf eine ordentliche Buchführung gelegt. Er hatte diesen Brief an die dazugehörige Rechnung gehängt.« Er schob ihr einen weiteren Zettel zu.

»Norbert!«

»Genau. Norbert Schlieper hat vor drei Monaten eine Puppe bei Dario bestellt, für 22.500 Euro. Vor zwei Wochen wurde sie ihm geliefert.«

Hubbi konnte es kaum glauben. »Zeig mir die Puppe!«

Tristans Lächeln erlosch. »Leider fehlt ausgerechnet hier das Foto. Vielleicht hatte Dario es aus dem Ordner genommen, um es Norbert zu zeigen.«

»Du denkst, er wollte Norbert am Abend seines Todes treffen?«

»Gut möglich, oder?«

In Hubbis Hirn ratterte es. »Okay, gehen wir mal davon aus, dass die beiden sich in dieser Nacht getroffen haben und Norbert Dario am Ende erschlagen hat …« Sie zögerte. »Aber der Mörder hat Dario in unserer Mülltonnennische aufgelauert. Ich glaube kaum, dass dort der Treffpunkt der beiden war.«

»Wäre ja noch schöner«, brummte Karl-Heinz. »Mörder, Frauenschänder, Perverse – wenn sich rumspricht, dass die alle vor meinen Mülltonnen rumlungern, kann ich mich vor dummen Witzen nicht mehr retten.«

Hubbi wischte mit der Hand durch die Luft. »Die beiden haben sich getroffen, Norbert hat Dario ermordet. Wer hat dann Norbert auf dem Gewissen?«

»Darios Eltern vielleicht?«, meldete sich Berthold zu Wort.

»Oder Darios Geist, der sich aus dem Jenseits rächen wollte.« Das war Gerda. Als alle sie verdattert anguckten, zog sie den Kopf zwischen die Schultern und schaute mit roten Wangen zu Boden.

»Vielleicht helfen uns ja die beiden Fotos weiter, die Norbert zusammen mit seinem Brief geschickt hat.« Tristan holte zwei weitere Bilder heraus. Als sie auf dem Tisch lagen, sog Berthold scharf die Luft ein. Gerda stand auf und ging ans Fenster.

»In echt gefällt mir so was ja besser«, brummte Karl-Heinz und wandte den Blick ab.

Hubbi zwang sich, die beiden Fotos zu betrachten, obwohl es sich furchtbar unangenehm anfühlte. Sie zeigten eine Vulva, allerdings aus geringfügig unterschiedlichen Blickwinkeln. Die Fotos waren unscharf und dunkel.

»Ich schätze, dass er diese Bilder heimlich gemacht hat«, sagte Tristan mit belegter Stimme. »Vielleicht mit einer Kamera in einem Kugelschreiber in seiner Hemdtasche.«

Hubbi riss die Augen auf. »Glaubst du etwa, das ist eine seiner Patientinnen?«

»Die Vermutung liegt nahe, oder? Ich meine, es könnte natürlich auch seine Frau sein.«

»Wissen wir, wie Dario auf diese Änderungswünsche reagiert hat?«, fragte Berthold.

Tristan nickte und drehte eines der beiden Fotos herum. *Sehe keine gravierenden Unterschiede,* stand dort in zierlicher Handschrift.

Hubbis Hirn ratterte auf Hochtouren. »Vielleicht hat Norbert nach dem Mord in Darios Haus nach genau diesen Fotos und der Rechnung gesucht. Nach allem, was auf ihn hinweisen könnte. Nur hat er die Unterlagen nicht gefunden, sie waren ja in Darios geheimer Lkw-Werkstatt.«

»Also ist Norbert tatsächlich unser Mörder?«, wollte Berthold wissen.

»Und Norberts Tod war nur ein Unfall?«, fragte Gerda leise.

Hubbi pustete sich eine Locke aus der Stirn. »Kann

sein.«

»Aber was ist mit dem Stein, den wir gefunden haben?« Tristan sah sie fragend an.

»Vielleicht ist Norbert tatsächlich gestolpert und mit dem Kopf darauf geknallt, und danach ist der Stein irgendwie in den Graben gerollt.«

»Das klingt aber sehr unwahrscheinlich«, meinte Tristan. »Glaubst du das wirklich?«

»Ich weiß nicht mehr, was ich glauben soll.« Sie schaute auf die Papiere auf dem Tisch. »Was steht denn sonst noch in dem Ordner?«

»Es gibt zu jedem Kunden eine offizielle Rechnung, aber darauf werden nie explizit Sexpuppen erwähnt. Meistens ist da von Modelleisenbahnen oder Sammlerautos die Rede. Irgendwie musste der die hohen Preise ja erklären.«

»Hm, gab es da drin sonst noch einen Namen, der euch aufgefallen ist? Irgendetwas, das uns weiterbringt?«

Die vier schüttelten betreten die Köpfe.

Hubbi stöhnte laut auf. »Dann bleiben uns nur die Fotos.«

Sie stand auf und ging zur Kücheninsel, wo die Papierumschläge mit den Negativen und die Filmrollen standen. Sie raffte alles zusammen und stopfte es in einen Einkaufsbeutel. Da fiel ihr ein, dass sie keine Ahnung hatte, wie man Filme entwickelte.

»Kennt sich einer von euch mit Dunkelkammern und dem ganzen Kram aus?«

Gerda, Berthold, Karl-Heinz und Tristan schüttelten erneut die Köpfe.

»Dazu gibt es sicher Anleitungsvideos im Internet.«
Tristan zog sein Handy heraus und vertiefte sich darin.

»Mein Vater hat früher fotografiert«, sagte Karl-Heinz. »Damals noch in Schwarz-Weiß. Er hat die Filme auch selber im Badezimmer entwickelt.« Er schaute zerknautscht drein. »Fand ich damals aber nicht so spannend wie mein Fahrrad und Fußball. Hätte ich mal besser aufgepasst, könnte ich dir jetzt vielleicht helfen.« Sein Gesicht hellte sich auf. »Hey, Moment! Vielleicht hab ich doch was.« Ohne ein weiteres Wort stand er auf und verschwand aus der Haustür. Hinter ihm wehte ein Schwall Schneeflocken in den kleinen Flur.

»Was war das jetzt?«, fragte Tristan.

»Ich hoffe, er bringt eine Flasche Weinbrand mit«, brummte Berthold. »Könnte jetzt 'nen Schluck gebrauchen, nach der ganzen Arbeit.« Er schaute auf den von Papieren übersäten Tisch.

Keine drei Minuten später war Karl-Heinz zurück. Grinsend knallte er ein Buch und eine Flasche Schnaps auf den Tisch. »Das ist für dich«, sagte er zu Hubbi und schob ihr das Buch zu. Hubbi las den Titel: *Grundlagen der Filmentwicklung*. Der Schutzumschlag war vergilbt, die Schriftart geradezu antik. Sie schlug das Impressum auf.

»1951. Das ist aber ziemlich alt.«

»Wenn du das nicht brauchst, kann ich es ja wieder mitnehmen«, brummte Karl-Heinz.

Hubbi blätterte durch die Seiten. Es gab viele Fotografien und Schritt-für-Schritt-Anleitungen. »Schon gut. Ich versuche es damit«, sagte sie. »Ansonsten hab ich ja immer noch YouTube.«

»Na also.« Karl-Heinz wandte sich an Berthold und Gerda. »Durst?«

Während die drei Stammgäste ihren Ermittlungserfolg feierten und Meter selig in seinem Körbchen schlummerte, schlich sich Hubbi zur Garderobe, um unauffällig zu verschwinden. Sie stopfte das Buch in ihre Handtasche.

»Ich komme mit«, sagte Tristan.

Sie schaute ihn an. »In Darios winziger Dunkelkammer trampeln wir uns nur gegenseitig auf den Füßen herum. Das kriege ich schon alleine hin. Könntest du in der Zeit versuchen, noch etwas über Milena Duve in Erfahrung zu bringen? Dass ich sie übersehen habe, lässt mir keine Ruhe.«

»Du glaubst also nicht, dass Norbert unser Mörder ist?«

Hubbi schüttelte zaghaft den Kopf. »Nicht so richtig. Diese Puppe, die er bei Dario in Auftrag gegeben hat, könnte die Verbindung sein. Vielleicht hat die Frau, die nachgebaut werden sollte, Wind davon bekommen, und sie beide ermordet.«

»Oder die Angehörigen.«

Hubbi dachte darüber nach. Ein wutentbrannter Vater oder eine Mutter, die ihre Tochter beschützen wollte, konnte genauso gut der Mörder sein.

»In Ordnung«, sagte Tristan. »Aber pass auf dich auf. Und melde dich, wenn was ist oder du nicht weiterkommst.« Er zog sie an sich und küsste sie.

»Mache ich.«

Kapitel 29

Als Hubbi an der Kirche vorbeiging, knurrte ihr Magen. Sie hatte nicht gefrühstückt und gleich war es Mittag. Sie machte kehrt und lief zurück zur Bäckerei, wo sie sich ein Salamibrötchen und einen Kakao holte. Kauend und schlürfend ging sie weiter.

Bald kam Darios Haus in Sicht. Hubbi blieb stehen und sah sich um. Der eine Nachbar schien noch immer verreist zu sein, das Auto von Grimms stand auch nicht in der Einfahrt. Vielleicht waren sie zu einem letzten Einkauf vor den Feiertagen aufgebrochen wie so viele Menschen heute. Bei dem Gedanken an das Gedränge in den Supermarktgängen schüttelte sich Hubbi. Zu dumm, dass ihr eigener Kühlschrank ebenfalls ziemlich leer war. An das Einkaufen hatte sie in den letzten Tagen nicht gedacht. Wenn sie sich über Weihnachten nicht von Tütensuppen ernähren wollten, würde sie sich heute wohl auch noch ins Getümmel stürzen müssen. Zuerst musste sie aber diesen vermaledeiten Mörder dingfest machen.

Selbst wenn Norbert Dario ermordet hätte – was sie nicht richtig glauben konnte –, so musste es noch einen weiteren Mörder geben. Norberts Tod war kein Unfall, davon war Hubbi fest überzeugt. Dass der blutige Stein durch Zufall in den Graben gerollt sein sollte, war wirklich an den Haaren herbeigezogen.

Dummerweise fehlten ihr die Beweise. Hubbi hoffte, dass sie die in diesen Fotos fand. Es war zumindest ihre letzte Idee. Wenn sie die unentwickelten Bilder nicht weiterbrachten, wäre sie aufgeschmissen.

»Hubbi! Hey!«

Hubbi zuckte zusammen. Sie drehte sich um und sah Lotte, die ihr durch ihren gepflegten Vorgarten entgegenkam. Ihre Winterstiefel waren offen und sie trug keine Jacke. »Warte doch mal!«

»Hallo, Lotte. Was ist denn?«

Lotte blieb vor ihr auf dem Bürgersteig stehen. »Wolltest du zu mir?«

»Ähm, nein, ich wollte noch mal in Darios Haus.« Hubbi runzelte die Stirn. »Wenn du glaubst, dass ich zu dir wollte, warum fängst du mich dann draußen ab?«

Lotte senkte die Stimme. »Weil Klara da ist.«

Hubbi stutzte. »Das verstehe ich nicht.«

»Klaras Oma ist heute Nacht ins Krankenhaus gekommen. Es steht schlecht um sie. Die Ärzte meinen, es geht zu Ende. Klara hat das zwar erwartet, ist aber fix und fertig deswegen. Sie kam zu mir und ich habe ihr angeboten, die nächsten Tage bei uns zu bleiben. Alleine in dem großen Haus und dann noch über Weihnachten, das muss echt nicht sein.«

Hubbi bemühte sich um einen neutralen Gesichtsausdruck, dabei löste diese Nachricht einen Sturm der Gefühle in ihr aus. Zum einen Eifersucht: Klara verbrachte die Feiertage also bei Lotte. War sie damit jetzt Lottes neue beste Freundin? Darunter mischte sich noch so was wie Aufregung: Bald wechselte das Haus von Klaras Oma den Besitzer. Was, wenn Klara entschied, dass sie nicht dort leben bleiben wollte? Würde sie es Hubbi verkaufen? Gleichzeitig fühlte sie sich schlecht deswegen, als würde sie bereits auf dem Grab der Oma tanzen.

»Das ist nett von euch«, sagte sie. Der Wind wehte ihr den Duft von Gebratenem zu. Hubbi schaute an Lotte vorbei und erkannte, dass das Küchenfenster auf Kipp stand. Daher also der leckere Geruch. »Kocht ihr gerade?«

Lotte nickte. »Lachspfanne.« Sie zögerte. »Wollen du und Tristan Silvester zu uns kommen? Wir machen Raclette.«

Hubbi lächelte. »Sehr gerne. Danke.«

Nun lächelte auch Lotte und Hubbi wusste, dass zwischen ihnen alles wie früher war.

»Was willst du denn in Darios Haus?«, erkundigte sich Lotte.

»Puh, das ist eine lange Geschichte.«

»Fass dich bitte kurz.«

Hubbi schaffte es tatsächlich, Lotte in knappen Worten auf den neuesten Stand zu bringen. »Und deshalb muss ich jetzt in seine Dunkelkammer, weil ich glaube, dass ich den Mörder irgendwo in diesen Fotos finde.«

»Wow.« Lotte schaute zu dem leerstehenden Haus. »Er hat wirklich Sexpuppen hergestellt? Das ist echt der Wahnsinn!«

Hubbi griff in ihre Handtasche. »Willst du die

Puppen mal sehen? Ich hab ein Foto auf meinem …«» Sie
stutzte. »Wo ist denn mein Handy?« Dann fiel es ihr ein.
»Mist! Ich hab es bei Rosalie vergessen! Ich muss es
sofort holen. Tristan macht sich sonst Sorgen um mich.«
Sie drehte sich um und lief los. Doch noch vor der
Straße blieb sie stehen.

»Was ist?«

»Mir ist gerade eingefallen, dass Rosalie ja zu einem
Termin wollte. Ich muss das Handy wohl später holen.«

»Wenn es dich beruhigt, schreibe ich Tristan gleich,
dass ich gerade mit dir gesprochen habe.«

Hubbi lächelte. »Das ist nett von dir. Bis dann!«

»Warte noch!«, rief Lotte und kam zu ihr. »Da ist
noch was, was ich dir erzählen muss.«

»Ach ja? Was denn?«

»Thomas und Vera waren wohl nachmittags bei
Wolfgang. Als ich abends den Müll rausgebracht hab,
hab ich die beiden in ihrem Auto sitzen sehen.« Sie
deutete auf die Stelle direkt hinter ihren Mülltonnen.
»Sie haben sich gestritten.«

Hubbi machte große Augen. »Worum ging es denn?«

»Vera hat so was gesagt wie: ›Das mache ich nicht
mehr! Ich kann nicht mehr schlafen!‹ Und Thomas hat
geantwortet, dass sie sich das Haus sonst abschminken
könnte. Da ist Vera in Tränen ausgebrochen und hat
geschluchzt, dass sie Angst hat, ihre Arbeitskollegen
und die Nachbarn könnten die Bilder sehen.«

»Echt jetzt?«

Lotte nickte. »Thomas war richtig fies zu ihr. Und
jetzt, wo du von den Fotos erzählt hast, ergibt das auf
einmal Sinn, findest du nicht?«

»Vielleicht wurde Vera auch heimlich von Dario fotografiert und jetzt suchen die beiden nach den Fotos.«

»Genau. Damit wollten sie vielleicht Darios Eltern erpressen, damit die ihnen das Haus verkaufen.«

Hubbi war so überwältigt von dieser neuen Information und dem, was das bedeutete, dass sie nicht wusste, was sie sagen sollte.

Lotte schaute über ihre Schulter. »Ich gehe jetzt mal wieder rein, mir wird kalt. Außerdem müssen Jonas und ich nachher noch zu seinen Eltern.« Sie verdrehte die Augen.

»Klar. Grüß Jonas und Klara von mir und sag ihr, das mit ihrer Großmutter tut mir leid.«

»Mache ich.« Lotte lächelte Hubbi noch einmal zu und verschwand im Haus.

Hubbi schaute ihr hinterher. Klara tat ihr wirklich leid. Es war immer schwer, einen Angehörigen zu verlieren. Sie musste unwillkürlich an ihren Opa denken und plötzlich fehlte er ihr unglaublich. Besonders vor Weihnachten tat sein Verlust ihr weh. Früher war die Adventszeit für Hubbi immer etwas Besonderes gewesen und das auch dank ihres Opas. Er hatte mir ihr Adventskränze gebunden, ihr Plätzchen zugesteckt und war mit ihr Schlitten gefahren. Mit ihm zusammen hatte sie die schönsten Schneemänner gebaut und natürlich hatte er ihr auch immer etwas besonders Tolles zu Weihnachten geschenkt.

Seufzend überquerte Hubbi die Straße und lief durch Darios Vorgarten. Bevor sie den Schlüssel in die Haustür steckte, sah sie sich noch einmal nach allen

Seiten um, doch nach wie vor war niemand zu sehen. Sie schloss auf, trat ein und drückte die Tür hinter sich zu. Dann ging sie in den Keller.

In Darios Dunkelkammer schaltete sie das Deckenlicht an und stellte ihre Handtasche ab. Sie holte die Negative, die Filmrollen und das Buch von Karl-Heinz aus dem Beutel. Das Buch schlug sie auf und begann, darin zu lesen.

Eine halbe Stunde später hatte sie einen Plan: Sie würde zunächst nur die Schwarz-Weiß-Filme entwickeln, da das sehr viel einfacher war. Mit etwas Glück fand sie darauf schon ein Bild, das sie dem Mörder näherbringen würde. Danach würde sie entscheiden, ob sie die Farbfilme auch selber oder lieber professionell entwickeln lassen würde.

Hubbi streckte sich und sah sich um. Sie würde zunächst die Filmrollen entwickeln, da sie danach eine Weile trocknen mussten, währenddessen wollte sie Abzüge von allen Negativen erstellen. Sie schaltete das Rotlicht an und die normale Lampe aus und machte sich ans Werk.

Auf den Bildern in dem Buch sah die Sache einfacher aus, als sie in Wahrheit war, wie Hubbi bald feststellen musste. Allein die Filmrolle in die Entwicklerdose zu fummeln, kostete sie all ihre Nerven. Was, wenn sie etwas falsch gemacht hatte und die Bilder darauf nun verloren waren? Schnell verdrängte sie ihre Zweifel, bewegte die Dose wie im Buch angegeben vorsichtig hin und her und unterbrach den Entwicklungsprozess mit der dafür vorgesehenen Flüssigkeit. Die noch nassen Negativstreifen hängte sie auf eine der Wäscheleinen, die quer durch den Raum gespannt waren. Anschließend wiederholte sie das Prozedere mit der nächsten Filmrolle. Mit jedem Film wurde es einfacher.

»Puh!« Hubbi wischte sich den Schweiß von der Stirn und schaute auf ihre Armbanduhr: Es war schon nach drei. Sie hatte nicht mitbekommen, wie sie Zeit verflogen war.

Hubbi schaute wieder in das Buch und las nun das Kapitel, in dem es darum ging, Abzüge zu machen. Sie sah das Belichtungsgerät und die drei Wannen, die Dario dafür benutzt hatte. Dann suchte sie in dem Regal nach den Chemikalien, die sie benötigte: Entwickler, Stoppbad und Fixierer. Von jedem goss sie etwas in die dafür vorgesehene Wanne. Ein ätzender Geruch breitete sich im Raum aus und Hubbi atmete nur noch flach. Waren diese Dämpfe giftig? So konnte sie doch nicht arbeiten! Sie sah sich um und entdeckte ein kreisrundes Loch über der Tür mit einem Ventilator. Offenbar hatte Dario eine primitive Lüftung eingebaut. Hubbi ging zur Wand und schaute hoch. Wie schaltete man den Ventilator ein? Es gab nirgends einen Schalter.

Er musste draußen sein. Hubbi öffnete die Tür einen Spalt breit: Sie hatte das Licht im Kellerraum davor angelassen. »Mist«, murmelte sie. Wenn Licht in die Dunkelkammer gelangte, wäre ihre Arbeit umsonst. Allerdings konnte sie auch nicht riskieren, von den chemischen Dämpfen ohnmächtig zu werden.

Sie zog sie die Tür weiter auf, schlüpfte schnell hindurch und schloss sie wieder. Der Schlüssel, der außen in der Tür gesteckt hatte, fiel zu Boden und Hubbi schrak bei dem lauten Geräusch zusammen.

Den Schalter für die Lüftungsanlage fand sie sofort: Er war direkt neben der Tür. Als sie ihn drückte, erwachte der Ventilator surrend zum Leben. Sie streckte sich und hielt die Hand davor. »Das müsste doch pusten«, murmelte sie.

Da erkannte sie, dass sich der Schalter in zwei Richtungen kippen ließ. Sie drückte ihn erneut, der Ventilator wurde langsamer, dann drehte er sich in die entgegengesetzte Richtung und saugte nun Luft aus der Dunkelkammer ab in den Vorraum. Das noch immer kaputte Kellerfenster ließ frische Luft herein.

Zufrieden löschte Hubbi das Licht im Vorraum und kehrte zurück in die Dunkelkammer.

Das Surren von Darios selbstgebauter Lüftungsanlage war drinnen sehr viel lauter als draußen. Es erfüllte den Raum und Hubbi fragte sich, wie man bei diesem Lärm arbeiten konnte. Allerdings zog sie ein Fiepen im Ohr dem Erstickungstod vor, so war es Dario vermutlich auch gegangen. Sie bastelte sich provisorische Ohrstöpsel aus einem Papiertaschentuch, das sie in ihrer Handtasche fand.

Hubbi befühlte die Negativstreifen und fand, dass sie trocken genug waren. Sie nahm sie von der Leine und schnitt sie genau nach der Anweisung aus dem Buch in Stücke. Dann trat sie an den Vergrößerer. Es handelte sich dabei um eine Lampe, mit der die Bilder von den Negativen auf das lichtempfindliche Fotopapier übertragen werden konnten.

Sie nahm eine Packung Fotopapier aus dem Regal, zog ein Blatt heraus und klemmte es in die sogenannte Bildkassette. Danach wählte sie eins der Negative aus, auf denen sie die Umrisse einer Frau erkennen konnte, und schob es in die Halterung direkt unter der Lampe. Sie stellte das Bild mithilfe eines Rädchens scharf und schaltete das Licht an. Danach legte sie das Blatt wie vorgegeben in das Entwicklerbad und schaute aufgeregt dabei zu, wie das Motiv wie aus dem Nichts auftauchte.

»Oh, verdammt!« Das Foto zeigte Rosalie. Und das Haus dahinter kam Hubbi sehr bekannt vor: Es war der Gasthof Duve. Es lag bereits Schnee, also konnte das Bild noch nicht so alt sein.

Hastig entwickelte Hubbi auch die anderen Fotos von diesem Film und stand schließlich staunend vor den zum Trocknen aufgehängten Fotos: Sie zeigten Rosalie und Milena im Essensraum des Gasthofs. Die Fotos waren aus einiger Entfernung durch das Fenster fotografiert worden. Die Maklerin und die Gastwirtin diskutierten, offenbar war es keine erfreuliche Angelegenheit, wie Hubbi an ihren Gesichtern erkannte. Schließlich verließ Rosalie den Gasthof.

Was hatte das zu bedeuten? Wieso hatte Dario die beiden fotografiert? Für seine Puppen konnte er mit diesen Fotos ja wohl nicht viel anfangen. Dafür waren sie viel zu verschwommen.

Verwirrt nahm Hubbi den nächsten Streifen Negative und schob einen in den Vergrößerer. Sie griff nach der Packung Fotopapier.

»Mist, leer!«

Leise fluchend ging Hubbi zum Regal. Wenn das Darios letzte Packung gewesen war, hätte sie ein Problem. Sie wusste beim besten Willen nicht, wo sie auf die Schnelle dieses Spezialpapier auftreiben sollte.

Eine Bestellung im Internet würde mindestens einen, wohl eher zwei Tage dauern, angesichts der nahenden Feiertage wahrscheinlich noch länger.

Was, wenn der Mörder oder die Mörderin bis dahin noch mehr Menschen abmurkste? Sören kam ihr in den Sinn. Er schwor zwar, dass er von Darios Machenschaften nichts gewusst hatte, aber vielleicht sah der Mörder das anders. Und was war mit ihr und Tristan? Sie schwebten genauso in Lebensgefahr wie alle, denen Hubbi bisher von ihrer Mordtheorie erzählt hatte: ihr Vater, Lotte, die Stammgäste.

Ein Knoten bildete sich in Hubbis Brust und ihr fiel das Atmen schwer. Sie schaute hoch zu der Lüftungsanlage, die einwandfrei lief.

Hubbi schüttelte sich. Das Fach, in dem die erste Packung Fotopapier gelegen hatte, war leer, aber Dario hatte bestimmt noch irgendwo einen Vorrat. Sie schaute hinter die Flaschen mit den Chemikalien und in den Kasten mit den Zangen, doch da war nichts.

Ratlos blickte sie sich um. Ihr war ein wenig schwindelig. Bestimmt vom Hunger. Vielleicht hätte sie sich mehr als ein Brötchen beim Bäcker kaufen sollen. Ob sie kurz in Darios Vorratsschrank gucken sollte? Bestimmt würde sie dort noch ein paar Kekse oder dergleichen finden.

Gerade, als sie die Türklinke herunterdrücken wollte, fiel ihr Blick auf ein Stück Papier, das unter dem Regal hervorlugte. Es war nur eine Ecke, aber anhand der Farbe wusste Hubbi, dass es eine Packung Fotopapier war.

»Na also«, murmelte Hubbi und bückte sich danach.

Hocherfreut förderte sie eine Tüte Fotopapier zutage. Sie war schon angebrochen, aber immerhin besser als nichts.

Hubbi ging zurück zum Vergrößerer und griff in die Packung. Doch als sie das Blatt unter die Lampe legte, stutzte sie: Der Bogen war bereits fertig belichtet. Offenbar hatte Dario es nur zurück in die Packung geschoben.

Hubbi kniff die Augen zusammen, um zu erkennen, was darauf zu sehen war. Das Foto war kleiner und farbig. Es wirkte wie ein normaler Abzug aus der Drogerie. Hubbi hielt das Foto unter die Rotlichtlampe. Dabei wurde ihr kurz schwarz vor Augen und sie musste sich am Tisch festhalten. Ihr Kopf dröhnte. Was war denn los mit ihr? War das Hunger? Oder hatte sie sich bei Kevin angesteckt?

Hubbi ignorierte das Kribbeln in ihren Fingern und konzentrierte sich wieder auf das Foto. Es zeigte einen Raum mit einem Paravent, einer Ablage, einer Orchidee auf einem Regal. Auf der rechten Seite erkannte sie zwei Menschen in einer seltsamen Position: eine halb bekleidete Frau, die auf dem Rücken lag und die Beine gespreizt hatte, davor eine andere Person, vermutlich ein Mann.

Hubbi konnte es kaum glauben, sie sog scharf die Luft ein. Erst dachte sie an ein Foto aus einem Porno, doch dann wurde ihr klar, dass ihr diese Position bekannt vorkam: Das war ein Gynäkologenstuhl! Der Mann trug einen weißen Kittel und die Frau schaute desinteressiert auf das Bücherregal rechts von ihr, sodass man ihr Gesicht nicht sehen konnte. Es musste

Sommer sein, denn sie trug ein kurzärmeliges T-Shirt. Und da entdeckte Hubbi etwas: Die Frau hatte am rechten Oberarm ein Tattoo.

»Verdammt! Das ist Klara!«

Wieder wurde Hubbi schwarz vor Augen und sie ließ sich auf den Boden gleiten. Doch dort wurde das Gefühl nur schlimmer, sodass sie sich mühsam hochrappelte und stattdessen an die Wand lehnte.

Klara. Die Wahrheit stürzte so schnell auf Hubbi ein, dass sie kaum mitkam. Klara kam aus einem kleinen Ort im Münsterland – genau wie Norbert. Lotte hatte erzählt, dass Klara nicht nur wegen ihrer Großmutter hergezogen war, sondern auch wegen eines aufdringlichen Verehrers. Das könnte Norbert gewesen sein. Norbert, der sie heimlich bei den Untersuchungen fotografiert und eine Gummipuppe nach ihrem Vorbild in Auftrag gegeben hatte. Dario war in etwa zur selben Zeit hergezogen wie Klara. Ob er ihr gefolgt war? War sein Haus deshalb so unpersönlich eingerichtet? Hatte er nach diesem Auftrag weiterziehen wollen? Doch dann war er auf Rosalies Zwillinge gestoßen und hatte beschlossen, sie ebenfalls nachzubilden. Sicher gab es für zwei so hübsche Puppen einen guten Abnehmer.

Aber so weit war es nicht gekommen. Klara musste Wind von der Sache bekommen und beschlossen haben, Dario zu ermorden. Sie hatte ihm vor Hubbis Haus aufgelauert und ihn erschlagen. Bestimmt hatte sie gehofft, dass der Spuk damit endgültig vorbei wäre.

Doch dann hatte sie Norbert in der Nuckelpinne getroffen. Hubbi erinnerte sich noch gut an Klaras überhasteten Aufbruch. Hubbi hatte ihr seltsames

Verhalten auf den Alkohol geschoben. In Wahrheit war Klara sicher entsetzt gewesen, ihrem Stalker zu begegnen. Da hatte sie den Entschluss gefasst, ihn ebenfalls zu erschlagen. Sie musste ihm nach dem Kneipenbesuch gefolgt sein und hatte ihn kurz vor dem Gasthof ermordet.

Hubbi fröstelte angesichts der Zielstrebigkeit, mit der Klara zwei Männer getötet hatte. Wozu war diese Frau wohl noch imstande?

Hubbi zuckte zusammen. »Lotte!«, krächzte sie. Klara war bei Lotte zu Hause. Was, wenn sie Hubbis bester Freundin auch etwas antat?

Hubbi stieß sich von der Wand ab. Ihre Beine gehorchten ihr nicht mehr richtig und knickten weg. Im letzten Augenblick schaffte sie es, sich am Tisch festzuhalten. Dabei rutschte der Belichter zur Seite und wäre fast auf den Boden gefallen. Sie musste zu Lotte, sofort!

Ihre Finger umschlossen die Türklinke und drückten sie herunter. Nichts tat sich.

Was war da los? Halluzinierte sie? Und was stank da so nach faulen Eiern?

»Du bleibst schön da drin.«

Hubbi meinte, sich verhört zu haben. »Ist da jemand?« Ihre Stimme klang nicht wie ihre eigene.

»Das tut nichts zur Sache.«

Nun erkannte sie die Stimme und ihr wurde richtig angst und bange. »Klara?«

»Es wird nicht wehtun, versprochen.«

»Was wird nicht wehtun?« Hubbi rüttelte an der Klinke, doch die Tür gab nicht nach. »Was hast du vor?«

»Leg dich einfach hin und schlaf. Du kannst eh nichts mehr machen.«

Hubbi schüttelte den Kopf. Sie sah hoch zur Lüftungsanlage, die noch immer munter lief und die Dämpfe nach draußen trug. Oder doch nicht? Bildete sich Hubbi das nur ein oder drehte der Ventilator sich nun anders herum? Jetzt fühlte sie auch einen leichten Lufthauch, der ihr bis gerade nicht aufgefallen war.

»Was tust du da? Leitest du etwas in den Raum?« Mit letzter Kraft rappelte sich Hubbi auf und kletterte auf den Tisch. Sie hatte noch schwach aus der Schule in Erinnerung, dass viele Gase schwerer als Luft waren. Hoffentlich irrte sie sich da nicht.

»Kämpf einfach nicht dagegen an.« Klara klang traurig.

»Du musst das nicht tun«, krächzte Hubbi. Sie versuchte, flach zu atmen. Ihr Kopf fühlte sich mittlerweile an, als würde er gleich zerspringen. »Ich gehe nicht zur Polizei. Norbert und Dario waren pervers und es war widerlich, was sie dir und den anderen Frauen angetan haben.« Hubbi hoffte inständig, dass Klara ihr glaubte.

»Natürlich gehst du zur Polizei.« Klara seufzte. »Lotte hat mir schon so viel von dir vorgeschwärmt. Vor allem von deinem Gerechtigkeitssinn. Du würdest niemals eine Mörderin laufen lassen.«

Hubbi konnte kaum noch atmen. Jeden Moment würde sie vom Tisch fallen und das Belichtungsgerät mitreißen. Es würde am Boden zerspringen und Funken würden fliegen.

Funken!

»Oh nein«, konnte Hubbi nur noch hauchen. Sicher war das Gas, was mittlerweile den Raum füllte, entzündlich. Wahrscheinlich stammte es aus dem Gasgrill in dem anderen Raum. Ein Funke und sie wäre Schmorbraten. Sie schaute zu dem Vergrößerer, der noch immer surrend lief.

Unbeholfen rutschte Hubbi von dem Tisch. Sie fiel auf den Boden und hielt die Luft an. Sie meinte noch, draußen Stimmen zu hören. Laute Stimmen, dann versank ihre Welt in Dunkelheit.

Kapitel 30

»Wenn du das Ding nicht auflässt und liegen bleibst, bringe ich dich sofort zurück ins Krankenhaus.« Tristan schob Hubbi zurück in die Sofakissen und zog das Band der Sauerstoffmaske fester. Meter sprang auf ihren Bauch und schaute sie streng an.

»Aber das drückt so«, beschwerte sich Hubbi.

»Eine Tonne Friedhofserde drückt noch mehr«, konterte Tristan.

»Du bist fies.« Hubbi legte ihre sauertöpfischste Miene auf und schaute an Tristan vorbei aus dem Fenster. Es schneite wieder und Hubbi freute sich darüber, heute war Heiligabend.

»Schade, dass wir keinen Baum haben.« Sie hatten es in der Aufregung der letzten Tage nicht geschafft, einen Christbaum zu kaufen.

Tristan setzte sich neben sie aufs Sofa. Seine Miene wurde sanft. »Über so was denkst du jetzt nach? Mir ist der Baum egal, ich bin nur froh, dass du am Leben bist.«

Hubbi musste schlucken. »Ja, ich auch.«

Bislang hatte sie es vermieden, über das Geschehene nachzudenken. Es wühlte sie zu sehr auf. Letzte Nacht hatte sie geträumt, wieder in der Dunkelkammer zu sein und keine Luft zu bekommen. Sie war schreiend aufgewacht. Die Nachtschwester war in ihr Zimmer gestürzt und hatte versucht, sie zu beruhigen, doch nur ein Beruhigungsmittel hatte geholfen. Am Morgen hatte sich Hubbi auf eigene Verantwortung aus dem Krankenhaus entlassen. Sie hatte Weihnachten zu Hause verbringen wollen.

Und nun saß sie hier, in ihrer kleinen Wohnung, und wusste, dass sie sich den Erinnerungen früher oder später würde stellen müssen.

»Wie geht es Lotte?«, fragte sie.

»Die Rippe ist doch nicht gebrochen, sondern nur geprellt«, antwortete Tristan. »Ich schätze, sie wird Weihnachten auch auf dem Sofa verbringen.«

»Hast du mit ihr gesprochen?«

Er schüttelte den Kopf. »Mit Jonas.«

Hubbi rückte die Sauerstoffmaske gerade. »Hat er gesagt, was passiert ist?«

Tristan musterte sie kritisch. »Fühlst du dich wirklich schon bereit für die Geschichte?«

Hubbi zögerte, bevor sie nickte.

»Also gut«, begann Tristan. »Nach eurem Gespräch sind Lotte anscheinend die Zusammenhänge klar geworden: dass Klara und Norbert aus derselben Gegend kamen. Dass sie erzählt hat, ihr Arzt hätte sie belästigt und schließlich gestalkt. Die heimlichen Fotos auf dem Gynäkologenstuhl, von denen du ihr erzählt hast. Und sie hat sich an Klaras seltsame Reaktion auf Norbert in der Kneipe erinnert. Klara hat sich kurz vorher verabschiedet. Angeblich wollte sie noch etwas aus ihrem Haus holen. Da ist Lotte losgelaufen. Bei ihr zu Hause hat sie Klara nicht angetroffen und da wurde ihr klar, dass sie dir gefolgt sein musste. Klara hat euch wohl über das offene Küchenfenster belauscht.« Er legte eine Pause ein und schaute Hubbi besorgt an.

»Erzähl ruhig weiter.«

»Lotte ist durch das kaputte Fenster in Darios Keller geklettert und da hat sie Klara vor der Tür zur Dunkelkammer entdeckt. Sie hockte davor und hat geweint. Neben ihr stand eine Gasflasche mit einem Schlauch, der zu dem Ventilator führte.« Er legte den Arm um sie. »Sie hat sich sofort auf Klara gestürzt und mit ihr gerungen. Klara war stärker als sie, aber sie ist gestolpert und auf den Kopf gefallen. Die wenigen Augenblicke, die Klara benommen war, hat Lotte genutzt, um dich zu befreien.«

»Lotte hat mir das Leben gerettet«, sagte Hubbi mit einem schiefen Lächeln.

Tristan wirkte zerknirscht. »Ich hätte dich nie alleine dort hingehen lassen sollen. Es tut mir so leid.«

»Ach, Unsinn«, sagte Hubbi sanft. »Ich habe schließlich drauf bestanden. Ich hätte es besser wissen müssen. Zum Glück war Meter nicht mit. Der hätte das Gas sicher nicht verkraftet.«

»Übrigens hat Kevin angerufen.«

Hubbi zog die Augenbrauen hoch. »Um mir Vorwürfe zu machen, weil ich auf eigene Faust ermittelt habe, anstatt die Polizei anzurufen?«

»Das auch. Aber als er damit fertig war, hat er sich bedankt. Seine Vorgesetzten sind zwar nicht erfreut, dass du sie so dumm hast dastehen lassen, aber das ist wohl besser, als wenn ihnen aus Personalmangel eine

Mörderin durch die Lappen gegangen wäre.«

»Ha!«, sagte Hubbi, musste aber sofort husten. Sie lehnte sich zurück und nahm einen tiefen Zug Sauerstoff.

»Außerdem wollte er uns erzählen, dass Klara gestanden hat. Sowohl den Mord an Dario als auch den an Norbert. Norbert war früher ihr Gynäkologe, doch bald wurde er aufdringlich und hat sie regelrecht belagert. Sie hat eine einstweilige Verfügung gegen ihn erwirkt, an die er sich auch gehalten hat. Aber er konnte offenbar nicht ohne sie und hat Dario beauftragt, eine Puppe nach ihrem Vorbild anzufertigen.«

»Ich frage mich, wie sie davon erfahren hat«, murmelte Hubbi.

»Sie hat Dario den Brief von Norbert zugestellt, in dem er sich beschwert hat. Als sie den Absender erkannt hat, wusste sie Bescheid.«

»Ach so!« Hubbi schüttelte den Kopf. »Sie ist ja Postbotin! Natürlich!«

»Sie hat den Brief mitgenommen und über heißem Wasserdampf geöffnet. Da wusste sie auch, was die beiden ausgeheckt hatten. Daraufhin hat sie Dario beobachtet. Die Sturmnacht sei wohl ideal gewesen. Als Dario sein Haus verließ, ist sie ihm gefolgt. Sie hat sich in unserer Nische versteckt und gewartet. Sie hat von ihm verlangt, ihr die Puppe zu geben, doch er hat sich geweigert. Dann hat sie ihn mit einer der alten Dachschindeln erschlagen.«

Hubbi musste schlucken. Obwohl sie schon geahnt hatte, was in der Sturmnacht geschehen war, war es etwas anderes, ihre Vermutung bestätigt zu hören.

»Und wie war das bei Norbert?«

»Nachdem sie ihn in deiner Kneipe gesehen hat, ist sie ihm ebenfalls gefolgt. Hat ihn auch erschlagen – die Methode hatte sich ja schon bewährt. Sie hat seine Tasche mitgenommen, weil sie hoffte, darin einen Hinweis auf den Verbleib der Puppe zu finden.«

»Und? Hat sie sie gefunden?«

Tristan schüttelte den Kopf. »Sie lag die ganze Zeit in Norberts Kofferraum. Warm eingepackt in einen Pelzmantel. Kevin hat sie gefunden. Er hat einen ganz schönen Schreck bekommen, weil er dachte, das wäre eine echte Frau.«

Hubbi musste unwillkürlich grinsen, als sie sich die Verwirrung und den Schock ihres ehemaligen Klassenkameraden vorstellte. »Armer Kevin.«

»Der hat jetzt erst mal ganz schön was zu tun«, sagte Tristan. »Er kommt in die Sonderermittlungseinheit, die Darios Fall untersucht. Alle seine Aufträge werden untersucht. Viele der Puppen-Vorbilder wissen vermutlich nicht, was er ihnen angetan hat.«

Hubbis Belustigung löste sich in Luft auf. Sie konnte sich kaum vorstellen, wie es sein musste, beobachtet zu werden. Wie konnte man sich da noch sicher fühlen? Und dann zu erfahren, wozu die Bilder genutzt wurden …

»Es gibt auch noch gute Nachrichten: Darios Eltern waren gestern hier. Sie wollen uns das Haus gerne verkaufen«, sagte Tristan lächelnd.

Hubbi sah ihn sprachlos an.

»Für einen vernünftigen Preis«, fuhr Tristan fort. »Deine Eltern haben sich auch schon bereit erklärt, uns zu unterstützen.«

Hubbi konnte es kaum glauben. Das Haus ihrer Träume war zum Greifen nah! Doch dann sah sie in Tristans Gesicht und dachte an ihr letztes Gespräch.

»Nein«, sagte sie schließlich. »Ich habe Wolfgang versprochen, dass ich auf das Haus verzichte, und daran halte ich mich.«

In Tristans Miene zeigte sich so was wie Erleichterung. »Thomas hat das Haus allerdings nicht verdient.«

»Wie meinst du das?«

Tristan seufzte. »Er hat seine Frau dazu gedrängt, Sexfilmchen zu drehen und sie im Internet zu verkaufen. Das habe ich herausgefunden, als ich ihn mir näher vorgenommen habe. Damit wollte er die halbe Million zusammenbekommen, die er Dario angeboten hat.«

»Oh«, sagte Hubbi. »Das erklärt ihren Streit im Auto, den Lotte belauscht hat. Vera hatte Angst, dass jemand, der sie kennt, die Bilder sieht.«

»Unglaublich, oder?« Tristans klang zornig.

»Trotzdem sollen sie das Haus haben«, sagte Hubbi nach einer Weile. »Nicht wegen Thomas, sondern wegen Vera und ihrer Kinder.«

»Und was ist mit uns?«, fragte Tristan mit belegter Stimme.

Hubbi nahm seine Hand. »Ich glaube, ich möchte hier erst mal nicht weg. Und du?«

Tristan lächelte breit. »Ich auch nicht. Solange wir nur zu zweit sind, reicht uns das doch vollkommen.« Er zwinkerte ihr zu. »Und wenn sich das ändert, finden wir schon eine Lösung.« Er beugte sich vor und küsste sie auf die Stirn.

In diesem Moment fühlte Hubbi eine Welle des Glücks in dich aufsteigen. Auch ohne Baum und mit Sauerstoffmaske war das das schönste Weihnachten überhaupt.

»Und jetzt habe ich noch eine Überraschung für dich«, sagte Tristan. Er grinste dabei wie ein Schuljunge.

»Mein Geschenk?«

»Wirst du gleich sehen.« Er griff nach seinem Handy und wählte eine Nummer. »Ihr könnte jetzt reinkommen.« Dann legte er auf.

Wenige Sekunden später schwang die Haustür aus. Als Erstes sah Hubbi nur Tannengrün und Füße. Meter sprang von ihrem Schoß und bellte wie verrückt.

»Himmelherrgott, Berthold! Jetzt schieb schon, sonst kriegen wir das Ding nicht durch die Tür.« Das Gesicht von Karl-Heinz tauchte hinter den Ästen auf.

»Da hat sich etwas verkantet.« Berthold stöhnte. »Es geht nicht weiter.«

Tristan kam ihnen zu Hilfe. Gemeinsam wuchteten sie den Tannenbaum in den Raum. Ihnen folgten Gerda und Bertholds Frau Annegret mit einer Kiste voller Christbaumschmuck.

»Der ist ein bisschen zu groß für unsere Wohnung«, sagte Hubbi lachend, als der Baum stand und mit seinen ausladenden Ästen die Tür zum Schlafzimmer und gleichzeitig den Fernseher verdeckte.

»Papperlapapp!«, sagte Karl-Heinz. »Größer ist immer besser.« Er zog ein zerknittertes Blatt aus seiner Tasche und reichte es Hubbi.

»Was ist das?«, fragte sie.

»Unser Weihnachtsgeschenk«, sagte Karl-Heinz. »Das sind alte Baupläne. Hab sie nie in die Tat umgesetzt, aber an den Voraussetzungen hat sich nichts geändert.«

Hubbi faltete das Blatt auseinander. »Baupläne?«

»Klar«, sagte Karl-Heinz. »Ihr beide braucht mehr Platz, dann bauen wir eben noch ein paar Räume an. Alles kein Problem.«

Hubbi sah zu Tristan, der nun noch breiter grinste.

»Na, Überraschung gelungen?«

»Und wie!«

Ende

Mehr von Hubbi

Dir hat das Buch gefallen? Dann trage dich in den Newsletter auf www.hubbi-ermittelt.de ein und ich informiere dich, sobald ein neuer Fall für Hubbi erscheint. Das Ganze ist kostenlos, du bekommst sogar noch jeden Monat einen Hubbi-Kurzkrimi per E-Mail zugeschickt. Außerdem kannst du dich jederzeit abmelden.

Bei Fragen, Kritik und Anregungen kannst du mir auch gerne eine E-Mail schicken an p.mester@gmx.de.

Ganz besonders würde ich mich natürlich über eine Rezension freuen :)))

Danksagung

Ich liebe Weihnachten! Als Kind war das der Höhepunkt meines Jahres. Wie habe ich auf Heiligabend hingefiebert! Schon, wenn im November (ja, damals ging die kommerzielle Vorfreude erst im November los) die Kataloge mit den Geschenkideen und der Weihnachtsdeko kamen, war ich im siebten Himmel. Ich habe unsere Weihnachts-CDs rauf und runter gehört und so bald ich durfte einen bunt-blinkenden Stern an mein Kinderzimmerfenster gehängt.

Meine Weihnachtsliebe wurde erst ein wenig getrübt, als ich mich selbst in der Rolle derjenigen wiederfand, die das ganze Brimborium zu organisieren hatte: Als Mutter. An dieser Stelle vielen Dank an meine Eltern, dass sie uns damals trotz all der von uns Kindern nicht wahrgenommenen Anstrengung immer so ein schönes Fest bereitet haben (auch wenn das Baumschmücken am Vormittag des Heiligabends aufgrund der ewig verknoteten Lichterkette bisweilen in einen Nervenkrieg ausartete). Und es heute noch tun.

Mittlerweile weiß ich also, dass Weihnachten auch Stress bedeutet. Und ehrlich gesagt war es mit diesem

Hubbi-Band nicht anders. Ich wollte unbedingt mal wieder einen Weihnachtskrimi schreiben und habe so früh wie möglich damit angefangen. Doch dann kam - oh, Wunder! - das Leben dazwischen und die Veröffentlichung wurde am Ende eine ziemlich knappe Kiste.

Um meine Weihnachtsliebe wieder zu finden, werde ich dieses Jahr nicht nur extra oft »Last Christmas« hören, sondern mir auch immer eins vor Augen halten: Der ganze Stress ist es nicht wert, wenn man die Weihnachtszeit dadurch nicht genießen kann. Lieber weniger Geschenke (oder gar keine), dafür mehr Zeit mit Familie und Freunden. Lieber nur auf einen einzigen Weihnachtsmarkt gehen, anstatt jedes Wochenende durch die Gegend zu hetzen. Lieber Tiefkühlpizza an Heiligabend, als Stunden am Herd.

So, und jetzt werde ich noch ein paar Dankeschöns los, und dann gehe ich Plätzchen backen:

Danke, Maria, David und Laura für eure professionelle und anregende Mitarbeit an diesem Buch. Besonders Maria möchte ich danken für ihre Anmerkungen in meinen Manuskripten, bei denen ich teilweise in lautes Lachen ausbreche. So macht arbeiten wirklich Spaß.

Meine Eltern, Geschwister und alle, die mittlerweile zu meiner Familie zählen: Danke für eure andauernde Unterstützung. Genauso wie meinen Freunden und treuen Lesern.

Steffen, Lasse, Oskar: Ohne euch wäre alles nichts. Besonders Weihnachten!

Über die Autorin

Hallo, mein Name ist Pia Mester. Ich bin verheiratet, Mutter von zwei Lausebengeln, Jahrgang 1985 und lebe im Sauerland. Das Schreiben begann bei mir offiziell mit einem Volontariat bei einem großen Tageszeitungsverlag. Danach arbeitete ich als freie Journalistin, bis ich mich endlich traute, meine ersten Bücher zu veröffentlichen.

Worte auf das Papier (oder auf den Bildschirm) zu bringen hat mir schon immer großen Spaß gemacht. Als Kind schenkte ich meinen Eltern zu Weihnachten eine selbsterfundene und -gebundene Geschichte über eine Tanne. Später studierte ich dann Literaturwissenschaften und beschäftigte mich in meiner Abschlussarbeit mit Harry Potter. Irgendwie blieb mir also gar nichts anderes übrig, als Autorin zu werden ;)